# 暗夜

約翰·哈威 著

——

李靜宜 譯

推薦序

# 有時我喟嘆，有時我不。

盧建彰

## 好像沒有很好吃

宜蘭獨立書店「小間書菜」的彭顯惠說，這段疫情期間，許多弱勢家庭的孩子，不能去學校，就沒有營養午餐吃。她說，有朋友發現這狀況，就去跟銀行貸款，在農村煮午餐給這些孩子吃，顯惠也沒有錢可以資助，就把田裡的作物拿起來一些，自己每個中午就做幾道菜，拿去相添，給孩子們多幾道菜。

她用開玩笑的語氣說，結果，偷聽到孩子似乎覺得不太好吃，反而評價她兒子半獸人煮的暗黑料理比較好吃。

讓顯惠現在每次要把剛煮好的菜送去前，都會心情有點緊張，不知道這次孩子們對她的菜評價如何。她寫到最後還用「哭跑」兩字。

哈哈哈。笑死我了。

我讀到這段小故事的時候，一邊笑，一邊覺得揪心，但又感到可愛。是啊，誰會想要去借錢好幫助別人呢？可是現實世界裡真的有人這麼做，而且還有人會參與。我心想那個覺得菜不是那麼好吃的孩子，在那當下，應該還是感到幸福的，心裡頭還是甜甜的，覺得有人在乎他，他還可以有餘裕小小地鑑賞一下美食，這是多麼美妙的事啊。

畢竟，他本來可是沒得吃呀。這點他絕對比誰都清楚。

我們大可不必急著教訓這孩子不知足，不懂得惜福感恩，你也許可以說他不懂事，不過，我自己倒覺得他再怎麼不懂事，還是比我懂事的。

我是那個沒有參與在其中的人啊。

他的世界，他的環境，絕對讓他比誰都早熟，他一定很清楚，這是受人的幫助而來的，他只是不太會表達謝謝，或者說還不太會表達。當然，更可以說，是我們還不太聽得懂他的感謝。

他用單純的話語，直接表達，餐點沒有那麼好吃，表示他真的有在吃，表示他真的在品嚐，真的在乎眼前的食物，不像我常常邊滑手機邊吃東西、食不知味，比起來我才是真正對不起做菜的人。還有，他對食物的評語，其實真誠地呈現了人類比較美好的那一面，真實無虛假，而不是我們每天都會聽到的不太有溫度、只是表面功夫的「謝謝」。

這樣說好了，你要不要計算看看你今天聽到幾個完全沒有看你眼睛的「謝謝」，幾個完全沒有不好意思的「不好意思」？

哈哈哈。

想像顯惠提著幾道自己剛煮好的菜，小心翼翼地送到，看著孩子們陸續到來，拿起餐具夾菜，她又期待又怕受傷害地從旁邊偷偷看著他們吃飯，這時，鏡頭特寫孩子閉上眼品嚐口中食物滋味的表情，搭配顯惠專注透過近視眼鏡偷看的臉部特寫，這時可以交叉剪接，也可以分割畫面，兩個臉部表情，兩相對照，我覺得這是世上兩顆心最近的距離。

我喜愛這個真實世界裡的小故事，一如我喜愛這次芮尼克探長置身的故事。雖然是在鏡子的另一面，地球的另一端。

卻有條無形的絲線，牽引著我，隨著每篇章，停不下眼，停不下手，急切著，在意著，想趕快幫他，想趕快解救，想趕快解謎，想趕快趕快讓那些都翻過去。

**有點殘酷，但是真的**

故事的開頭沒有芮尼克，我看著一個單親家庭的早晨，想到許多的混亂，都藏在下頭，不，是如此明顯，就在眼前。你想著，裡頭的孩子，或者說青少年、青年，接著會如何？我不知為何，立刻想到的是報導者的重要專題《廢墟少年》，那些曾經在機構裡跌跌撞撞長大的孩子，經歷多一些滄桑，夢想少了些光芒。

我擔心著自己，對，你沒看錯，我作為一個讀者，我擔心著。

我擔心自己會不會看不下去，對，我作為一個孩子的爸爸，對於跟孩子有關的惡事，近來的耐受度變得很差，我會恐懼害怕，害怕壞事降臨，害怕壞事降臨在我們這個世界上，而不單是故事裡的虛構世界。

但，很抱歉，它確實早就，降臨了。

我跟自己說，你要勇敢，你要認真，你要試著面對，因為芮尼克得面對，因為有孩子每天面對。

真的有點殘酷。有點殘酷，因為它是真的。

恐怖的事情，常常是因為你不敢正眼看它。

而比起殘忍，更殘忍的事，就是知道有殘忍的事發生，卻假裝沒有。

（對，我甚至一度擔心，擔心譯者的身體承受得住嗎？）

（結果，她的心靈比我強壯許多。）

而我要說的是，願意把力氣花在面對殘酷的事上，那是多大的仁慈。

那絕對比殘酷更加強悍，而我們要試著那樣做，好壓倒那些惡事，好壓倒那些一瞬間會壓倒我們的。

## 凌晨四：四〇

此刻是凌晨四點四十分，也許該說是黎明前。

我起來書寫，狗在沙發上睡，我過去時，她眼緊閉著，呼聲很高，有時我笑說，是全場呼聲最高的。

我煮了咖啡，是衣索比亞古吉產區的魔魔拉莊園，我想著，芮尼克也總在這時，燒著熱水，磨了咖啡豆，也把自己的心給磨開來，讓那氣味迸發出來。他獨自坐在那裡，大房子的廚房角落，貓有時來，有時不，他看著世界，看著自己，看著自己和世界。

有時想起那些走過生命裡的人，有時是女人。他口拙，但心善。最常對付自己的就這種人。倔強極了。

我很愛芮尼克，除了他愛咖啡，他愛爵士樂，更因為他愛人。他真的愛人。

他對於那些被世界放棄的人沒有放棄，但也無力過分挽救，因為他知道自己平凡的像個凡人，就算是警局的總督察，也是個升官比人慢，人際關係淡薄接近苦悶，回到家只有貓想理他，噢不，很多時候他們也只想吃飯，頂多願意趴在他腿上聽音樂。

他，有點灰撲撲的，彷彿當地的天氣，連絕對的黑色都不是，影子或許都比他有個性，沒有厲害的右勾拳，也沒有火力強大的武器，只有彎著高大的身軀，低著頭擔心，擔心領帶上的污漬，擔心手下的探員心理狀態，擔心週末波蘭俱樂部的邀約，擔心郊區弱勢家庭的孩子。那麼多擔心，構成了他。

## 對話花力氣，但對話該繼續

是哪，相對脆弱的那邊，喔，那麼易碎，若不被壓碎，就會被壓得扭曲。

夜裡我闔上書頁，深深地自靈魂深處，吸了口氣，長長地吐了出來，喟嘆。

當芮尼克他苦惱，我也跟著苦惱，他有點難以啟齒時，我也跟著躊躇。

社會議題不單在社會學的課堂上，更不會只是案件績效數字，而是一個個破碎的心和家庭。

芮尼克走進那家門前時，我心抽痛。

相較於殘酷的世界，芮尼克何嘗又不是脆弱的那邊呢？

我們又何嘗不是脆弱的那邊呢？

只是，當那壓迫被我們因為仁慈而勝過時，我們強壯了，我們可以幸運地倖存下來，並且稍稍懂得用仁慈為武器，好贏過那些殘忍。這是故事的意義，這是閱讀的終點站。

芮尼克與女教師的對話，小小的點起了社會結構與教育制度，盡是在善與惡間的拉扯，女教師代表的那番言論，其實也是芮尼克心中的某一組聲音，你甚至可以把這當作是他的自我對話。

對話不總是對，但不對話更可能錯。是啊，是啊。

對話花力氣，但對話該繼續。

謝謝芮尼克，帶著我們對話，帶著我們理解眼前的世界，並意識在一次次的落敗後，我們也許不盡然輸掉了良知與人性。

有時我喟嘆，有時我不。

因為芮尼克。謝謝芮尼克。

（盧建彰——詩人，小說家，導演，廣告創意人）

# ◆ 1 ◆

諾瑪・史納普星期四對小兒子說的最後一句話是：「別讓我逮到你，你這個死小子！我非扭斷你脖子不可。」就像諾瑪人生的其他場景一樣，這一幕此後不斷浮現腦海，而這些咒罵宛如忿怒的手指，緊緊掐住她脖子，用力再用力，直到她無法喘氣。而尼奇呢，在摔門和他自己高八度的笑聲中，很可能半個字也沒聽見。

◆

事情的開端和平常沒什麼兩樣，他們一家四口在開門見街的狹小房子裡碰來撞去：尼奇的姐姐希娜從浴室出來，乒乒乓乓在房間之間穿梭，想找乾淨的上衣、綠色工廠制服和鞋子的右腳。還不滿十五歲的尼奇三步併兩步從樓梯下來，皮帶上掛著隨身聽，嘴裡哼哼唱唱。「媽，你有沒有看見我的上衣？」希娜喊著。「媽，吐司哪裡去了？」「媽，我以為你會把衣服燙好！」只有老大夏恩一動也不動。再八天就滿十八歲的夏恩，金髮，灰眼睛，臉色紅潤，坐在老舊的沙發正中央，吃吐司，喝第三杯茶，看著電視上的《豐盛早餐》節目。

「媽……」

諾瑪頂著沒梳的亂髮，衣服也還沒換，打開後門，放灰貓出去。沒人理睬的狗兒在外面不停抓著門，這時衝向牠的碗，開始吠叫。

「天哪，」諾瑪說，「別又開始了。」

水槽旁邊的瀝水架上，有個泡過的茶包流下橘色的汁液，滴到打翻在水槽裡的牛奶上。半碗吃剩的早餐穀片，泡得軟軟的，撒在咖啡渣上。夏恩最好的一件襯衫掛在椅背上晾乾，幾條棉質內褲則搭在電熱器上頭。諾瑪從冰箱後面拉出一罐狗糧，開始找開罐器。

「尼奇，滾開，別擋我的路！」希娜說。

「你才滾開咧！」

諾瑪聽見隔壁房間傳來甩耳光和揮拳的聲音，接著是希娜的高聲警告。諾瑪之前點了根菸，卻忘了抽，這會兒摁熄悶燒的菸蒂，又從香菸盒裡掏出一根來。一時找不到打火機，於是低頭就著爐火點菸。

「媽，我以為你會燙這件衣服！」希娜站在門口，一手拿著米白色的上衣，身上泛黃的白色胸罩和黑色短裙裙頭之間肋骨根根分明。她好像還沒找到另一隻鞋。

「天哪，你就不能好好遮住身體嗎？」諾瑪說。

「就是啊，」尼奇推開她，走進廚房說，「誰想看你這身皮包骨。」

「不想看？那你幹嘛每天偷偷摸摸在浴室外面探頭探腦？」

「為什麼？因為我急得差點要尿褲子了啊。我還得等你用石膏填滿臉上的瘡疤。」

希娜把手裡的衣服往他身上丟，打中他左臉頰腎形的燙傷傷疤。尼奇笑著跳開，撞上桌子，失去平衡，撞翻了狗碗，狗糧灑得一地。

天哪，諾瑪想，他什麼時候才會長大？「好了！」她大聲嚷著，「鬧夠了，尼奇，你去給我掃乾淨。希娜，你再不出門，就搭不上公車了。要是再遲到幾次，你肯定丟工作。」

「又沒工作了！」尼奇大笑。

「閉嘴！」諾瑪說。

「我想，」播廣告的時候，夏恩有了動靜，「壺裡沒有茶了吧？」

「對，」諾瑪說，「是沒有了。」

尼奇拿起狗碗時，狗咬他的手，他用碗敲狗鼻子。狗舉起前腳，齜牙咧嘴吠叫，但沒進一步動作，轉身躲進牆角，嗚嗚叫。

「跟條小狗鬥，沒出息。」希娜往弟弟小腿肚一踢。

「尼奇，」諾瑪在門口說，「在我回來之前打掃乾淨。順便清理一下水槽。」

「為什麼我活該倒霉？」

「因為我叫你做，這就是為什麼。」

夏恩咯咯笑，又繼續看電視。

◆

十分鐘之後，諾瑪換好舊針織衫和寬鬆長褲下樓來，準備去酒吧做她早上的清潔工作，恰好逮到尼奇手伸進她皮包，打開錢包，打算把她僅剩的十鎊塞進他口袋裡。

「你這個小王八蛋，你以為你在幹嘛？」

他倆都知道答案是什麼。

尼奇眼睛閃過一抹恐懼，擠過餐桌角落，衝向後門。諾瑪塊頭雖大，但動作敏捷，比尼奇料想得更敏捷。他剛把後門拉開十五公分，諾瑪就一掌把門關上，另一手刮他一個耳光，讓他從脖子到臉頰一片紅。

「你這個小偷！」

「喏！」尼奇把兩張五鎊鈔票高舉過頭。

諾瑪伸手要拿的時候，他迅速轉身，讓她抓個空，而他則趁隙溜出後門，然後用力摔上。「別讓我逮到你，你這個死小子！我非扭斷你的脖子不可。」

她追著他的笑聲來到後院。這裡堆著垃圾桶、空兔籠，還有從大賣場推回來卻沒歸還的購物車。諾瑪穿出院門到兩排房子之間的窄巷，追著兒子跑，但得一路閃躲地上的狗屎和碎玻璃，跑不快。尼奇站在巷子盡頭，得意地揮著那兩張五鎊鈔票，然後一溜煙往街上跑，不見人影。

諾瑪冷得打個哆嗦，走回屋裡。

「你得把他鎖起來才行。」希娜扣好工作服的鈕釦，正準備離開。

「給你吧，」夏恩把他的那包菸遞給媽媽，「他這次偷了多少？」

諾瑪點菸，抽了一口，緩緩吐出煙。「全部，」她坐到椅子上，「你以為他總會學到該死的教訓，對吧？」上回尼奇一個星期之內偷了鄰居家兩次，忿怒的鄰居朝他丟汽油彈，但就連這樣都沒能讓他學到教訓。沒錯，躺在醫院裡的時候，尼奇是認錯了。他臂腿灼傷，水泡從胸口一路長到脖子、臉頰，連著好幾天晚上，諾瑪在醫院照顧他，他對媽媽一再保證，絕對會改過向善。

夏恩從長褲口袋裡掏出一小疊十鎊和二十鎊鈔票，塞了一張二十鎊紙鈔到她手裡。諾瑪看著他那雙灰色的眼睛。別問，她心裡有個聲音說，你不想知道就別問。「謝謝你，」她說，「親愛的，謝謝你。」

◆

諾瑪生長在羅塞翰，父親是鋼鐵廠工人，母親連生六個小孩，生小孩之間的空檔在當地一家小店當店員。諾瑪是老么，也是壓垮媽媽意志，害她心碎的最後一根稻草。

她三歲的時候，爸爸搭上挨家挨戶兜售吉普賽幸運草的十七歲女生。透過信封裡邊角捲曲的照片，以及媽媽舌尖的惡毒言詞，諾瑪對他只有模模糊糊的印象。

所以諾瑪的幼年時光都在櫃台旁邊的嬰兒床度過，擠在一罐罐糖果和報紙之間，不時哭鬧。每回一哭起來，店裡的客人總是輪流抱她，親她，和她嘟嘟嚷嚷，但這都只是一時興起、絕不持久的憐愛。媽媽向來是最後一個抱她，又第一個放下她的人。

「是你逼走你爸的。」她媽媽目光裡始終有這句沒說出口的指責。後來有一天，媽媽提早從店裡回家，逮到諾瑪掀起裙子，和十歲的傑瑞・普勞特躲在客廳沙發後面探索彼此的身體。媽媽終於爆發：「你，你這個不要臉的賤貨，都是因為你！」

當時九歲的諾瑪覺得媽媽說的應該沒錯，畢竟，有兩個哥哥早就對她毛手毛腳了。

諾瑪十三歲的時候，全家搬到胡德斯菲爾，一幢牆角陰暗，永遠瀰漫穢物臭味的房子。最年長的兩個哥哥姐姐已經不住在家裡，姐姐懷孕、結婚，生活悲慘；哥哥從軍，不時在艾德修特或薩里伯利的酒館喝得爛醉，回不了家。諾瑪長得豐滿，非常早熟，稍微上點妝，穿上高跟鞋，看起來就像十六歲，甚至十八歲，所以她也常這樣混進酒吧。她走在路上，總有男人互相推推手肘，盯著她看。學校裡，年紀較大的男生故意在走廊上堵她。而諾瑪最喜歡的，是去看電影的時候，等燈光變暗，電影銀幕亮起來，穿著貼身毛衣，慢慢從左邊走到最右邊的位子，感覺到每個人的目光都跟著她轉，彷彿自己是個電影明星。

當然，就像她媽媽不厭其煩警告她的，她只會有一個下場。諾瑪隱瞞懷孕的事實，穿著寬鬆的衣服，看起來就只是個變得更胖的胖女孩，瞞了將近七個月。

寶寶提前三個星期出生，像條血淋淋的魚那樣從她體內溜出來，滑進助產士手裡。他們讓諾瑪抱他一分鐘，寶寶弄得她脖子臉頰都濕答答的。這一分鐘感覺好久。

「寶寶很小，」助產士說，「太小了。應該要放進保溫箱的。」她媽媽和醫院安排了領養的事，諾瑪未成年，不需要她自己簽名同意。

「忘了吧，親愛的，」她那已婚的姐姐說，「你以後要生幾個有幾個，我們等著瞧。」

確實是，但她始終沒忘記這個孩子。

邁可，把他抱在懷裡的那一分鐘，她就知道他要叫邁可。他哭個不停，但她對他輕聲細語。邁可。她自此沒再見過他，也不知道他身在何處。儘管現在或許有辦法可想，但她也從來沒有追查他的下落。諾瑪喜歡想像他在某處過著幸福滿足的生活，是個成年人，說不定已經成家了。

他們是因為媽媽的男朋友才搬到胡德斯菲爾的。那個男的有天晚上把諾瑪壓在地下室牆壁，想捏她的乳房，諾瑪拿煤鏟用力敲他膝蓋下方，明白告訴他，要是再敢碰她，她就剁下他的老二，拿去餵鴨子。之後，他每回經過公園，眼睛都直盯著水面看。而諾瑪也因此知道，只要她努力嘗試，總還是可以控制自己人生裡的某些事。

再次懷孕，是因為她深深愛上派崔克・康納利。沒有派崔克的人生，比沒有空氣更慘。所以懷孕是深思熟慮的行為，至少在諾瑪是。

二十九歲的派崔克比諾瑪大了快十歲，有愛爾蘭、蘇格蘭、還有不知哪裡的血統，浪跡天涯，從愛爾蘭的科克到愛丁堡，再到格勞斯頓伯利，有點嬉皮性格，脾氣很壞，號稱樂手，但只有初級的吉他彈奏技巧，歌聲像撒旦天使樂團的歌手，甚至是像文學體樂團的主唱。週末，派崔克搭火車到曼徹斯特或里茲去賣藝，平日則和拼湊成軍的八人靈魂樂團在本地酒館演出。有一晚，他閉上眼睛演唱阿爾・格林的〈Tired of Being Alone〉，有酒精壯膽的諾瑪衝到舞台上，撫摸他的大腿。

他們租了一間商店樓上附傢俱的兩房公寓，就在車站附近。有時候派崔克會揍她，而她也回手。諾瑪這大塊頭的女孩——應該說是大塊頭的女人吧——塊頭變得更大，也學會善用她的體重揮拳。有天晚上，派崔克哈草哈嗨了，說他最想要的就是兒女，一個完整的家庭。諾瑪把他的話當真了。

懷孕期間，派崔克四度丟下她，不知躲到哪裡去，但幾個星期之後就又搬回來。他想勸她墮胎，但為時已晚，後來搭雙層巴士從帕得達克到隆伍德的時候，他竟然把她推下階梯。

諾瑪向法院申請了禁制令，不准他接近，但夏恩出生之後，他又開始動之以情，從附近花園偷摘花來送她，在病房外面的迴廊唱歌給她聽。回來同住五個月之後，派崔克死命搖著夏恩要他別哭，結果弄斷了他的三根肋骨。

諾瑪有個朋友叫蘿莎，隻身帶著兩個孩子住在諾丁罕。諾瑪立即收拾行李，帶寶寶搭上巴士，往南行。她們共同分擔支出，分擔家務，罵社會福利——這些沒天良的渾蛋，光靠這一點點補貼，叫我們怎麼活下去？——週五夜晚在酒吧唱歌，玩賓果，看電視。就這是樣，諾瑪想：男人全是狗屎！

她在蘿莎妹妹的婚禮上認識彼德。婚宴之後，他們一起回家。諾瑪和彼德，蘿莎和某個事後再也沒見面的傢伙。蘿莎找到一瓶蜂蜜甜酒，用有裂縫的馬克杯分著喝。那個沒人認識的傢伙掏出幾根大麻菸發給大家。兩兩成對的時候，諾瑪和彼德一起。又有什麼壞處呢？不過就是上個床嘛。

壞處呢，就是她墜入愛河了。

彼德個頭小，風度翩翩，靈巧的手指彷彿把她的身體當點字書般摸得熟透，溫柔的深色眼睛，睫毛又長又捲，像女孩似的。夜裡，諾瑪翻身壓在他身上時，總是很擔心會把他壓得窒息。

他陪夏恩玩，把他抱在腿上，雖然夏恩很難逗笑，又很容易哭。諾瑪讀懂他眼裡的神色。夏恩兩歲時，希娜出生，十一個月之後，又添了尼奇。

是你逼走你爸的。

彼德只要一碰尼奇，尼奇就放聲尖叫。彼德抱起他，他就拳打腳踢。後來，彼德只要一踏進房間，他就開始哭。只有諾瑪能讓尼奇安靜下來。他的目光隨時跟著她轉，一學會爬，就整天跟在她後面。而他怎麼也不肯睡，除非諾瑪抱他到她床上。

彼德先是睡在臥房地板上借來的床墊，後來睡在客廳沙發，最後就不回家睡了。「我受不了，」他對諾瑪說，「我再也受不了了。」

「不會有事的，親愛的，」諾瑪說，「尼奇會想通的，你畢竟是他爸爸呀。」

但是尼奇還沒機會想通，彼德就不再想了。有天下午諾瑪採買回來，看見他的東西全清空了，他最好的那套西裝，很像她父親在舊照片裡穿的那一套，已經從衣櫃裡消失了。

沒有隻字片語。一年兩次，聖誕節和生日，他會寄卡片給希娜，永遠是不同地方的郵戳，但沒有寄信地址。

諾瑪告訴大家說她不在乎，就像她和蘿莎不時說的，男人都是狗屎。但幾年後，夏恩突然開始有脫軌行為的時候，她不得不承認她一個人應付不來，於是夏恩第一次被送去由政府監護。社工告訴他，讓媽媽休息一下吧。他是個好孩子，社工對諾瑪說，我相信他會理解的。不管理解或不理解，夏恩從沒說什麼。特別是第二次監護回來之後，夏恩幾乎整天沉默。

◆

「你今天早上不去上班嗎？」夏恩問。

諾瑪坐在餐桌旁，香菸冒出裊裊輕煙。「要啊，」她說，「等一下就去。」

夏恩聳聳肩，「隨便你，我要走了。」

諾瑪點點頭。再喝一杯茶，再抽一根菸，再來點什麼吧。她拿起東西，出門去。

◆ 2 ◆

「各位請不要太興奮喔，」地理老師走進教師辦公室，一面脫外套一面說，「今天早上據說有人瞄見史納普在附近出沒。」

「哪裡附近？」原本在填字謎的數學老師抬頭說，「你知道具體地點……」

「在校園裡。大概在廁所附近，他的老巢。」

「我們應該立個告示牌的，可能有不少老師沒見過這個珍稀動物。而且，我想他應該也在這裡待不久。」

「很難預測，」地理老師說，「史納普的遷徙習性沒有規則可循。」

漢娜．坎貝爾坐在房間另一頭，想在鈴聲響起前改完一疊考卷。她覺得這件事並沒這麼好笑。上一回尼奇．史納普出現在她班上，原本講得好好的課，不到十七秒鐘就天翻地覆了。但她也知道，如果尼奇沒來上學，很可能是惹上更大的麻煩。他行為不端的紀錄，就連在這個名聲不佳的學區裡，都算得上駭人聽聞。上課鈴響時，漢娜嘆口氣，在一本卷子上打了分數，蓋好紅筆的筆蓋，站起來。又是新的一天。

◆

尼奇讓幾個小孩看他身上這件Hugo Boss棉質襯衫的標籤。對他瘦弱的身形來說，這衣服有點太大，但以尼奇得手的方式，要挑到剛好合身的衣服也太難了。他今天襯衫沒扣釦子，穿得寬寬鬆鬆得倒也還不錯，裡面一件黑色T恤領口拉得高高的，儘量遮住胸口的傷疤。黑色丹寧長褲褲頭反摺，腳上的銳跑運動鞋磨得破舊，一邊的鞋底快掉了。是該找雙鞋來換了。

「史納普，幹！你在這裡幹嘛？」有個往教室裡衝的男生問。

「他們求我來的呀，」尼奇說，「他們全都跪下來求我。」

「是喔，反正你還是來了。」

◆

「那麼馬克白和女巫之間呢？」漢娜・坎貝爾問，「你覺得他相不相信她們？」

「他當然相信。」坐在前排的一個女生說。

「好，為什麼？」

「因為他相信啊。」

「沒錯，但為什麼呢？我的意思是，你相信嗎？」

「相信什麼？」

「如果你回家的時候穿過森林區……」

「老師，我回家的時候不會穿過森林區啊。」

「要是你穿過森林區，經過停車場的時候，看見三個奇怪的老太婆……」

「妓女。」有人大喊。

「野雞。」

「婊子。」

後排的一個男生跳起來，站在課桌旁，誇張地摸著臀部。「嘿，馬克白，小夥子，想爽一下嗎？」

「好，好了，」漢娜面帶微笑，等待笑聲平息。「我們回到這個問題上。要是你們被三個陌生人攔下，告訴你說你會碰上什麼事，你們會相信嗎？」

「要看他們說的是什麼事。」

「好，偉恩，怎麼說？」

「要是他們說的是你想聽的，你就會相信。」

「沒錯，比方說我會中樂透之類的。」

「會中七百萬。」

「那個開槍自殺的傢伙，就是因為沒押中獎的那個數字。」

「他怎麼知道哪個數字會中獎，笨蛋。」

「他當然知道。因為他每個星期都簽同一個數字，偏偏就只有這個星期沒簽。」

「白癡。」

「好了，」漢娜說，「安靜，我們思考一下。馬克白和女巫的故事，是不是和你們剛才的討論很像？」

「老師，《馬克白》裡又沒有樂透。」

「是沒有，但他們談的就是你在這世界上最想要的東西，不是嗎？登基成王。所有的榮耀，所有的權力。所有的夢想都成真。」

「但是夢想成真啊什麼的，」這次是個坐在牆邊的女生，用原子筆撥開頭髮。「並不會發生，對不對，老師？」

「你指的是在這齣戲裡，還是真實的生活？」

「真實生活。」

「有個傢伙，」坐在門邊的男生說，「在工廠當工人的，贏了好多錢，結果不適應，最後回巴基斯坦了。」

「應該把他們整夥人都帶走。」

「他們全家人。」

「順便把法札爾也帶走。」尼奇說。他從上課之後，一直把玩從店裡幹來的卡西歐電子筆記本，到這時才第一次開口。

「我不能回去，小滑頭，」法札爾回擊，「因為我從來沒去過那裡。」

「好了，」漢娜語氣堅定，「別再鬧了。」往前走近尼奇，「你的看法呢，尼奇？你覺得莎士比亞是要我們思考什麼問題？如果我們最大的願望實現了，會怎麼樣呢？」

尼奇在電子筆記本的鍵盤上按了按，星期那一欄馬上變成法文。她幹嘛不走開去問別人呢？

「尼奇，你認為他在這齣戲裡探討的是野心嗎？」

「他媽的誰知道。」

「什麼？」

「我說我不知道。」

「你為什麼不知道。」

尼奇推開電子筆記本。「他要是希望大家知道他在講什麼，就該用正常的英文寫出來，不是嗎？」

「他寫的確實是他那個時代正常的英文。」

「是喔，但我們時代不一樣啊。現在是現在。要是你希望我們讀，為什麼不找人用我們看得懂的英文重寫呢？」

「是啊，老師，」有人嚷著，「不然就要加上解說字幕。」

「然後在第四頻道播放。」

「有多少人贊成尼奇的看法？」漢娜問，「莎士比亞應該翻譯成現代英文？」

附和聲此起彼落。

「但是這麼一來，我們會有什麼損失？」

「什麼損失都沒有。」

「只少了莫名其妙的怪字。」

「看都看不懂的字。」

「沒錯，」漢娜說，「我們損失了那些字彙，也就損失了語言。事實上，那樣就完全不是莎士比亞的作品了。」

大聲鼓譟：「但故事還是一樣的呀，老師。」

「我知道，韋恩，但是你難道不知道，過了這麼多年之後，我們還讀莎士比亞，並不是為了故事，而是他所運用的語言？他所寫的故事和其他人寫的並沒有太大的不同。事實上，他還借用了別人的故事。」

「老師，可是我上回這麼做，你給了我零分。」

「那不一樣，莎士比亞可沒有逐字照抄，連錯字也沒改。」

笑聲又起。

漢娜看看手錶。「你們有多少人看過《黑色追緝令》？」全班有一半的人看過，而且幾乎所有的人都在電視上看過預告片。「《閃靈殺手》呢？」三分之二看過。

「好，這兩部電影都很暴力……」

「不夠暴力，老師。」

「流血、暴力、犯罪、謀殺是主要的元素，其實和《馬克白》差不多。告訴我，除了基本的故事之外，昆恩．塔倫提諾的《黑色追緝令》和奧利佛．史東的《閃靈殺手》最顯著的差別在哪裡？」

「約翰．屈伏塔。」

「《黑色追緝令》比較長。」

「《閃靈殺手》很爛。」

漢娜舉起一手，要學生安靜。「最大的差別不是在於對話嗎？也就是語言的運用。奧利佛．史東的電影快速剪輯，有MTV的效果，而《黑色追緝令》比較多對話的場景。」

「有一段他們在車子裡，一直聊法國人叫『大麥克』什麼？」

「就像在《横行霸道》裡，他們坐在餐桌旁邊……」

「一直聊瑪丹娜……」

「對，」漢娜說，「沒錯。講話，語言，這不就是塔倫提諾喜歡的嗎？要是把《黑色追緝令》裡的對話拿掉，就完全不是他的電影了。甚至也不會是一部好電影。如果你拿掉《馬克白》裡的對話……」

「那速度就會變快。」

「……這齣戲也不會精彩了。當然更絕對不會是莎士比亞。」

漢娜還來不及繼續說，下課鈴聲就響了，拉椅子、聊天和三十一雙腳移動的聲音，淹沒了一切。

「尼奇，」漢娜儘量大聲說，「我可以和你說句話嗎？」

但尼奇就像那幾個女巫一樣，瞬間消失無蹤。同時消失的，還有漢娜的錢包。和她的行事曆、準備下課吃的巧克力棒一起塞在皮包深處的錢包，已經不見蹤影了。

◆

3

◆

尼奇嘴咧得大大的，一面咬披薩，一面講話。「洛藍，剛好被我碰到，算你走運。你就是在找這個，對吧？」

洛藍把糖加進咖啡，兩小包，接著又倒第三包。他上回花了三十鎊向尼奇買一對喇叭，結果才過十天，就又花兩倍的錢送修。

「拿去，」尼奇把乍看之下像個玻璃盒的東西推過桌面。

「他媽的什麼東西？拍立得還是什麼鬼？」

「看看吧，嘿，看一下。」

洛藍搖搖頭。「開什麼玩笑，小子，我要這幹嘛？」

尼奇難以置信，洛藍竟然這麼遲鈍。「這是商務人士必備喔。商務。你是大生意人吧。你老是告訴我，要忙著去這裡那裡，見這個人那個人。但你有時候會忘記，對吧？你自己告訴過我的。看，你要是有這個東西……」尼奇按下幾個鍵，「看，這是不是很完美？清清楚楚。這叫什麼來著，袖珍口袋型。可以收進你的上衣口袋，內口袋，什麼地方都可以。但是你需要知道的一切，洛藍，看吧——電話號碼、地址、約會——都可以儲存在裡面。SF-8305。除了傳真和寄電子郵件之外，什麼都可以做到。甚至傳真和電郵也可以外接。看，這裡，看見沒？翻譯，可以翻譯九種語言。你相信嗎？我敢打賭，你連哪九種語言都數不出來。」

洛藍拿起這東西，看著橢圓形螢幕上方微微發亮的一行字「mercredi」。「他媽的，渾小子，你拿這東西給我幹嘛？」

「來和你做生意啊，不是嗎？」

洛藍大笑，咬一口櫻桃派，差點就燙到舌頭。「該死！這東西幹嘛這麼燙啊？」

「三十鎊。」尼奇說，從披薩上挑掉最後一塊磨菇，擺到紙盤旁邊。真受不了磨菇，一聞就想吐。「如何，洛藍？三十鎊。」

洛藍壓下一個按鍵，螢幕就變黑了。「什麼也沒有，小子。我沒興趣。」

「二十五鎊。」

洛藍搖搖頭。

「好吧，二十鎊。」

「尼奇，我告訴過你多少次了？現在又拿這爛東西來。」

人渣！尼奇把披薩餅皮往桌上一扔，捏皺紙盤，啪一聲關掉電子筆記本，塞進牛仔褲口袋，站起來。「掰了，洛藍。」

「好喔。」

距門口十五公尺時，尼克那雙穿銳跑運動鞋的腳往後一轉，快步走回洛藍面前。「嘿，」他從背後挨近洛藍，「十五鎊，你轉手就可以賺一倍。」

「十鎊。」

尼奇把電子筆記本擺在洛藍杯口上。「成交。」

洛藍笑起來，把鈔票擺在尼奇掌心。

十鎊，尼奇走回街上的時候想，坎貝爾的錢包裡還有十五鎊，夠我去買雙像樣的鞋子，換掉腳上這雙爛貨了。

◆

馬克．迪文不知道有沒有注意到校門口旁邊有幾朵沒摘、也沒踩扁的水仙花。但就算他注意到了，從他臉上也看不出來就是了。昨天晚上頂多睡了四小時。究竟喝了幾杯苦啤酒？六杯或八杯吧。結果他一路跟著逛過一家又一家酒吧的那女人，卻只對著他哈哈大笑，爬上計程車。他上床的時候應該已經兩點多了。不，是快三點。而今天早上，留著小鬍子的葛拉翰．彌林頓一臉得意訓斥他文書工作沒做完。「你幾歲？」彌林頓問，「二十七，還是二十八？你問問自己，為什麼現在還只是刑警，而比你年輕三、四歲的人卻爬到你頭上了？」

迪文差點就要說，「那你咧？從我進警局開始，你就是巡佐了，到現在也沒升官。」但他什麼也沒說，只咬著嘴唇，沉著臉坐在刑事偵查辦公室裡，後來就接到電話，說有個老師在教室裡被偷了錢包。她活該，迪文想。但這剛好給他機會離開辦公室。漢娜．坎貝爾，他可以想見她的模樣：一頭捲捲的短髮，飛機場似的胸部，霧濛濛的厚重眼鏡。叫漢娜的不都是這副長相嗎？迪文隱約記得他有個漢娜姑媽，臉頰上還長鬍子咧。

「有什麼事嗎？」正在辦公室裡打字的女子抬頭，用懷疑的眼神打量迪文。

「我是刑警迪文，」他出示證件，「警察局派我來處理今天早上發生的案子，有位漢娜，呃，坎貝爾。我想你也知道吧。」

「請坐。」

迪文覺得很奇怪，為什麼每次一踏進學校，任何學校，就會感到一股深沉的挫折感？

◆

她在二樓的小房間等他。這裡只有一扇高窗，光線昏暗，窗外只看得見天空與磚牆。書架佔據兩個牆面，架上的書不是破爛得封面快散了，就是不知多久沒人碰了。不是說學校圖書短缺嗎？迪文想。他是在哪裡聽說的？這裡哪來這麼多書？

「坎貝爾小姐？」

「請叫我漢娜。」

迪文出示證件，自我介紹，隔著窄窄的桌子，坐在她對面。

他發現他之前猜錯了。第一，她比他想像來得年輕。大約三十四、五歲，也許更年輕。眼鏡擦得很乾淨，頭髮也略長一些，側分往後梳。淡棕色的頭髮。黃褐色的外套裡面，是一件丁香紫的開釦上衣。這算丁香紫還是普通紫色？他反正搞不清楚。一條長及小腿肚的黑裙，搭上便鞋。

「我已經和兩位警員談過了。」漢娜說，「把我所知的情況，儘量完整說明了。」

「是制服警員吧？那是標準程序。」

「你是刑警，對吧？刑事偵查部的。」

迪文點頭，不想讓她有看扁他的機會。

「你希望我把事情從頭再說一遍？」

「是的，沒錯。」

她看著他，疲憊的黑眼圈稍微緩和了他天生的狂妄。

「你不寫筆記嗎？」漢娜問。

她等迪文掏出筆記本和鉛筆，才開始講。

◆

「你覺得你們會逮到他？」

「尼奇・史納普？」

「我們講的就是他，不是嗎？」漢娜陪他穿過一樓走廊，送他出校門。

「你好像很確定是他。」迪文說。

漢娜聳聳肩。「我的錢包不見，尼奇也不見，幾乎就在同時。況且，他向來有這種癖好。」

「什麼？」迪文追問。

「偷東西。他以前就惹過這種麻煩。」

迪文的嘴角出現笑紋。「就只是一兩次。」

「所以你們不會去逮他？」

「我們以前逮過他，但法院放他走。他不能坐牢，因為年紀太小。那時十二、三歲吧。」迪文看看四周的門窗，「你整天和他們在一起，應該很清楚是怎麼回事。」

漢娜什麼也沒說，繼續往前走，經過教師辦公室，站在外面的台階上。整幢建築在柏油路面上映出長長的影子，春天的空氣還微有涼意。漢娜發現迪文盯著她看。看她的脖子，她的胸部。

「你專程來一趟，有點浪費時間。」她說。

「趁你的東西還在他手上的時候逮住他，例如信用卡之類的，也許有哪個神志清楚的傢伙會送他去蹲大牢。」

「有可能嗎？就這樣逮住他？」

迪文微微挺胸，看起來高了幾公分。「過去一年刑案破案率最高的就是諾丁罕警局。」

「真的？」

「每名員警平均偵破十四件刑案。」

「這好像也不是太高。」漢娜說。

「但比其他人強。」

「統計啊，」漢娜微笑說，「不能光看破案率，必須考量刑案的數量，才能有正確的解讀。」

「嗯，好吧，」迪文轉開視線，「我不記得數字。」他記得清清楚楚，犯罪率是千分之一百四十八，僅次於漢柏塞郡，名列第二。他說，「我得走了。」

「好。」她遲疑了好一會兒，才轉身走回學校。

「嘿，我在想……」迪文說，臉頰微微泛紅。

「不，」漢娜說，「對不起，不可能。」

◆

# 4

◆

「你想想，」史凱頓說，「在有點成果的時候，我們最不樂見的，就是把事情搞砸，冒著失去所有成績的風險。」

坐在警司辦公桌對面的芮尼克咕噥一聲，大概會被當成是附和吧。

「你知，我也知，查理，」史凱頓繼續說，「全國各地的警局都恨不得有這樣的成績。」

芮尼克點點頭，把重心從左臀移到右臀。成立重案組的想法以前也曾經討論過，但隨著高層的異動，這次很可能不再是紙上談兵。

史凱頓把玩鉛筆，破壞了他辦公桌向來維持的完美對稱。「你知道這是什麼意思，對吧？第二軌的警力，就是這樣。讓那些明日之星和聰明小子在一起吹捧彼此金光閃閃的博士學位，我們其他人呢，就去管管登山腳踏車失竊啦，交通違規之類的雞毛蒜皮小事。」

芮尼克心想，說不定目前就已經是這樣的情況了。比方說，海倫．席頓斯。這位年輕聰慧的刑事督察，曾經在這裡待過一陣子，時間雖不長，卻已足以撼動史凱頓搖搖欲墜的婚姻。芮尼克在她當上督察的年紀，只是個巡佐。而今，四十好幾的他還是督察，而她呢？已經高升索莫塞特的督察長了。瑞格．柯索前幾天晚上在酒吧裡說：「要是這隻老母雞夠走運，不只是女的，而且還是黑人，現在早就幹警司，而不是他媽的督察長囉。」

「瑞格，」葛拉翰·彌林頓笑著說，「她確實早就幹警司了。我們那位老好人傑克警司啊。」

芮尼克看著辦公桌對面的傑克，很好奇傳言是不是真的。史凱頓確實喜歡席頓斯，非常明顯，而她利用了這一點。但除了流連不去的眼神和幾乎不加掩飾的表情之外，是不是還有其他的，芮尼克就不得而知了。況且這也不重要，重要的是艾麗斯·史凱頓覺得發生了什麼。只存在意念裡的私通和床上的跡證一樣難以脫罪。上一次芮尼克到史凱頓家，彷彿目睹了兩個未成年人在鬥氣似的。

「不過呢，查理，」史凱頓說，「要是運氣好，等這事發生的時候，我們兩個老早就離開了。如今退休已經沒有金錶可拿，但他們還是會送我們紀念品，歡送我們去靠退休金過日子。」

芮尼克不這麼認為。史凱頓也許會吧，但對他自己來說，退休就像在破曉前偷偷溜進來的夢，像前列腺癌之類在睡夢中揮之不去的夢魇。

「琳恩·凱洛葛。查理，」芮尼克快走到門邊的時候，史凱頓才說，「她還好吧？」

芮尼克沒馬上回答，不知道是不是有什麼他沒注意到的問題。「很好啊。怎麼了？」

「噢，沒什麼。」史凱頓張開手指，看著芮尼克，「只是她又開始去看心理醫生了吧？」

◆

沒什麼，芮尼克穿過走廊回自己辦公室時想。才不會沒什麼呢。他很清楚，確實有什麼。

大約十五個月前，琳恩被綁架。犯案的是芮尼克團隊正在追捕的嫌犯。那人之前殺過兩個女人。他以放她們自由為誘餌，逗弄她們，最後殘忍地結束她們的生命。這是他玩的遊戲，而他也這樣對付琳恩，忽而對她溫柔體貼，忽而威脅她，鍊住她，讓她冷得發抖。白天，他用浪漫的溫柔語氣對她講話；夜晚，在黑漆漆的露營車裡，他對著假裝睡覺的她手淫。

在漫長的審判過程裡，痛苦的細節被一一挖出，所有的人都可以在報紙上讀到，在每天晚上的電視上看到。那人請求減刑被駁回，判處無期徒刑。至少必須服刑二十五年。

二十五年，到時候琳恩才五十出頭，比她媽媽現在還年輕。她知道他有可能和她走在同一條街道上，呼吸同樣的空氣。她可能在任何一個轉角遇見他，或在喧鬧的酒吧裡聽見他點酒。下一次她車拋錨的時候，他可能會敲她的車窗，綿綿細雨讓她視線模糊，他愉快的嗓音，他的微笑……

那次的事件還有另外一些事情在她心中騷動不安，那是琳恩拼命想遺忘的。

芮尼克踏進刑偵辦公室的時候，她坐在她的位子上，背對他，微駝著肩，一面講電話一面記筆記。同樣二十幾歲，也是刑警的凱文・奈勒正在電腦裡搜尋縱火事件，追查最近一起導致四歲亞裔男童喪生的火災線索。巡佐葛拉翰・彌林頓和位黑人老太太坐在一起，想讓她說出她所目睹的搶案。發生在本地賭馬下注站的這起搶案，被搶走三千鎊，經理頭部重傷，住進女王醫學中心。其他的辦公桌都沒人，員警在城市各地敲門訪查盤問。

芮尼克的辦公室是位在牆角的一個小隔間。電話鈴響，但他進了辦公室，關上門，鈴聲就停了。瞥了一眼堆在桌上的文件，他打開抽屜，拿出只剩半包的義大利咖啡豆，放進咖啡機裡。這咖啡機是朋友瑪黎安．威茲札克送他的禮物。「送你，查理，對你自己好一點。我知道你有多愛喝好咖啡。」

最後幾滴醇濃的咖啡還沒完全透過濾網滴下，芮尼克就耐不住，打開門，喊琳恩．凱洛葛的名字。

◆

「咖啡？」

「謝謝，不用。」

她現在留短髮，像男生似的，只有幾綹鬈髮垂在她耳朵和簡單的金耳釦前面。她沒再胖回來，臉色也不再紅潤，今天身穿黑色棉布長褲，黑色圓領上衣。

「傑克．史凱頓問起你的情況。」

她沒忘記怎麼微笑，至少眼睛還透出笑意。「那你怎麼說？」

「說就我所知，你很好。」

「那就沒問題啦。」

芮尼克端起杯子湊近唇邊，但沒喝。「只是，你顯然並不好。」

琳恩看著他，看見了一個有著憂傷眼神的憂傷男子。她被拘禁在露營車的時候，他是第一個抵達現場的。當時她緊緊抱著他，心想自己再也不會放開他。這個想法至今依舊：在治療過程和破碎的夢境裡，當時的回憶仍然揮之不去，他緊摟著她，眼裡有淚。

「你去醫院？」芮尼克說。

「去看凱瑞醫師。」

「你又開始看她了。」

琳恩往前坐，雙手貼在大腿上。「這不是應該要保密的嗎？」

芮尼克放下咖啡杯，「你們兩個之間講的話絕對保密。」

「可是如果我回去接受治療……」

「我們有理由關切。」

「因為我可能精神崩潰。」

「我們是關心你。」

她笑起來。「因為我可能沒辦法做這份工作？」

「是的，」他轉開視線。

琳恩又笑起來。

「怎麼了？」芮尼克問，「怎麼回事？」

「沒事，只是……沒，沒事。我也知道你只是善盡本份而已。」

芮尼克挪動了一下，覺得坐得很不舒服。「是因為惡夢嗎？又開始作惡夢了？是這個問題嗎？」

「是的，」琳恩說，「沒錯，老問題。」

謊言浮懸在他倆之間，如煙霧般具體可見。

「但你覺得自己還好，」芮尼克說，「繼續工作沒問題？」

「是的，我真的沒問題。」

「有我幫得上忙的地方，你會隨時告訴我？」

「當然。」她站在門邊，迴避他的目光。

「你手上的工作，」芮尼克說，不知為什麼，他並不想讓她走。「最急迫的是哪個案子？」

「我想是那個從觀護所跑掉的男生……」

「霍格森？」

「是的，馬丁・霍格森。他可能躲在任何地方。曼徹斯特，倫敦。但我今天接到風化組打來的電話，說他們好像看見他在街頭攬生意。在森林路附近。」

芮尼克嘆口氣。同樣的故事。「和你聯絡的是誰？」

「莎朗。莎朗・嘉納特。」

「替我跟她問好。」

「好，我會的。」

琳恩遲疑了一會兒，才走出他的辦公室。她的電話已經開始響了，而結束詢問證人的葛拉翰等著問她加班的事。迪文帶著《郵報》和哈特雷路烘焙坊買的亞買加糕點回到座位上。

芮尼克在他的辦公室裡，瞄著警察局長對審計處近日比較各警局效率報告的回應，說印這種報告，可惜了那些紙。他打開有瑪黎安・威茲札克工整字跡的信封。「你是真的都不在家嗎，查理？那誰來餵你那些漂亮的貓咪？」她附上了請帖，是這個週末在波蘭俱樂部舉行的舞會。她在「非正式服裝」幾個字下面加註：「但記得帶舞鞋！」

芮尼克把信塞到一疊犯罪報告底下，現在他沒心思理會跳舞的事。不知為什麼，或許是手上這杯咖啡吧，貝西・史密斯的藍調慢慢浮現心頭，唱著什麼手冰涼涼醒來之類的。

◆ 5 ◆

尼奇．史納普一直忙個不停。在果菜批發市場旁邊的酒吧後面，他拿漢娜．坎貝爾的兩張信用卡賣了二十鎊。不到半個鐘頭，在聖瑪麗花園優美的環境裡，她的支票簿和支票保證卡以兩倍的價錢轉手。他穿過維多莉亞中心，走向曼斯菲德路，碰上莎莉．普蒂。她因為詐欺被起訴，認罪之後，剛被簡易裁決法院放出來。她叫尼奇去特易購幫她買六罐麥芽啤酒，分他兩罐，一起坐在皮曲街的長椅上喝。她用三張五鎊鈔票和一罐沒開的酒，買下了其餘的信用卡。「替我向夏恩問好，可以嗎？告訴他說我問候他。你一定要記得喔。」尼奇知道這句話會讓哥哥多不開心，打個嗝，揮揮手，把這件事拋在腦後。

他在漢堡王給自己買了漢堡和薯條，吃個精光，在齊普塞街閒逛，看見一雙內襯 Core-Tex 的紫色配紅色健行靴。他不可能偷帶這靴子走出店門，想買下呢，幾乎得花掉他剛賺來的大部份錢。但是錢還能拿來做什麼呢？

他把舊銳跑丟在店裡，穿著新靴子到冰宮旁邊的保齡球館，碰見了他的哥兒們馬丁．霍格森。馬丁只比尼奇小幾個月，但個頭小很多，過大的格子襯衫鬆垮垮罩在黑色運動衫外面，下身是黑色牛仔褲搭高筒運動鞋。猛然一看，會以為他很軟弱，但要是這麼想就錯了。

「幹！」尼奇說，「還以為你被關起來了。」

「沒，只是小孩子待的地方，不是該死的大牢。」馬丁把遮住眼睛的深色頭髮往後撥，咧嘴笑。

馬丁是尼奇唯一合作過的夥伴，一起闖空門，偷東西，在馬丁住的美度徑附近閒蕩。一般來說，尼奇比較喜歡單獨行動，幹些低調且低風險的勾當。馬丁是個好笑的人，但這也是尼奇會和他在一起的原因。只不過，馬丁這人從來不知道什麼叫危險。

「你在這裡幹嘛？」尼奇問。

馬丁朝最近的球道點個頭。「看見沒，我球打得可厲害了。」

他們打了將近一個鐘頭的保齡球，馬丁去買菸，尼奇發現他手裡有將近一百鎊。

「我昨天晚上在森林路，」馬丁解釋說，遞給尼奇一包菸。「要不是條子探頭探腦，我還會賺更多。那些渾蛋！應該把他們全趕走。」

尼奇難以置信。「你做了什麼啊？」

「很簡單，」馬丁笑著說，「就在街上走來走去，等那些色鬼過來……」

「但你怎麼知道誰是？」

「你就是看得出來。有時候他們會要你上車，但如果是這樣，我就會多收錢。多半都是就近解決，墓園是個好地方。」

「是喔，」尼奇說，「不過，你究竟做什麼？」

「天哪，你以為呢？最簡單的就是幫他們打手槍，十鎊。有時候他們會要口交，那就要二十鎊。」

「你沒讓他們……」
「插我屁股？你以為我是什麼人？他媽的神經病啊？以為我想得愛滋病還是什麼嗎？」
「不，不，當然不是。」
「不過，上回有個傢伙很有錢，開賓士，說我如果肯和他回旅館，就給我一百鎊。」尼奇臉上浮現輕蔑加噁心的表情。「他戴保險套，所以沒問題。他給我嗑了藥，所以沒那麼痛。」
尼奇覺得自己快吐了。他掐熄香菸，快步走開。
「等等！」馬丁喊他，「你要去哪裡？」
「回家，」尼奇說，「我本來應該要去上學的。」
「嘿，」馬丁趕上他，「你才不想回家咧。我待會兒要和阿辛碰面。我們可以一起找點樂子。」

◆

莎朗．嘉納特穿紅色短裙搭稜紋褲襪，米白襯衫外扣上暗色棉布外套。彷彿怕自己不夠高似的，竟然還穿了高跟靴。
「這是要融入背景嗎？」琳恩說，眼裡有抹微笑。
「差不多。」
「我幫你點了杯啤酒，可以嗎？」

「可以。」

她們約好在一家叫「林肯郡偷獵者」的酒吧見面。這裡據說啤酒好，菜好，而且還有個後院。她們這時就坐在後院裡。天色才剛變暗，空氣凜冽，氣溫不到十度。

「你今天上班？」琳恩問。

「是啊，待會兒要上班。你呢？」

琳恩聳聳肩，「看情況。」

「馬丁·霍格森？」

「沒錯。」

琳恩第一次逮捕他的時候，他十三歲，剛逃出兒少之家，被伍爾沃斯一名機警的商店巡查員攔下，在他一個鐘頭前才偷到手的提袋裡，找到價值好幾百鎊的電動遊戲機。自此而後，他被逮捕、判刑三十餘次，和一連串的社工、短期養父母和警察交過手。因為本郡的觀護機構不足，馬丁被暫時送到諾森伯蘭的特別機構，後來靠近市區的安柏門觀護所空出收容空間，他就被送回來安置。八天之後，他逃跑，自此行蹤飄忽。

「他十五歲，對吧？」莎朗問。

琳恩搖頭。「十四。」

「人生還漫長得很呢。」

琳恩點頭，喝她的啤酒。

就在這時，尼奇．史納普、馬丁．霍格森與馬丁的朋友阿辛，三人決定去德比，因為阿辛的表哥在那裡的一家多廳電影院工作，可以讓他們免費看電影。馬丁偷的第一輛車發不動。第二輛停在被城堡遮住陽光的林頓路，是輛兩年新的本田汽車，一點問題都沒有。阿辛偷了他哥哥的駕照，所以由他開車。

◆

「你還是想申請調到刑偵組？」琳恩問莎朗。她們沿著曼斯菲德路，走向琳恩停車的地方。

「倒也沒有，」莎朗說，「上次被駁回之後就沒再申請了。」

「他們怎麼說？」

莎朗笑起來，「他們問我想不想調去家暴組。」

莎朗原本是劇場演員，後來在倫敦加入警局。但家暴組很快就讓她覺得無用武之地，並不是因為這工作不重要，其實工作還挺有意思的，問題是，莎朗擺脫不了別人對她的定見——她是個女人，黑女人。在加勒比海裔與亞裔居民多的地區，就讓她去應付他們，因為她和他們有共通的語言。但她不想要每天裝出和善的表情，不想當社工，這些工作她早就做夠了。以前，她和劇團搭車全國巡迴演出宣導劇，要姐姐妹妹們站起來對抗亂倫和家暴。她現在想做的是在街頭解決刑案，可以刺激她的智力，讓她原本就已經夠快的反應更加犀利，讓她腎上腺素加速分泌的工作。

如今呢？好吧，大部份的夜晚，她至少是在街頭沒錯。

「你覺得風化組怎麼樣？」琳恩問。

「你的意思是我喜不喜歡？」

換琳恩笑了。「我指的是工作內容。」

她們在街角停下腳步。森林東路墓園的維多莉亞式墓碑在逐漸暗黑的夜色中顯得蒼白突出。山坡下，五人足球場的泛光燈映入眼簾。左手邊是佔地廣袤的休閒區，林木掩映，看不見白日裡繁忙的水泥停車區。再遠些，是鵝慶節場地。時間還早，流鶯大多還沒上工，而從琳恩和莎朗身邊駛過的車輛，看來也都是開往其他地方，而不是在這裡尋找目標。再過一個鐘頭，景況就大不相同了。

「這些女孩，」莎朗說，「我甚至有點喜歡她們。我指的是那些固定在這裡工作的，不是那些利用休假日搭火車來這裡撈一票，蹬著高跟鞋像灰姑娘那樣回家的女生。玩票的這些女生都搞不清楚狀況，不戴套，不知道自己有什麼危險。」

「男生呢？」琳恩問。她們轉過街角，走向北雪塢街。看見自己的車子還停在原處，琳恩很慶幸。

莎朗停下腳步。「不，我……我不知道，但是情況不太一樣。我不，呃，我不太瞭解。我的意思是，我是可以理解，但是沒辦法搞清楚是怎麼回事。他們有些，天哪，年輕到讓你難以想像。」

「十四歲。」

「更小。」

她們繼續往前走，琳恩從皮包裡掏出鑰匙。「你覺得你看見的那個男生就是霍格森？」

「和照片很像，應該是。」

「那我晚點再和你碰面，可以嗎？十點？」

「十點半比較好。」

她們約好，莎朗退後一步，看著琳恩的車子迴轉，開走。很不錯的人，她心想，直接，有點太直接，甚至有點急躁，不過沒有偏見。莎朗喜歡她。要是她長得再漂亮一點，那麻煩肯定就多更多了。

◆ 6 ◆

他們帶著百事可樂和爆米花——尼奇吃甜的，阿辛吃鹹的，馬丁則甜鹹綜合——看了《阿呆與阿瓜》，然後去另一廳看《馬路羅曼史》。阿辛聽他朋友說，電影裡有珍娜·傑克森的上空鏡頭，所以非去看不可。尼奇嘟囔說，「這有什麼了不起？」但還是去看了。但才看十五分鐘，他們就受不了電影裡唸個沒完沒了的詩。「我不想知道她屁股長什麼樣子啦，」馬丁走出電影院的時候說，「只要別再讓我聽該死的詩就行了。」

尼奇想，坎貝爾老師應該坐在後排，拿著筆記本抄下這些詩才對。

他們把偷來的本田汽車丟在停車場，開走另一輛福特轎車。

「等等，」馬丁喊著。他們正經過大會堂，看見公車站。「這個地方好！」

「好什麼？」尼奇想知道。

「你留在車上，」馬丁告訴他，「小心別讓哪個王八蛋幹走我們的車。」

所以尼奇點了根菸，看著馬丁和阿辛穿過公車月台之間，往廁所走去。阿辛比馬丁大兩歲，但比他高了將近三十公分，嘴唇上方已經冒出鬍子。馬丁是在兒少之家認識阿辛的，當時阿辛坐在床位上鋪，偷看《閣樓雜誌》，一遍又一遍聽著印度音樂錄音帶。

等了二十分鐘，抽完三根菸之後，他們終於回來了。馬丁手上有三張二十鎊、五張十鎊，還有三張爛兮兮的五鎊紙鈔。阿辛嘴巴旁邊一道傷痕，血已經乾了，額頭上還有另一個傷口。

「簡直像進了銀行。」馬丁咧嘴笑，「我們快溜吧。這地方讓我想拉肚子。」

「我們要去哪裡？」尼奇問。

「你別管，」馬丁說，「跟著走就對了。」

但尼奇覺得不管他們要去哪裡，大概都不是他想去的地方。他坐在這裡無所事事，等著其他人去幹不知什麼勾當，他怎麼想都不是好主意。

◆

「我說呢，」阿辛說，「吃完了，我們就去夜店。」

他們吃的是外帶的中國菜，糖醋雞，雞肉炒麵。尼奇給自己點了兩份香蕉太妃派，但馬丁覺得應該大家一起吃，不時拿著塑膠叉戳起佛賀轎車後座尼奇餐盒裡的東西。

喔，好，又換了一輛車。車開到環道時，馬丁堅持要開車，結果才開了一公里，車子就擦過路樁，之後就換阿辛開車，拐彎繞到大學科學中心停車場，換了輛福特越野車。

「他媽的，這些學生有錢的要死！哪來的錢買這麼好的車？」

「說不定是老師的車。」尼奇說，「教授啊什麼的。」

「騙鬼啊，老兄。哪個老師開得起這種車啊？」

尼奇懶得再擋馬丁的叉子，於是放手讓整個餐盒倒在馬丁腿上。

「幹！尼奇，小心一點好嗎？」

但尼奇知道自己才不在乎咧。

「糖漿都流到我褲子上了。」

「別氣嘛，」阿辛說，「這樣你就變甜啦。」

馬丁笑起來，尼奇厭煩地打開車窗，把餐盒裡其餘的東西倒到馬路上。

「好了，」阿辛發動引擎，「我們已經浪費太多時間了。」

「我們要去哪裡？」馬丁問，還在擦著他的衣服。

「我說了啊，夜店。」

「我不去。」尼奇說。

「別這樣，你得要一起來。我認識一個在黑蘭花工作的傢伙，我們進去不用錢。」

阿辛似乎到處都有認識的人，不是表哥表妹，就是叔叔阿姨，這讓尼奇覺得很煩。他總是說你一定會喜歡什麼，老是提到做某些難以想像工作的人，例如瑪丹娜的私人保鑣之類的，甚至還發誓說他認識邋遢連體嬰。

越野車開到夜店門口，馬丁和尼奇下車，但沒朝門口走。「隨便你們。」阿辛說。他停好車，走進夜店。四個裙子短到遮不住屁股的女生下了計程車，馬丁和尼奇上車，往市區去。

在車上，馬丁盡力勸說尼奇和他去森林路。馬丁可以讓嫖客上勾，然後尼奇趁機發動攻擊，兩人合力把這人揍個半死，搶走他身上所有的東西。「他們連吭都不敢吭一聲，」馬丁保證，「不會報警或什麼的，因為他們多半都結婚了。」

但尼奇不為所動。他放馬丁在滑鐵盧路找個妓女討菸抽，自己則走紹席街回家。

◆

「來根菸？」莎朗問。

琳恩搖搖頭。

「我也一直想戒菸。」莎朗先把車窗打開一條小縫才點菸。

這時街道比之前熱鬧些，高矮胖瘦各異的女孩一群群在角落裡聊天，對著手哈氣取暖。還有幾個人，多半兩兩成對，在人行道邊緣走來走去，只要有車駛近，就對車裡的人點頭。

「沒看到男生。」琳恩說。

「還沒來。」

規矩是，把車停得儘量遠一些，但要視野良好，看得見整片區域；過一會兒之後，以穩定的速率開車兜圈子，集中精神，忽略你早已認識的人，注意新面孔，防範糾紛發生，趕走不屈不撓的嫖客。偶爾也來幾次掃蕩，開開罰單，讓衛道人士高興一下。總之就是要她們拉生意低調一點。

「你有和誰一起？」莎朗摁熄香菸，壓抑再點根菸的衝動。

「什麼？」

「和某人約會。」

「噢，沒有。」擠在車裡，琳恩覺得自己臉越來越紅。「你呢？」

莎朗亮出大大的微笑。「那就看你怎麼定義囉。不是一般所謂的男朋友。週五晚上去看電影，週六租了錄影帶在家看，我們不是這樣的關係。」

「但是？」

該死！莎朗又點了根菸，把車窗開大一點。「是有個男的。我們常見面，只要，嗯，抽得出時間。他抽得出時間的話。」

「他已婚，是吧？」

她這次沒笑。「當然是已婚。」

琳恩看著窗外，她以為是人影晃動，結果卻只是在風中搖擺的枝椏。「他不會離開她的，你知道。」

「最好不要！」

「你只是說說而已。」

「我才不是。他要是真的離開她，接下來呢？我得替他洗衣服，煮飯，照顧他的小孩。我自己都受夠了，才不要替他做這些。」

「那是為什麼？你為什麼還要和他在一起？」

莎朗抽一口菸，緩緩從鼻子吐出來。「就上床囉，不然你以為呢？」

車裡靜了下來，兩人聽得見彼此的呼吸聲，感覺得到彼此的體溫。

「我不知道我是不是做得到，」琳恩說，「除非……」

莎朗放聲大笑，「除非你愛他？」

「除非我覺得我們會有結果。」

在昏暗的光線裡，莎朗看著她。「你還年輕，總有一天會懂的。」

「希望不會。」

莎朗把車窗開得更大一些，在窗外撣撣菸灰。「聽我說，我和他每隔兩三個星期上一次床。他是好人，很好的情人。很尊重我。除非我願意，否則也不對我提出過份的要求。他手很巧，老二也很強。而且他會逗我笑。你覺得我應該要期待什麼？共同負擔房貸，有人幫我在超市推購物車？」

琳恩沉默了一晌。「也許不是，」最後她說，「只是……」

「只是什麼？」

「在你們……你們上床……」

「完事之後。」莎朗大笑。

「嗯，他回到太太身邊，呃，你會有什麼感覺？」

莎朗把手貼在琳恩手臂上。「這個嘛，介於去找人好好按摩一下和被個水管工人伺候之間吧。」

兩人哈哈大笑。笑聲漸息時，琳恩說：「看，那是什麼？」

「哪裡？」

那裡。

◆

尼奇從房子前面走過三次。這是一幢兩層樓房，每扇窗戶都裝有蕾絲窗簾，連一樓也不例外。像這樣的街坊，這樣的房子，住戶都會在深夜把空牛奶瓶拿出來擺在門外。但這幢房子沒有。好吧，他想，夜雖然深了，但時間也沒那麼晚，其他戶人家臥房的燈多半還亮著。他轉身走進房子與房子中間的暗黑窄巷，準備從後面進屋。

他在後院足足站了五分鐘，讓黑暗包圍著他。隔幾戶人家，有人把電視開得好大聲，也有人在唱歌，唱的是他媽媽常唱的那些可憐兮兮的歌。她有時在廚房裡以為沒人聽見，或從酒吧喝到深夜回來什麼都不在乎時，就會唱這些歌。窗戶頂端有約三公分的縫隙，他想是住這裡的人忘了關緊。太簡單了，尼奇想，他簡簡單單就可以進出，為什麼還杵在這裡不動呢？要不了十分鐘，他就可以回家了。尼奇朝窗戶走近一步，又一步。大半個晚上都白白浪費了，眼前至少是個機會，讓今晚有點收穫。

他臉貼在玻璃上，除了自己的倒影之外，看見的是一個整潔的房間，井井有條，像個老古板的家。絕不是那種會在路上喃喃自語，醉倒街頭的人。他敢說，住在這裡的人每天都吸塵，把每一件該死的擺飾都拿下來擦拭。尼奇以前也偷過像這樣的房子，他們都把錢藏在最笨也最明顯的地方，例如塞在花瓶裡，夾在聖經裡面，或擺在餅乾罐裡。他有一回找到三百鎊，塞在林肯郡海邊買回來的猴子紀念品屁股下。

尼奇悄悄攀上鋪磁磚的窗台，手指穿進窗戶頂端，開始開窗。

尼奇站得直挺挺的，讓眼睛適應屋裡幽暗的光線。桌子，抽屜櫃，邊桌，壁爐架，椅子——慢慢的，輪廓清晰起來。全家福照片。他已經打開後門的鎖，假如有必要，頃刻就能逃走。住在這裡的人不是去參加老人巴士旅遊，就是對婚姻關係厭煩至極，出門去了。反正沒有人在。這裡安靜得像墳墓。

他可以先搜刮這個房間，再進另一個房間。不急，尼奇，慢慢來。

◆ 7 ◆

布萊恩·諾伯一路跟著這男孩。

他開車經過他面前兩次。男孩站在路燈光影邊緣，垂著手，拿了根菸。諾伯把車停在最近的一條小巷裡，有可能被偷的東西都小心塞到座椅底下。有個女人喊他，問他要不要爽一下，但他感興趣的不是這種爽，否則他在家就享受得到了。

他第一次走過男孩面前時，放慢腳步，衡量他的年紀。大概十四或十五歲，眼神看來凌厲，但一張臉還是細皮嫩肉。再次繞回來的時候他停下腳步，問男孩借打火機。

「你才不是要打火機呢。」男孩說。

「我不是？」

「十五鎊。」男孩說，瞄著街道左右，沒正眼看他。

「幹嘛？」

男孩用手做了個簡直可以稱之為優雅的動作。

「看來沒什麼嘛。」布萊恩．諾伯說。

「隨便你。」

諾伯凝視男孩的臉，深色的頭髮垂在額頭，上唇才剛有稀疏的鬍子冒出來。他想像男孩私處的陰毛，覺得自己硬了起來。

「要是我想對你做點別的呢？」布萊恩．諾伯問。

「那得加錢。」

「沒問題。」

男孩瞪著他看。「哦？」

對街有一輛深藍色的歐寶開得很慢，幾乎要停下來。但車還沒停妥，就有個女人從後座跳下來。「王八蛋！」那女人對著加速開走的車豎起中指。

「我有車。」諾伯說。

「是喔。」

「我們可以到車上，不遠，走幾步就到。」

「不，」不知道為什麼，他不喜歡這個主意，「不，就在這裡。」

諾伯看著透過林木間隙透過來的格瑞戈里大道車流燈光。「這裡不舒服。」他說。

「隨便你。」

男孩丟下香菸，用鞋底踩熄，轉身走開。諾伯伸出一手，輕輕拉住男孩手臂。「好吧，就照你的意思。」

「先付錢。」

「幹嘛在這裡給？這樣每個人都會看見。」

「錢。」

諾伯下車前塞了五十鎊在長褲口袋裡，這時數了十五鎊。他的皮夾鎖在車子的置物箱裡。

「我還以為你想要多一點花樣呢。」男孩看著交到他手上的鈔票說。

「我們等著瞧囉，看看進行得如何。我想一開始這些錢應該夠了吧。」

男孩沒再多說什麼，轉身就走。諾伯揣著恐懼卻興奮的心情，走進林木裡。

◆

尼奇翻遍每一個罐子和裝飾品，打開每一個抽屜和盒子，卻只在一個袖珍威士忌瓶裡找到總共五鎊的紙鈔，還有一張面額一鎊四十二便士的郵政匯票。更別提這裡沒音響也沒錄放影機，只有一架根本不值得偷的塑膠收音機，以及小得像郵戳的電視機。

他應該到樓上試試手氣的。看看除了老頭的長褲之外，他們還在床墊下塞了什麼東西。

不管尼奇腳步多麼輕，陳舊地毯底下的樓梯板都還是咿咿呀呀叫。

◆

「慢點，」布萊恩．諾伯說，他的聲音輕得像耳語，「慢一點。噢，噢，對！」

他靠在做工粗糙的墓園石牆上，不平整的牆面磨擦他的肩膀、後腦勺和脊椎底端。

「對，就這樣，太棒了。來，再來！」

「天哪！」男孩抱怨，「你還要多久啊？」

「好，好，就這樣……這裡，摸我這裡……」他抓住男孩的另一隻手，伸進他敞開的褲襠，握著他的睪丸。

「噢，天哪！噢，天哪！噢，天哪！老天爺啊！就是這樣！啊！」

諾伯屁股前後戳動，頭往後敲在石牆上，一次，兩次，三次，然後射在男孩手裡。「噢，天哪！好爽！」他閉著眼睛，咬著下唇，愉悅呻吟。男孩立刻蹲下來，用草叢抹掉手上的精液。

布萊恩．諾伯睜開眼睛，就看見靜靜站在林木間的人影。

「警察！」其中一人說。男孩轉身就跑，雙手撐在石牆上想翻牆逃逸，但他一腳踩在牆頂，一腳還垂在牆面，就被琳恩抓住腳踝，硬是拉了下來。男孩拳打腳踢，滿口髒話，掄起拳頭攻擊琳恩，但另一名警察出手，兩人把他拖過草地，雙臂扭到背後，銬上手銬。

「你好啊，馬丁。」琳恩說，「再次見面，真開心。」

馬丁頭往後仰，但琳恩已做好準備，躲開他吐出的口水。

布萊恩．諾伯膝蓋一軟，在莎朗．嘉納面前跪了下來，淚水就快奪眶而出了。

「你可以保持沉默，」莎朗說，「但如果你不開口，未來在法庭上可能對你的辯護產生不利影響。你所說的每一句話，都會成為呈堂證供。」

淚眼迷濛的諾伯抬頭看她。

「你瞭解嗎？」莎朗問。

諾伯點點頭。

「很好。如果我是你，會先把褲子拉鍊拉好。這個季節，林子裡松鼠很活躍。」

◆

過去十幾年來，艾力克·尼塞菲德每晚上床前，都會在床邊地板上擺一根鐵桿。這是他有天從人家拆屋的垃圾堆裡撿來的欄杆桿。「你拖這個東西回來幹嘛啊？」他老婆桃樂絲說，艾力克就只是聳聳肩，「總有一天派得上用場。」自從街坊的竊案越來越嚴重之後，他每天上床前，摘下假牙放進床頭櫃的玻璃杯裡，和桃樂絲道晚安之後，就會伸手摸摸這根鐵桿，彷彿祈求好運似的。

而他的運氣似乎也一直都不錯。在今晚之前。

艾力克站在臥房門後，想辦法控制自己的喘息聲，仔細聆聽樓梯板因為重量而發出的吱嘎聲。

尼奇看見床上有個人影，是桃樂絲，一手抓著床單，躺在床的一側。他等了一會兒，確定她已熟睡，才走進房間裡。

艾力克卯足全力，揚起鐵桿往下敲，想打中這人的頭，卻只擊中肩膀。用力之猛，讓鐵桿差點從他手裡彈開。

突如其來的劇痛讓尼奇大叫一聲，踉蹌後退，但老頭逼近，該死的鐵桿再次襲來。這老頭幹嘛不放過他？鐵桿第三度揮來時，尼奇已經退到門邊，迅速鑽過老頭腋下，腦袋往老頭的臉撞去，鐵桿掉落，乒乒乓乓滾下樓梯。

房間的另一頭，老太太緊抓衣服貼在瘦骨嶙峋的胸前，哭了起來。她老公鼻子流血了。

該死的白癡！他媽的活該！「幹！你的錢呢？」尼奇大聲問，把老頭逼回房間裡。

艾力克掄起拳頭想揍尼奇，但尼奇一拳打在他脖子上，害他重重撞上衣櫃。艾力克慘叫一聲，跪倒在地。

「你……的……錢……呢？」尼奇對著老頭的耳朵，一個字一個字嚷著，每講一個字，就敲他頭一下。

艾力克緩緩抬頭。「滾，你這個小王八蛋！」他說，口唇上滿是唾沫。

尼奇後退一步，舉腿踢他的胸口。

「別！天哪，別這樣！你會要了他的命！」桃樂絲哭喊著，搖搖晃晃地朝他們奔來。

艾力克倒在衣櫃前，一動也不動。

「艾力克！噢，艾力克！」

尼奇把桃樂絲猛力推回床上，自己快步衝向樓梯。就在轉彎處，他的腳絆到剛才滾下樓梯的那根鐵桿，頭下腳上地往下跌。

「天哪！你這個死王八蛋！該死的王八蛋！」

尼奇皺眉，強忍住疼痛，雙手貼著膝蓋，站起來。鐵桿滾落在他腳邊，他撿起來，用力一揮，把壁爐架上的裝飾品與照片全掃了下來。被老頭打中的手腕和肩膀八成骨折了，他瞥見鏡裡的自己，一臉慘白驚恐。這個老笨蛋！幹嘛要動手呢？為什麼就不肯放他走呢？牆壁上有面鏡子掛在鐵鍊上，他把鏡子也給砸了。但這樣還不夠。

桃樂絲．尼塞菲德在臥房裡，拼命按摩艾力克的胸口。尼奇再次闖進來時，她抱住丈夫，想保護他。尼奇把鐵棍高舉過頭，重重擊下，一次又一次，直到手臂酸痛，直到他覺得夠了。

這時，尼奇才看見血。他放下鐵桿，轉身就跑。

# ◆ 8 ◆

芮尼克家在梅波里公園，距市中心東北一小段距離，是幢結實的獨棟樓房，位於半月形窄路的彎曲處，門前有白石牆和一小片草坪。房子旁邊有條通道，寬度足以停放芮尼克不常開的車子。再過去是亂糟糟的花園，長著雜草和灌木，一棵需要修剪的櫻樹，還有一間亟需上油釘牢的工具間。櫻樹已經開始開花了。

花園盡頭的樹籬位在陡坡盡頭，下方就是韓格丘公園，市中心的景色一覽無遺展現眼前。在火車站與斯涅頓磨坊之間，兩座足球場的泛光燈隔著特倫特河相互輝映。一排排二十世紀初起造的低矮連棟樓房，和已略顯歲月風霜的新開發建案共用車道與庭院。沿著運河畔，一棟棟外表斑駁的倉庫棲息著一群群羽色灰暗的鴿子，但旁邊矗立的是名家設計的辦公大樓和新遊艇碼頭，以及鼓動欲望、嫉妒、野心與借貸的精品購物中心。站在樓上窗前或花園盡頭，芮尼克看不見丟棄在舊火車道拱頂下的針頭，也看不見遊民夜間躺臥的長椅或商店門口，但他對那些地方知之甚詳。

從外人的眼光看來，他家內部似乎比實際上來得陰暗，傢俱笨重，而且大多需要換新。一樓前方是客廳，寬敞舒適，芮尼克常一個人在這裡坐到很晚，聽音樂，要是有吸引他的節目，偶爾也看電視。從客廳往後走，經過一間堆滿箱子和芮尼克捨不得丟掉的舊雜誌的房間，就到了廚房。這間廚房很大，可以擺進一張原木餐桌，一堆鍋碗瓢盆，一座古董爐具，還有塞滿外帶熟食、貓糧和瓶裝啤酒的大冰箱。

有著木扶手的寬闊樓梯從一樓中央盤旋通往二樓的芮尼克臥房和浴室，以及其他幾間他很少踏進去，幾乎從來都不用的房間。再往上的頂樓有一個房間，地板撬掉，壁紙也全撕掉，沒再換上新的。芮尼克追捕的殺人凶手威廉．鐸利亞就在這裡當著一名女子的面前自殺。這位女子，蕾秋．夏普林，是芮尼克認為自己深愛的人，無論他們的關係有多短暫。芮尼克費心竭力清除血跡，但怎麼做都不夠，這房間裡始終飄著血腥味，宛如邊緣微帶粉紅的輕柔羽毛，拂過他的臉，攪動他的回憶，怎麼也不肯歇息。

芮尼克很少爬上樓梯到三樓來。他起心動念想搬家很多次，有一回還差點真的搬走，但最後還是住下來。這是可以住一大家子人的房子，但他沒有家人，除非把貓也算進去。但貓不是。貓是貓，人是人，他對這一點還是分得很清楚的。在整幢屋子裡，他就只用這三個房間，讓其他的地方空著積灰塵。

◆

這天傍晚，他在酒館請彌林頓和其他警員喝了杯酒之後，散步回家，黑貓迪吉一如往常，已經在圍牆上等著他。芮尼克反射動作似的伸手摸牠光滑的黑毛，但迪吉轉身不給摸，翹起尾巴，背對芮尼克，一溜煙從牆頂往門口跑，急著要人餵。人和貓的關係也真有意思，芮尼克想。

走進屋裡，另兩隻貓，邁爾士和派伯在他雙腿之間鑽進鑽出。他走向廚房，手裡翻著剛從地板上撿起來的郵件。最小也最呆的巴德，不知為何卡在貓洞裡，發出痛苦的喵喵叫。芮尼克把傳單、型錄、CD卡帶廣告，以及銀行邀他前往討論財務規劃的郵件直接丟進垃圾桶，彎腰打開貓門上的掀板，讓巴德鑽出來。

十五分鐘之後，他餵完貓，磨好咖啡豆，燒了一壺水，用剩下的一點點斯蒂爾頓藍乳酪、有點凋萎的芝麻菜、熟培根和最後一罐美乃滋，給自己弄了個三明治。《郵報》廣告裡提供免費渡假，免費西班牙機票，價值六百鎊的渡假券與免費啤酒。芮尼克想，要不了多久，全城的人都要去西班牙曬太陽了，至於犯罪率，有誰在乎啊！

他坐在客廳舒服的椅子裡，閉上眼睛。再次睜開眼睛，窗外夜色已濃，咖啡涼了，但還可以入口，而三明治——三明治很不錯。吃著的時候，他眼睛盯著客廳另一頭，那是他新買來完備音響設備的CD播放器。這是他的夜間計畫，也就是逐一聆賞他兩年前聖誕節買來送給自己的十套裝比莉·哈樂黛全集。

今天晚上聽什麼好？

〈Some Other Spring〉？

〈Sometimes I'm Happy〉？

〈I Got It Bad(And That Ain't Good)〉？

電話響的時候，他正在聽〈Body and Soul〉。一九五七年和哈里．愛迪生合作的版本。芮尼克從凱文．奈勒的聲音裡聽得出來，這位年輕警員很努力控制自己的情緒。

「還活著？」芮尼克皺起眉頭問。

「是的，長官。我聽到的消息是這樣沒錯。但老太太情況很危急。」

「有誰去醫院了嗎？」

「馬克去了。」

「不是琳恩？」

「琳恩不在，去找那個逃離觀護所的小子。」

「嗯，打電話給葛拉翰，叫他和我在案發現場碰面。你，你就留在那裡等我來，千萬別讓任何人動任何東西。」

芮尼克沒等奈勒回答，就掛掉電話，往門外走。此時十一點半，今夜勢必漫長無比。他在玄關桌上找到汽車鑰匙，拿起門邊掛勾上的風衣。今夜不只漫長，可能也很冷。

◆

魁梧的葛拉翰．彌林頓在封鎖線內的人行道走來走去，不時大聲趕走聽見警笛來湊熱鬧的人。奈勒站在門口，在路燈照射下，臉色顯得比平常更蒼白。他天生一張娃娃臉，是某天就會突然變老的那種人。

芮尼克把車停在對街，大步走過來。

「看起來像是行竊。」彌林頓走過來說。

「從哪裡進來？」

「後面，從窗子爬進去的。」

「幾個人？」

「現在還很難說。看裡面的情況，說有五十個人都不為過。」

芮尼克感覺到左邊太陽穴開始抽痛。

「馬克剛打電話來。」奈勒說，「老太太正在手術，說是顱部受傷，很嚴重。」

「老先生呢？」

「他應該沒事。只有外傷和瘀青，受到驚嚇。」

芮尼克轉身面對街道，窗簾後面的一張張臉孔本能地退開。「目擊證人？有人看見逃跑的人嗎？」

站在門階上的奈勒有點不安。「沒有人出面，長官，目前還沒有。」

「可能還有其他戶人家遭竊，快去查查。我們要先召集人手，挨家挨戶盤查。」

「是，長官。」

「他這習慣大概永遠改不了。」彌林頓看著身穿運動夾克和卡其褲的奈勒走向隔壁，說。

「什麼習慣？」

「動不動就喊長官。」

芮尼克沒回答。屋裡凌亂的場景，彷彿是報上刊載的地震災後照片。一個小世界地覆天翻。

「他大概是被什麼事情給嚇慌了。」彌林頓說。

「他？」

「是『他們』也說不定。」

芮尼克看著粉碎的飾品，破裂的相框，以及鏡子碎片，彷彿看見一個男人，在突如其來的狂亂怒氣下，用一雙手造成了這一切。但這也不表示沒有其他人在場。

「是從樓上開始的。」彌林頓站在樓梯旁邊說。

芮尼克點點頭，再次環顧室內，然後爬上樓梯。倒下的椅子後面，有個東西吸引了他的注意，是個閃著亮光的塑膠片。一張電腦印製的圖書館借書證。他彎腰，伸出已經戴上手套的手，小心翼翼地用拇指和食指捏起來。

◆

踏進臥房的那一剎那，芮尼克彷彿踏進了時光逆轉的場景。鮮血似乎瞬間噴出，飛濺在牆壁、床單和衣櫥櫃面。還有那個氣味。芮尼克始終無法從心裡抹除乾淨的氣味。

「他們大概是被困住了，」彌林頓說，「在這裡和床尾之間。」

「沒錯。」

芮尼克的太陽穴又開始抽痛，是回憶的抽痛。他知道自己只要一閉上眼睛，就會聽見被害人站在他此刻所站的地方尖聲嘶喊的聲音，那是蕾秋．夏普林的聲音，尖厲破啞的叫喊，在他家頂樓的房間裡迴盪。只要一閉上眼睛，他也會看見那個以凶狠手段自殘身亡的屍體躺在地板和牆壁之間。

「他可能是想要逼他們兩個把他想找的東西交出來？」

「我不知道，葛拉翰。」芮尼克跨過地上的血跡，走到床的另一端。「我不知道做這種事的人是不是還有理智可言。」

「很奇怪，對不對？她怎麼會受這麼重的傷。」

芮尼克環顧房間，瞪著地板。「肯定是在這裡動手的。她一定是擋在他身體前面，想辦法保護他。盡她所能。」

奈勒在樓下喊他們，不一會兒，就出現在房門口。「住隔壁的隔壁那人是尼塞菲德夫婦的朋友，」尼塞菲德？芮尼克之前並不知道他們的姓名，「……看來她老公，艾力克每天都把一截欄杆鐵桿擺在床邊。他說是為了防小偷。」

「那就對了，」芮尼克說，「快去找，我敢說凶器就是那根鐵桿。」

樓下有人通知他犯罪現場小組到了。他們拍照、搜集指紋、用細刷找跡證的時候，芮尼克和葛拉翰可以去別的地方做更有用的事。

「我想你大概會想到女王醫院去。」彌林頓在大門口說，「我留在這裡幫凱文。早上局裡見。」

芮尼克過街，走向自己的車子，看看手錶：這時其實已經是早上了。

# ◆ 9 ◆

「馬丁，你幹嘛逃跑？」琳恩問。

披散著一頭深色頭髮的馬丁．霍格森不敢置信地抬眼看她。

「為什麼，馬丁？」

「你想咧？」

「我不知道，所以問你。」

「你要是不知道，那就是白癡。」

「我如果是你，就會看緊嘴巴。」

馬丁靠在椅背上，一臉怪相，垂下視線。「我只看得見我的上唇。」

她克制住衝動，否則就要狠狠甩他一巴掌、踢他一腳，看這小渾蛋趴在地上的糗樣。她心想，是不是有人教訓他一頓，他就會變乖；又或者，怎麼教訓他都不會有用，因為他已經被修理過太多次了？

「我們逮到你的時候，」琳恩說，「你身上有一百多鎊的現金。」

「那又怎樣？」

「哪兒來的？」

馬丁搖搖頭，臉上再次浮現耍狠的表情。「你以為咧？」

「你告訴我啊。」

「你不該單獨偵訊我的。你明知道我幾歲，你清楚法律是怎麼規定的。」

琳恩不由自主地露出微笑。「偵訊？你以為這是偵訊？」

「是啊，不然是什麼？」

「就只是聊聊而已。」

「你是說，我可以站起來走人囉。」

「不行。」

「那就得有人陪同，對吧？」

「我們已經通知社工了。」

「社工都是渾蛋，我要律師。」

「等我們找到，就會給你請一個。」

「律師來之前，我什麼都不說。」

「只要交待錢的問題就好。」

「什麼？」

「錢哪裡來的？」

馬丁斜瞄她一眼，「你知道妳是在哪裡找到我的，不是嗎？」

「你在森林區弄到的？」

「是啊，樹上長出來的。」

嚇到她了吧！琳恩仰頭望著天花板。馬丁咧嘴笑，椅子往前傾，雙手擱在桌上，低著頭。十四歲，琳恩想，他才十四歲，這勾當已經做過不下五十次了吧。她想不起來自己十四歲住在爸媽養雞場的時候，做過最惡劣的事是什麼。馬丁頭髮往前垂，露出頸背。她很想知道什麼時候開始沒有人關心他，真正的關心。從什麼時候開始，沒有任何一個大人不是出於忿怒或性欲地擁抱他，撫摸他？聽著他呼吸的聲音，她覺得他可能睡著了。

十分鐘之後，他動了動，睜開眼睛。「安柏門。你們要把我送回安柏門，對不對？」

琳恩點頭，「對。」

◆

芮尼克和神經外科主治醫師簡短談了一下，知道桃樂絲．尼塞菲德還在開刀房，目前還不清楚傷勢會如何發展，只希望她可以撐過來。醫院已經通知家人，他們正在趕來途中。

芮尼克謝謝醫生，走到病房。

迪文坐在艾力克．尼塞菲德床邊，正在看昨天的《今日報》。

「還在呼呼大睡，老大。」迪文站起來，指著床上的老人說。

「他說了什麼嗎？」

「一直問他老婆怎麼樣了，沒別的。」

「好，那你回家吧。明天一早就上班。」

「確定？因為我可以留……」

「不用，快走吧。我會再待幾分鐘，和負責的醫護人員談一下。」

迪文樂於從命。

負責的護理師是個眼神明亮，身穿亮藍色制服的年輕女孩，就芮尼克看來，委實太過年輕。

「我們給他吃了止痛藥。」她說，「可憐的老傢伙，希望他睡得越久越好。」

「我不會吵醒他的。」芮尼克說。

艾力克．尼塞菲德頭上纏了繃帶，周圍一圈青，是剃掉頭髮的頭皮。借來的睡衣底下，露出骨瘦如柴的灰色雙手。芮尼克想起父親過世前和他最後一次見面的情景。

「你要來杯茶嗎？」護理師在他背後問。

芮尼克接過茶，在床邊坐下，聽著這老人無力但不放棄的呼吸聲。他看見自己一個人坐在父親的小病房裡，足足三十六個小時，看著老人家嘴巴偶爾蠕動，受損的肺部吸進的每一口空氣，都像鐵鏽刮擦著鐵鏽。「回家吧，」醫院的修女說，「休息一下。有任何變化，我們會打電話通知你。」電話在四點多五點響起，所謂的變化就是他父親死了。自此而後，報喪的電話總是在這個時間打來。

芮尼克喝完茶，正準備離開，尼塞菲德突然開口。「桃樂絲，」他聲音非常沙啞，小到幾乎聽不見。

「她沒事。」芮尼克說，「有人照顧她，不會有事的。」

「她是為了救我。」艾力克說，「她保護我。」

「我知道。」

這人伸長手指，芮尼克伸手握住，靠近他，聞到父親的氣息。

「動手的這個人……」芮尼克說。

「一個小伙子，是個年輕小伙子。」

芮尼克正要繼續追問，老人的頭歪向一邊，眼睛又閉了起來。他瘦長的手指緊緊抓著芮尼克的手。老人的呼吸聲平穩下來，芮尼克繼續坐著，手歪成一個奇怪的角度，動彈不得。

幾分鐘之後，護理師過來幫芮尼克鬆開手，把老人的手收進被子裡。

「你可以走了。」她微笑說。

芮尼克遲疑了一下，等她接著說：有任何變化，我們會打電話通知你。

◆

布萊恩・諾伯身旁的菸灰缸裡，只抽一半就摁熄的菸快滿出來了，雖然他其實並不抽菸。很少抽。頂多就只是飯後偶爾來一根。他看看手錶，再次數著對面牆壁油漆開始剝落的地方，在硬椅子上笨拙轉身，站起，坐下。

「你們不會打算起訴我吧？」他問。莎朗瞪著他，挑起眉毛。

「究竟用什麼罪名？」

「問題就在這裡，」她說，「很難啊。因為可能的罪名太多了，你知道我的意思嗎？」她聳聳肩，「猥褻，通常是這個罪名，對吧？但這只是開始。」

「聽我說，我老婆……」

「噢，沒錯，」莎朗咧嘴笑，「這也是個問題。」

他要求打一通電話，撥了自己家的號碼，只響一聲就掛斷。

「你不想打給別人試試嗎？」

「不用了，謝謝。」

於是他們就讓他坐在那裡，不時有制服警員進來，有一次給了他一杯熱飲，有回給了個不太新鮮的三明治，偶爾也會有顆頭探進來，又閃開。

莎朗回來的時候，帶了個麵包夾烤羊肉。「不好意思，讓你待這麼久。今天晚上很忙。」

諾伯沒答話。

莎朗把麵包遞給他，但他搖搖頭。

「不餓？」

「我吃素。」

她看著他，難以置信。「你不愛肉？」

「沒錯！」

她還是盯著他看，嘴角泛起微笑。「你讓我意外啊，」莎朗用手指捻起羊肉，送進嘴裡。

「拜託，」諾伯說，「告訴我……」

「什麼？」

「你們……你們打算怎樣？」

「對你？」

諾伯抬頭看她，然後又轉開目光。他受不了她那夾雜著輕蔑與嘲弄的眼神。

「你有沒有看到，」莎朗說，「那個男生的事？他們在布里斯托的樹林裡找到他，一個星期之前？報上都登了，你記得嗎？九歲，對吧？他才九歲。」

「嘿，」諾伯警覺起來，「我不知道你為什麼要告訴我這件事。這和我沒關係。一點關係都沒有。不能……」

「相提並論？」

「不能。」

莎朗坐在桌角，翹起腳，翹得高高的。「你不是戀童癖，這是你的意思？」

「我當然不是！」

「才怪！」莎朗說，「你明明喜歡小男生。」

◆

芮尼克回警局之前，先繞到尼塞菲德家。到目前為止，沒有證據顯示附近有其他住家被闖入，這只是單一事件。

回到辦公室，他煮上咖啡，正打電話到醫院的時候，琳恩．凱洛葛敲敲門。

「還沒煮好。」芮尼克指著咖啡壺說。

琳恩微笑，疲憊的微笑，一閃即逝。

「那個男孩，霍格森，」芮尼克說，「你把他逮回來了？」

她點點頭。

「幹得好。」

「今天傍晚，他和阿辛．巴帖爾、尼奇．史納普一起混。」

芮尼克馬上被勾起興趣。史納普家他很熟，老大夏恩因為竊盜罪被他逮捕過，然後他還為尼奇的事找過諾瑪，結果一兩天之後，這小子就被汽油彈給燒傷了。

「尼奇沒和他一起到森林路吧？」

「顯然沒有。他們好像吵架了。他們分開的時候，尼奇說他要回家。」

芮尼克不需要看地圖。從森林區畫一條直線到雷福德，正好就經過尼塞菲德家。

◆

第一道晝光射上屋頂的時候，彌林頓和奈勒就到了。葛拉翰·彌林頓咧嘴笑，舉起一個包在雙層塑膠袋裡的東西。

「凱文找到的。在兩條街外的垃圾箱。」

這是一截鐵欄杆。艾力克·尼塞菲德擺在床邊的鐵欄杆。

◆
# 10
◆

芮尼克在辦公室裡睡了一兩個鐘頭，椅子往後拉，雙腳在堆滿報告文件的辦公桌上挪出一個空位來。吵醒他的是葛拉翰・彌林頓。匡噹匡啷的燒水，低聲哼著〈Oh, What a Beautiful Morning〉打破刑事偵查辦公室的寂靜。

芮尼克手裡端著今天的第一杯茶，突然意識到電話一直沒響：桃樂絲・尼塞菲德撐過這一夜了。

「我聽說有什麼重大刑案之類的東西？」彌林頓問，點起他今天的第二根 L&B 香菸。他要是敢在家裡抽菸，瑪德琳肯定會讓他死得很難看。

「重大刑案不就在我們身邊嗎，葛拉翰？不停發生。」

彌林頓在繚繞的煙霧裡瞇起眼睛：他這老大怎麼回事，一大清早就開玩笑？至少他覺得這應該是個玩笑。

「你知道我指的是什麼，」彌林頓說，「新的重案組。」

芮尼克嘆口氣。「沒錯，但答案是，我知道的也不比你多。」

「可是如果讓你猜猜？」

「我想等到真正要撥經費的時候就會中止了，新的辦公空間，額外的人力，肯定會招來指責，然後就胎死腹中。」

儘管嘴裡這樣說，但芮尼克也不確定自己相信幾分。不過，他同樣不樂見新單位成立，因為可能影響到他的發展。不只是他自己的發展，還有彌林頓的。

不一會兒，迪文和奈勒也先後抵達。雖然眼睛掛著重重的眼袋，但迪文非常快活。「茶泡好了，巡佐？」他說，走過去拿他最喜歡的馬克杯，上面的漫畫褪色了，隱隱約約看得出來是橄欖球員和形狀怪異的球。

一如既往，奈勒很安靜，就算辦公室只有四個人，也很容易就忘了他的存在。在某些情況下，這正是讓他可以成為優秀刑警的特質。

彌林敦看見芮尼克在瞄手錶。「需要制服警員支援？」他問。

芮尼克搖搖頭。「不必發動第三次世界大戰，葛拉翰。只不過是一個男孩，小事而已。」

彌林頓嘴角露出譏諷的微笑。「噢，那就沒問題囉？小屁事一樁。」

◆

倉皇逃出尼塞菲德家的時候，尼奇並沒意識到自己手裡還握著那截鐵欄杆。但一醒悟過來，他就丟進最近的垃圾箱，繼續跑。一直跑到看見自己的家，才停了下來，胸口緊繃，淚水刺痛眼睛。就在這時，他才想到噴在他衣服上，弄髒臉和手的血跡。他不能這樣回到家裡，不行。他轉身往回走，爬進某戶人家的院子，從曬衣繩上扯下兩條毛巾，靠在籠罩陰影的牆邊，拼命擦著皮膚、襯衫和牛仔褲。他這個時間回家，很可能還有人沒睡：希娜在聽音樂，看白癡雜誌；夏恩窩在錄影機前面，看尚克勞德范德美或李小龍的電影；媽媽在縫夏恩衣服的釦子，或沉浸在她自己的世界裡，讀什麼米爾斯與布倫的羅曼史垃圾小說。

尼奇避開大馬路，只要碰到路人就快步走開，一直走一直走，不去想究竟發生了什麼事，也不去想如果那個老人和女人掛了，他該怎麼辦，或會怎麼樣。

等他兩腿發酸，把鑰匙插進大門時，已經半夜兩點了。尼奇迅速脫掉靴子，爬上樓梯，卻聽見前廳傳來悶沉的呻吟：長沙發上形影緩緩起伏，他哥哥又在幹莎拉．強生了。

換成其他時候，他肯定會停下來偷看，但眼前有更緊要的事情得做。他進浴室，先鎖上門，才打開燈。

該死！

他原本以為污漬在黑色的衣服上不會那麼明顯，但現在才知道有多慘，襯衫和T恤上厚厚一大片血跡，彷彿剛騎著登山自行車快速越過泥濘地。牛仔褲上有更多污漬。血不只噴在他的皮膚，還黏在他的頭髮上。尼奇脫到只剩內褲和襪子，然後脫掉襪子。他本來打算要在洗臉槽裡洗襯衫，把牛仔褲泡進浴缸裡，但馬上就明白時間不夠，而且也洗不乾淨。他從廚房裡拿來一個塑膠垃圾袋，把衣服塞進去。明天早上第一件事，就是把這包東西處理掉。燒掉，應該這麼辦。

噢，見鬼了！樓梯響起腳步聲。有人轉動門把，但打不開。

「等一下。」尼奇說。

「尼奇？」是夏恩，「是你？」

「是我，等一下。」

「你他媽的在裡面幹嘛？」

「你想咧？」

尼奇等到哥哥走開，才回到洗臉槽前。至少水還是熱的。他在浴缸旁邊找到舊刷子，抹上肥皂。他得要洗臉，把指縫、指甲刷乾淨，同時還得洗頭髮。在泛紅的水裡，他看見了那女人的頭在他棍下碎裂，感覺到那揮擊的反作用力彈回他的手臂。誰想得到那個老女人會流這麼多血？

◆

他為什麼沒逃？搜括屋裡所有的錢，然後逃命。他可以搭上開往曼徹斯特、格勞斯哥、倫敦，或任何地方的巴士。他可以在倫敦銷聲匿跡，他知道有些男孩就是這樣。他們帶著一肚子關於錢和毒品的故事回來，說他們如何在維多莉亞車站或萊斯特廣場釣上男人，做馬丁．霍格森昨天晚上做的事。尼奇感覺到喉嚨有點異樣，就快吐了。最合理的作法是留在這裡。只要一逃走，就等於告訴他們說事情是誰幹的。不，最正確的作法是保持冷靜，丟掉髒衣服，照常去上學。

就在媽媽起床的時候，尼奇含著大拇指睡著了。

車到的時候，諾瑪在廚房裡。兩輛車，其中兩個人——奈勒和迪文——快步繞到屋後，阻斷可能的逃脫路線。正從冰箱裡取出牛奶的她，就算聽見外面的動靜，也毫無反應。她靜靜坐著，手裡一根菸。一杯茶，一根菸，是她一天裡最好的時光。

芮尼克第一個走到大門口，但讓開一步，讓彌林頓按門鈴，敲門。他等了一下，又再按鈴。

「搞什麼鬼！是誰？」趿著拖鞋的諾瑪啪噠啪噠來開門，知道來的不管是誰，都絕對不會是好消息。看見站在門口的兩個人，其中一個是她認識的芮尼克，她胸口突然一陣強烈的刺痛。

「你家尼奇，」彌林頓說，「他在嗎？」

「不然他在哪？」但諾瑪並沒看彌林頓，她眼睛瞪著芮尼克，想讀懂他的神色。

**「你知道事情會怎麼發展，諾瑪，你和我一樣清楚。」**芮尼克上次來的時候這樣對她說。

「你們找他幹嘛？」諾瑪問。

「問一兩個問題，」彌林頓告訴她，「看他昨天晚上幹嘛去了。」

「他昨天晚上在家，」諾瑪說，「整個晚上都和我在一起。」這是像呼吸一樣的本能反應。

「我想我們最好還是問問他吧。」彌林頓說。

諾瑪杵在那裡，不知道該怎麼辦。

芮尼克朝門口前進半步，「諾瑪，我想你應該讓我們進去，好嗎？」

彌林頓繞過她，穿進大門，走到廚房，芮尼克則陪諾瑪站在樓梯口。

「他還在睡？」

「不然咧？」

芮尼克手搭在樓梯扶手上，她抓住他的手腕。「那你去叫他，諾瑪，叫他下來。」

彌林頓從廚房出來，緩緩搖頭。

「諾瑪。」芮尼克催她。

她沉重轉身，喊尼奇的名字。然後踏上樓梯，又開始喊。

在房間裡的尼奇立時醒來，套上衣服。

「尼奇，是警察。」

他抓起舊牛仔褲，一面套，一面探出窗戶，爬到原本是戶外廁所上方的斜屋頂。

「尼奇！」

芮尼克頷頭，接著是彌林頓，擠過諾瑪身邊，跑上樓梯。

尼奇滑下斜屋頂，一路踢起了幾片磁磚。他手抓住老舊的鐵排水槽，但排水槽卻裂開了。尼奇想辦法扭轉身體，半跳半落地掉到舊兔籠上，衝向後院大門，卻恰恰撞進等在牆邊的迪文懷裡。

芮尼克站在二樓窗前，看著尼奇拼命掙扎，咒罵迪文，奈勒過來把他的雙手扭到背後，給他扣上手銬。

「敢再踢我試看看，你這個小兔崽子！」迪文說，「我把你的卵蛋切下來當早餐。」

芮尼克關上窗戶，當沒聽見。夏恩衝到樓梯平台上，忙著拉起長褲。「他媽的怎麼回事？」

「沒事，沒你的事，別管。」

「是喔，要是我想管咧？」
「我得提醒你，上次鬧到上法庭的時候，執法官是怎麼跟你說的？」
「去他的渾蛋執法官！」
「我想也是。」芮尼克嘆口氣，「你何不下樓，陪你媽媽？幫她泡杯茶什麼的。」
夏恩推開他，用力摔上背後的浴室門。
諾瑪在廚房裡，雙手掩臉。
「我四處看一下，」彌林頓說，芮尼克點點頭，逕自去拿燒水壺。不到五分鐘，彌林頓就在尼奇床下找到一個垃圾袋，裝滿沾血的衣服。
「帶回局裡，」芮尼克說，「讓鑑識組先查驗一下。」他瞥一眼諾瑪。「我待會兒就回去。」
他撈起泡過的茶包，倒掉已冷的茶水，重新再泡新的。

◆ 11 ◆

芮尼克看著她穿過操場，頭髮在微風中輕輕飄動。天氣預報顯然失準，氣溫下降了五度。今天在辦公室裡，彌林頓又嘟囔說得要把天竺葵再移進室內，免得被霜凍壞。

「漢娜．坎貝爾，」校務秘書說，「她在大禮堂指導戲劇社，應該還要半個鐘頭才會結束。」

反正不急著回局裡，所以芮尼克選擇等待。

尼奇．史納普的偵訊進行得很審慎，很慢。第一個鐘頭，大半時間都是他媽媽坐在他旁邊，律師在後面。尼奇什麼也沒說，然後在芮尼克和彌林頓輪流訊問之後，他承認傍晚和馬丁．霍格森，以及另一個朋友在一起。去哪裡？電影院。看了什麼片子？尼奇說了。有沒有到尼塞菲德家附近？沒有，他沒到尼塞菲德家附近。不知道那是在哪裡，也不知道他們在問什麼。

「尼奇，」芮尼克說，「聽我說。我們正在進行化驗。在我們談話的這個時候，檢驗還在進行。我們在你床下找到的衣服上的血跡，你家浴室洗臉槽周圍的血跡，還有在那房子附近找到的一截鐵欄杆上的血跡——是誰的血，尼奇，你知道嗎？有個女人正躺在女王醫院的加護病房裡，隨時可能死掉，你覺得那是她的血嗎？你覺得那會是我們化驗的結果嗎？」

尼奇瞪著桌子，雙手交握。坐在他身邊的諾瑪開始低聲啜泣。

「你所知道的任何事情，尼奇，」芮尼克說，「任何的事情，我想你現在都應該告訴我們。我們現在就敞開來談，你和我，趁我們還在這裡，趁我們還有機會談的時候。」

諾瑪轉頭，不想也不敢看兒子，芮尼克微微傾身，「尼奇，我們所談的這個房子，出了事的這個地方，你去過嗎？」

尼奇回答的聲音輕到簡直像沒開口。

「不好意思，尼奇，你說什麼？可以對我們再說一遍嗎？」

「我說，有。有。」

諾瑪雙手掩臉，開始哭。

「可是我只是闖進去而已，好嗎？我沒碰任何人，也沒打任何人。我什麼人也沒看見，你說的那些事情我都不知道。我只是從後面溜進一樓。我沒上樓。」

「好，尼奇，我們一件一件來。這部份等一下再說。」律師要求讓他的當事人休息一下，芮尼克樂於接受。他想要離開警局，讓腦袋清醒一下。找點不急的事情來做。於是他人在這裡。

◆

漢娜外套底下一件淺藍色上衣，腳上是藍白相間的運動鞋。他喜歡她走路的樣子，有目標，但不匆忙，肩上揹著一只皮包，另一手夾著塞滿東西的舊公事包。兩個男生在操場上吵架，一個推，一個罵，她停下來和兩個人講話，等兩個男生不甘願地走開之後，她才繼續走向她的車子，一輛福斯金龜車，紅色的。

芮尼克下車，攔住她。

「漢娜．坎貝爾？」

她彷彿輕輕一跳，轉身過來。

「我是。」她想認出他是誰——某位家長，某個她在什麼會議上見過但已忘記的老師？

「我是查理．芮尼克，刑事偵查部督察。」他拿出警察證給她看。

「天哪，」她睜大眼睛，「我地位大大提升了。上回來的只是個——叫什麼來著？」

「刑警。」

「名字有點怪的……」

「迪文。」

漢娜微笑。「他應該去上神學院，當牧師[1]。」

芮尼克一想到迪文當牧師，不禁笑起來。她看見他眼神裡有了和之前不同的光彩。

他看著她把公事包擱在車頂，轉身面對他。在光線裡，他覺得自己看見她褐色頭髮裡有幾絲

---

1 迪文（Divine）原意是神性、牧師。

隱隱約約的紅髮。

「可別告訴我說你們找到我的錢包了。」

「還沒找到。」

「那就是找到錢和信用卡。」

「很希望我可以這麼說。」

漢娜微笑。今天是漫長的一天，課後的社團活動原本應該會讓她筋疲力竭，但卻反而讓她精神振奮，活力充沛。眼前這個男子頭髮蓬亂，褐黃長褲鬆垮，褐色外套還好沒扣上鈕釦，否則就會太緊。她不太確定他襯衫上被領帶遮住的第一顆釦子是掉了，或者只是沒扣上。

「那是什麼事？」漢娜問。她喜歡他眼神凝注在她臉上，而不是像大多數人目光在她身上游移的那個神態。這讓她覺得他是個誠懇的人，但也不知道究竟對不對。

芮尼克從他的皮夾裡拿出她的借書證。

「你在哪裡找到的？」她問。

他告訴她，沒多提尼塞菲德夫婦受傷的細節，但讓她知道事態很嚴重。他提到尼奇·史納普的時候，她頸背起了雞皮疙瘩。他講完之後，她沉默了好一會兒，找出衛生紙，擤擤鼻子。

「你上回告訴迪文刑警，」芮尼克說，「說你覺得是尼奇·史納普偷走你的錢包。」

「是的，沒錯。」不知為何，漢娜很希望自己當時沒那麼說。

「我們把尼奇帶進警局的時候，他身上有些錢，雖然不太多。但我們還不知道他錢是哪裡來的。我們也沒找到你的信用卡。」

「沒關係，也不是那麼重要，對吧？我的意思是，在出了這麼大的事之後，」她看著他，「我不知道我們幹嘛還在意這件事。」

「這張借書證如果是他從你這裡偷來的，是那天擺在你錢包裡的，那就證明他去過那棟房子。」

「我明白。」

「借書證是在你錢包裡？」

漢娜點頭，沒錯。

「所以這並不是微不足道的小事，這是另一個有力的證據。」

漢娜的目光從芮尼克身上轉到大馬路，看見有人在森林區的綠地上遛狗，車輛緩緩駛過。「我知道他常翹課，惹麻煩，但這個……」她又轉頭面對他，「很難相信。」

「是啊，」芮尼克說，「我懂你的意思。」

「可是你不這麼想？」

他緩緩搖頭。「從某個角度來說，我確實這麼想。我沒想過他會做這樣的事。」

「你不認為是別人做的？我的意思是，別人和他一起？」

「他不是這麼說的。」

「我懂了。」

在斜坡下方，回家的車流慢到像龜速爬行。「我該走了。」漢娜說。

「我也是。」

兩人都沒動。

「他會怎麼樣？」漢娜問，「我是說現在？」

「嗯，最有可能的情況是送到本地的觀護機構，等待審判。」

「然後？」

芮尼克搖搖頭，讓開來。

漢娜手握鑰匙。「後會有期。」這只是習慣用語，沒有任何意義。

「好。」芮尼克說。

她隔著車窗看他，肩膀比之前更垮，微垂著頭。她坐在車裡好一會兒，沒來由地想他會不會轉身過來，有更多話要對她說。他沒有，於是她發動引擎，倒車掉頭，加入大馬路的車流裡。她最後一瞥，看見芮尼克的車朝反方向開去。那個年輕刑警，她想，自負的那個年輕刑警，幾乎就要開口邀她去約會——為什麼你可能會應允邀約的人，卻從來不開口問呢？

◆

調查的發展和芮尼克的預期差不多。隔天，漢娜在報上看到報導，但礙於法律的規定，沒提及尼奇的名字。尼奇被送進本地的觀護機構，等待審判。漢娜繼續教她的書，帶她的戲劇社團。

而芮尼克有其他的事情紛至沓來，一如既往。一家專精加勒比海料理的咖啡廳疑似縱火；一名十三歲少年搶了貨車，撞上排隊等公車的人，造成一死四重傷；一名醫生被控違法開處方藥，還有一個被控非法墮胎；一群十幾歲的少女結夥出沒於市區地下道，搶劫兩名婦女和一個二十七歲的男子。某個星期天早上接近六點，芮尼克接到社會服務處緊急任務小組電話：尼奇·史納普在他被羈押的少年觀護所浴室蓮蓬頭上吊自殺。

◆ 12 ◆

建築和馬路之間隔了一片密密栽植的冷杉。紅磚與混凝土的外牆，加上鐵柵的高窗，在在敘述這個機構數十年來的用途：先是兒童之家，後來是少年輔導院，現在則是一點都不安全的安全羈押觀護所。據說政府有意把這個房子轉賣私人，只要略加整修，外牆重新粉刷，這裡可以成為很理想的養老院。芮尼克認出停在路邊的是警方法醫的車子，車道上有輛救護車，緊靠大門。他按門鈴。六點三十分：東方的天空露出一絲稀微的亮光。

來開門的男子約三十出頭，削瘦，頭髮稀薄。「我是保羅．馬修……」他瞥了芮尼克的證件一眼，讓開來。「賈汀先生正在和社會服務處主任講電話，呃……他要我帶你去……發生的地方，他會和你談談，在你離開之前。」

芮尼克走進拼花地板老舊的玄關，一名在押年輕嫌犯的死亡，他——他以及隨後將趕來的多名警察，應該不會這麼快離開。

「是在三樓的浴室。」

芮尼克點頭，隨著他走向樓梯。冰冷的走廊有隱約的交談聲迴響，屋裡瀰漫髒污穢物的味道。離浴室還有幾步的距離，馬修停下腳步，低頭看著地板。

就在踏進浴室之前的瞬間，他突然有個清楚的意象，知道自己會看見什麼。這不是第一次，也不會是最後一次。他轉動門把，走了進去。

尼奇．史納普躺在地板上，身體下方兩層厚防水布。他上身赤裸，髒兮兮的睡褲褪到大腿上。緊繃在肋骨與屁股上的皮膚呈現不透明的乳白色。脖子和下巴的淤青已變暗成既非黑，也非紫的顏色。在燈光照耀下，他臉上的灼傷疤痕變成腎紅色。死去的他，一張孩子氣的臉。

「查理！」

芮尼克聽見法醫的聲音，但還是沒抬頭。這麼小的一具屍體。

「窒息。查理，窒息死亡。大概一兩個小時了。一個半小時，也許。」派金森遞給芮尼克一顆薄荷糖，但他婉拒，所以法醫丟了一顆進自己嘴巴。「你看見嘴唇變成藍色了吧？還有手指甲。」

芮尼克彎腰，看見指甲旁邊的皮膚被咬得禿禿的，指甲也咬到見肉。

「屍體旁邊有條毛巾，濕的，扭得很緊。他應該是用那條，查理，很有可能。」

芮尼克看見那條毛巾，捲曲丟在淋浴隔間板角落。白底藍色細條紋。

「這孩子身上纖維太多。」薄荷糖在法醫齒間喀啦喀啦響。

「不是你把他解下來的？」芮尼克問。

派金森搖頭。「我來的時候，他背靠牆坐在那邊。是員工把他放下來的，我想。」

芮尼克蹲在屍體旁，很想知道尼奇被發現時，眼睛是不是閉上的。他剎時有個幻覺，彷彿挨得夠近，這孩子就會醒來。

「他幾歲，查理？」派金森問，把東西擺回他的箱子裡，「十六？」

「不到。」
永遠不到十六歲，芮尼克想。他站起來，彌林頓很快就會從他幸福的被窩裡起床，趕到現場。接著是犯罪現場小組，抱怨他們的週日泡湯了，雖然有加班費可領。還有其他人。資深社工一身失去往日光澤的好西裝，忙著進行損害控管，想辦法推卸責任。
「這個灼傷的疤痕，」派金森說，「應該不到一年前發生的吧。是被火直接燒到，我想。」
「汽油彈。」芮尼克說，「他走路回家途中發生的意外，街坊守望相助自衛隊給他的教訓。」
「所以他是個壞孩子囉？」
「就只是喜歡拿些不屬於他的東西。」
「嗯，」派金森啪一聲關上他的箱子，「和這裡的其他人沒什麼不同。如果你不介意的話，請容我告退，趁著時間還早去揮上幾桿。」
「沒問題。」
「你不打高爾夫，對吧，查理？」法醫的語氣聽來似乎很遺憾。
芮尼克搖頭。
「噢，好吧，我替你向傑克．史凱頓問好。」

◆

保羅．馬修在走廊等他。「賈汀先生——呃，如果你可以的話，我就帶你去他辦公室。」芮尼克仔細打量他，發現他不只是疲憊而已。

「是你發現他的？」芮尼克說。

馬修畏怯地轉開頭。

「幾點？」

「五點，應該是……剛過五點。」

「你是值班的人？」

「是的。」

「只有你一個？」

「不是，我同事，伊麗莎白，她……這是例行的工作，你知道的，查看浴室。每天都做的。」他的話開始含糊不清，雜亂無章，垂在身體兩側的雙手動個不停。「我進去……我就知道他，尼奇，我是說，我就知道是怎麼回事，知道他怎麼了。他毛巾綁在蓮蓬頭，水管上，在那邊……那邊，他……」

「沒關係，慢慢說。」

「我看見他的脖子扭到一邊……」

「是。」

「……他，你知道的，很慘，我是說，我看得出來他死了，尼奇已經死了，來不及了，我做什麼都來不及了。」

「你把他放下來？」

「不是馬上，我……」

「可是你查過他的生命跡象？」

在芮尼克凝視的目光裡，馬修的眼睛像是被困住的小鳥。「我不知道該怎麼做。我不確定我能不能碰他。伊麗莎白，她……我是說，她和我一起值班，所以我跑去找她。」

芮尼克努力克制脾氣，努力不露出難以置信的語氣。「你就讓他吊在那裡？沒先看看他是不是死了？」

馬修拼命抓著臉頰。「對，我的意思是，沒，沒有很久，只有……」他不解地看著芮尼克，「他已經死了。他死了。」

「你打電話報警？」

「是的。」

「是你，不是你的同事伊麗莎白？」

「我不……我不……可能是伊麗莎白，我不確定。」

芮尼克一手搭在他的手臂上。「好吧，我們下次再談。你可以找我辦公室的警員錄口供。我們別讓你的賈汀先生等太久。」

馬修抓著欄杆，感激地呼了一口氣，平靜下來，才為芮尼克帶路。

◆

「德瑞克・賈汀」的名字用黑色無襯線字體印在白紙上，塞在橡木貼皮門上的銅框裡。名字後面還跟著一大串字。芮尼克敲門，覺得那聲音好空洞。

「督察，」賈汀站起來，和芮尼克握手。「請坐。」

裝有窗簾的窗下，有一整面牆的書架，架上全是關於社會工作和少年犯的專書，還有專業期刊與報告。另一面牆上掛著寫有值班名單的行事曆，旁邊是一排看不出來陳列邏輯的照片。應該是賈汀經手過的青少年吧，芮尼克想。靠近主任辦公桌的灰色檔案櫃頂上，夾在枯黃的常春藤與凋萎的吊蘭之間，有張賈汀穿學位袍、戴學位帽，手拿畢業證書的照片。

三十年過去，如今臉比較圓，臉頰鼻子一條條細細的皺紋，活像洛克福羊乳酪。深色頭髮兩鬢灰白，髮際線後退；細碎的頭皮屑落在深藍西裝的肩膀上。

「真是太可怕了。」賈汀說，芮尼克點頭，等著他再次重覆「可怕」這兩個字。

「年紀這麼輕。」

「是啊。」

「悲劇。」

他很可能演練過這模仿自牧師的空洞台詞，芮尼克想。「昨天晚上……今天早上，意外發生的時候——你人在這裡嗎？」他無意對賈汀表現敵意，但從賈汀的表情看來，事實卻非如此。

「我不可能一天二十四小時都在這裡，督察。」

「當然不可能。我無意……」

「事實上，我覺得我待到相當晚，九點半還是十點。今天一早我的同事打電話到家裡給我，在……在他們發現尼奇的屍體之後。」

「是保羅……」

「保羅．馬修，是的。」賈汀眯起眼睛，身體前傾，胸口壓在辦公桌邊緣。「督察，請諒解，我們必須進行徹底的內部調查。我已經和社會服務處主任討論過了。在此期間，除非律師或我本人在場，否則請不要訊問我的員工。」他又挺起身體坐好。「不論調查怎麼進行，我們一定都會遵循正確的程序。」

若是你們遵循正確的程序，這孩子可能就不會死在那裡了，芮尼克想。他什麼也沒說，但賈汀看得出來芮尼克目光裡的斥責。

「尼奇的母親，」芮尼克說，「你們通知她了嗎？」

◆

不到十分鐘之後，芮尼克離開這幢建築，覺得如釋重負。葛拉翰．彌林頓稍早抵達，和芮尼克在外面碰頭，鬍子裡還有幾片吐司屑。不難想像瑪德琳叫丈夫在廚房的餐桌旁坐下：「葛拉翰，這麼一大早的，你不能空著肚子出門。你知道你的胃會怎麼折磨你。」

「情況很清楚囉？」彌林頓聽完細節之後說。

「誰知道呢，葛拉翰？這孩子確實是死了，但怎麼死的，又為什麼……？」

「他不是上吊死的嗎？我的意思是，是自殺的吧？」

芮尼克嘆口氣，「這個可能性最大——目前看來。」

彌林頓疑惑地看他，挑起眉毛。「你有任何理由假設……」

「沒有理由假設任何事情，葛拉翰。但是這裡有個快要崩潰的社工，還有個賈汀主任忙著封鎖城門，就像碰上圍城似的。」

「或者是霍亂。」

「不好意思，葛拉翰？」

「是我老婆正在讀的一本書……」

「反正，葛拉翰，睜大眼睛，要犯罪現場小組謹慎一點。他們完成工作之後，就把那孩子的遺體送到醫院。噢，還有，葛拉翰，賈汀好好訓我一頓，叫我要先取得他的同意，才可以和員工談話。」

「而且還要有律師拉著他們的手。」

「差不多。」

「噢，好，」彌林頓笑笑，有點惋惜，「竭盡我所能囉，呃？」

「照章行事，葛拉翰。就算這裡有任何缺失，我們也不希望消息外洩。」

彌林頓點點頭，走向入口。清晨的空氣凜冽，天空一片灰沉。這春天是怎麼回事呢？芮尼克想。在車道盡頭，他回頭望著那一扇扇高窗，看見一張張俯望的臉。

# ◆ 13 ◆

星期天早晨，時間還早，凱文和黛比躺在被子底下。凱文仰躺，黛比蜷縮著側躺。隔鄰的臥房傳來輕聲低語，是他們的女兒在和她的絨毛動物講話。

「凱文？」

「嗯？」

「你在想什麼？」

「沒有。」

但光是伸手摸他，黛比就知道他沒說實話。

「凱文？」

「什麼？」

黛比笑起來，一條腿擱在他腿上，頭靠在他胸前，還是笑個不停。

「小黛。」

「嗯？」

「她隨時可能進來。」

「我們關上門就不會。」她挪動頭部，嘴巴找到他的乳頭。

「噢！」

「噓。」

「這樣真的可以嗎？」

「當然可以。」

黛比幾個月前流產，她迫不及待想給女兒添個弟弟或妹妹。

「凱文？」

但凱文笑著看她翻身到他上面。現在他倆之間的一切都輕鬆順利，比以前順利得多。他碰到她的時候，她陡然緊繃起來，但旋即放鬆。他吻著她的脖子，她手握著他，引導他。

◆

琳恩．凱洛葛熟練地塑造了一個她媽媽想聽的週六夜約會故事。和她約會的年輕人是在本地律師事務所工作的會計師，他準時七點到她住的住房協會公寓來接她。他們到劇院看亞倫．班尼特[1]的新戲。嗯，也不算新啦，是舊劇重編，但是演員是她媽媽向來很喜歡的那位。演過電視劇《好朋友》。不，不是他，是另一個。對，很好看，很有趣。然後他們去媽媽米亞吃東西。義大利麵，沒錯。對，她當然會再和他見面。不，還不一定什麼時候。

她幾乎可以看見媽媽坐在他們諾福克養雞場的廚房裡，數著雞仔，做著白日夢。

事實上琳恩前一天晚上做的，是讀了兩章湯姆．克蘭西的小說，走到街角的馬哈拉尼餐館外帶印度烤雞，打開一罐啤酒，一面喝，一面看租來的片子：安迪．嘉西亞和梅格萊恩主演的《當男人愛上女人》。

她媽媽希望她擁有的一切——婚姻，子女——她都很樂於拋棄，因為似乎只要和這些東西一沾上邊，就會惹出一大堆爛事。

「爸還好嗎？」她打斷媽媽的話說。

「噢，小琳，他很好。不知道幾點鐘就跑出去看他的那些雞仔，他應該就快進來吃早餐了。」

差不多兩年前，琳恩的父親被確診罹患大腸癌，開刀，化療，如今添了體重，恢復工作，彷彿什麼也沒發生。這就像坐在定時炸彈上，琳恩想，等待消息，想像身體內部有個什麼東西在慢慢長大。

「小琳，你爸沒事，真的。」

她媽媽是相信美夢的人。

1 Alan Bennett，1934-，英國劇作家與演員。

◆

對諾瑪·史納普來說，最美好的星期天永遠都存在於往日。她還記得，她和派崔克一起住在胡德斯菲爾的時候，星期天總是很晚才起床，陽光斜射進房間，派崔克背靠枕頭坐在她身邊，抽他這天的第一根大麻菸，讓自己變得恍恍惚惚，到最後食欲大發，兩人跑去開冰箱吃光剩下的披薩和巧克力碎片冰淇淋。錄音機總是播放艾爾·格林的曲子：〈Let's Stay Together〉、〈Here I Am(Come and Take Me)〉、〈Call Me(Come Back Home)〉。

或者再後來，和彼德在一起的時候，他的雙手像翅膀一樣在她背後拍動，沒真的摸她，但動個不停。才九個月大的希娜就睡在她身邊，拇指含在嘴巴裡，髮絲蓋在眼睛上。孩子胸膛輕輕起伏，就像彼德手指在她脊股底部的輕壓一般。體內的張力讓她咬住嘴唇內側，等著他的手繼續下探。

諾瑪翻身，拿起她之前泡好茶的馬克杯，但茶水早就冷了。她聽見樓下傳來電視的聲音，雖然她敢發誓，差不多一個鐘頭之前就聽見夏恩出門了。她裹著床單，拿起雜誌。這時她聽見希娜洗澡的聲音。但沒有尼奇的動靜。他當然不在家。已經被關起來了，可憐的小王八蛋，被關在那個該死的地方。今天下午她要去探視他，給他帶巧克力、香菸，一些特別的好東西。不管他做了什麼，他都還是她的兒子。這一點永遠都不會改變。再躺十分鐘就好，然後就下床，給自己再泡一杯茶。她點了菸，翻到讀者來函欄——找到她自己去信詢問的問題。

半個鐘頭之後，門鈴響起，她還躺在床上。

◆

情況很明顯，不管摁鈴的是誰，都不會放棄。諾瑪披上睡袍，走到窗口，看著樓下。

「搞什麼鬼……」

她看見芮尼克仰頭看她，他的眼神讓她的胃像拳頭似的揪成一團。

在一樓，她透過門上的毛玻璃看見他的剪影。她急著開門，胡亂摸索一通之後，才終於把門拉開。

「諾瑪……」

他的眼神，他的立姿，都還是讓她放不下心。

「是尼奇，對不對？」

「對。」

「尼奇出事了？」

「是的。」

諾瑪手垂在身體兩側，握緊拳頭。她閉上眼睛。

「諾瑪，我想我們最好進去談。」

「告訴我。」

「諾瑪……」

她抓住他的大衣領口。「幹！告訴我！」

芮尼克快喘不過氣來。「今天早上他們發現他，諾瑪，他……」

「他死了。」

芮尼克的聲音很平靜，但每個字都像在她腦袋裡尖聲嘶吼。「是的，諾瑪，他死了。」

她手臂往後一揚，敲破了門上的玻璃。她喉嚨發出的不是尖叫，而是嘶嘶的氣音。芮尼克抓著她，拉近跟前，她呼出的氣噴在他臉上。她的手掌手腕流出血來，順著指尖滴到地上。

「諾瑪，別這樣，我們到裡面去。」

他半拖半拉地帶她穿過小小的玄關，希娜裹著毛巾站在樓梯口，一臉慘白。

「幫我扶你媽進客廳。」

希娜一動也不動。

諾瑪一次又一次呼喚尼奇的名字。芮尼克想辦法讓她坐到長沙發上，抬起她的手臂，讓手與頭齊高。電視上有卡通恐龍在打鬥。

芮尼克轉頭看希娜，她一語不發站在門口。「去拿條乾淨的毛巾，擦碗布，任何東西，只要乾淨就行。好嗎？快點。」

諾瑪手上還有銀亮的玻璃碎片，就在拇指下方的皮肉裡。「怎麼……回事？」她喘息說，「尼奇，是怎麼回事？」

「我們先把傷口弄乾淨……」

「不，不！告訴我，我現在就要知道。」

芮尼克小心翼翼地把最長的那塊玻璃碎片拉出來，用他的手把諾瑪的手臂撐直。希娜拿了一條擦手巾回來。她已經套上了T恤和牛仔褲。「我只找到這個。」

「可以。現在打電話叫救護車……」

「不，」諾瑪在哭，拼命搖頭。

「叫救護車，這傷口要好好處理。然後燒水，泡點茶，好嗎？甜茶。」

芮尼克輕輕地拔出另一片玻璃，和第一片一起擺在沙發旁邊的地板上。

「芮尼克先生，拜託……」

他握著她的另一隻手。「他們在浴室裡發現他，毛巾綁在脖子上。他上吊。看起來像是自殺。」

她用力推開他，他無法拉住她的手。她對他又捶又打，喉嚨裡發出淒厲哭喊，直到他再次抓住她的手，制住她。但他的襯衫和臉頰都已經血漬斑斑了。

「好了，諾瑪，」芮尼克說，「好了，不會有事的。」

但諾瑪只記得她趕尼奇出門時，他的那張臉。他手裡拿著她的十鎊紙鈔，舉得高高的，笑個不停。**別讓我逮到你，你這個死小子！我非扭斷你的脖子不可。**

# 14

芮尼克剛開始在傑克．史凱頓手下工作的時候，傑克每天一早換上運動服和慢跑鞋，沿著德比路跑向大學，繞湖一圈，然後再上坡回來，全程好幾公里。額頭總是閃著汗光與企圖心。如今，他在停車場和警局後門之間抽今天的第三或第四根金邊臣香菸，爬上第二段樓梯的時候就已經氣喘噓噓。

這個時間通常也是芮尼克站在警司辦公桌前，報告工作摘要的時候。但是，這個星期一早晨，芮尼克差不多已經對彌林頓和小組其餘成員交待完工作，史凱頓才進警局。

這個週末和以往沒什麼兩樣。在艾福雷頓路兩側有六件竊盜案，林頓大道後面的窄小街巷也有六件。其中一件，幾個竊賊竟然給自己做了奶油花生醬三明治，拆看郵件，然後坐下來看留在錄影機裡沒退出來的《本日大競賽》節目錄影帶。而住這裡的三個男生在樓上呼呼大睡。

雷福德路的一家麵包店後面有輛廂型車被偷，最後開進萊禮自行車工廠後面的運河裡。兩個男人凌晨打架，最後其中一個咬掉另一個的指尖，受傷的這個自己走進女王醫院的急診室，斷指安全收進他為萬一需要而擺在皮夾隨身帶著的保險套裡。清晨六點多，三個戴面具的女孩企圖搶劫艾比橋旁邊的加油站，其中一個女孩穿的像是學校制服，而她們的武器，後來證明只是裝在塑膠袋裡的小黃瓜。

「又一個星期啊，查理？」彌林頓摁熄香菸說。

「至少沒有尼奇．史納普需要煩心。」迪文站起來說。

芮尼克狠狠瞪他一眼，那狠勁足以讓他一整天都不敢抬起頭來。

「那個霍格森，」琳恩走過來的時候，芮尼克對她說。「已經回安柏門了吧？」

琳恩點頭。「我上次問的時候是。」

「做得好。」

「謝謝。」

「和他在一起的那個男的……」

「布萊恩．諾伯。」

「有沒有決定要起訴他？」

琳恩搖頭。「這樣只會惹出更多麻煩。口頭警告，然後趕他走。」她微笑，「我敢說，他昨天一定和老婆小孩上教堂，感謝上帝。」

辦公室另一頭正在講電話的凱文．奈勒轉頭，「醫院打來的，長官，桃樂絲．尼塞菲德……」

芮尼克眼周的皮膚立時緊繃。「情況沒有變化，還撐著。」

「很好，」芮尼克說，鬆了一口氣。「這也要感謝上帝。」

◆

史凱頓在辦公室等他，很不耐煩地聽芮尼克的簡報。他心裡有更急迫的事。

「我不知道你昨天早上是怎麼處理那個小孩的事，查理，但你顯然惹毛了那裡的主任。副局長昨天晚上打電話給我，說社會服務處副主任找他，要求我們後續的調查行動不能由你負責。」

芮尼克只咕噥一聲。

「據賈汀說，你沒徵得他的同意，就偵訊他們的工作人員。」

「我只和一個人講過話，就是來幫我開門的那個。不然我要怎樣，一聲不吭嗎？」

「而且你還指控賈汀要為史納普的死負責。」

「胡說八道。我沒怪罪任何人。」

「好吧，那就只是暗示。」

芮尼克看著史凱頓背後的窗外，一架從東密德蘭機場起飛的飛機，以慢得極其不自然的速度，對角線飛越藍灰色的天空。「他這麼有戒心，讓我不禁要懷疑，他是不是想隱瞞什麼。」

「這樁自殺事件？你覺得事情不單純？」

芮尼克聳聳肩。「也不見得，不過如果真的有內情，我也希望知道是為什麼。」

「雖然他還未成年，但攻擊那對老夫婦，很可能會判很長的刑期。說不定這就是他想了結自己的原因。」

芮尼克搖搖頭，「我想沒這麼簡單。」

「那麼就是被霸凌了，其他孩子欺負他，你這麼認為？」

「我不知道。也可能有很多原因。」

「或者什麼原因都沒有。」

芮尼克在椅子裡挪動了一下。「十五歲的孩子死了，就是這麼回事。」

史凱頓雙手交纏擱在腦後，椅子往後仰，單靠兩只後椅腳貼地。「警方當然會進行調查，就只是例行的調查。副局長提到比爾．亞斯頓，你覺得如何？」

「我還以為他早就被放逐邊疆了。」

「倒也沒有。他們在總局給他弄了個小得像鞋盒的辦公室，然後給他一疊紙，讓他可以在辦公桌上推來推去。」

「聽起來像是某種職能治療。」

史凱頓鬆開手，把椅子放平。「總比把他踢出去仁慈吧，免得他損失好幾年的退休金。」

「你覺得他適合負責這個調查？」

「就像我說的，上面只是建議。」

芮尼克想起亞斯頓，身材高大，鐵灰色頭髮，金屬框眼鏡，非常死板的一個人。擔任制服督察的時候，他每天早上召集下屬都帶著一把細齒髮梳。要是誰鈕釦沾有去鏽油沒擦亮，襯衫皺巴巴，鞋子髒兮兮，都會招來一頓斥責。整潔和虔誠是至高無上的美德。亞斯頓調任刑事偵查部的時候，芮尼克與他共事，發現這人徹底缺乏想像力。警務工作改變了，而亞斯頓沒有。四十歲之後，升遷機會擦肩而過。督察長的職務開缺，然後補人，他花越來越多的時間在工作上，認真如牧師與小學校長。但他已沒有機會。

「他做事很仔細，」史凱頓說，「一切照規矩來。你知道的。」

「他會很有禮貌。」

「你可以和他聊一下，讓他做好準備？你熟悉那家人。」

「好，我會儘量告訴他。」

「很好。」史凱頓站起來。「除了賈汀的抗議之外，其實你自己也不是那麼想負責這個案子吧。」

「大概吧。」

「噢，查理……」芮尼克已經快走到門口了。「……你那個哥兒們，瑞格．柯索打過電話來。他們在雷福德有個臥底行動。詐欺、偷竊、販毒之類的。毒品組也加入。他想知道我們能不能撥出一個人力？三、四個晚上就好，他會想辦法張羅加班費。」

還不確定有沒有呢，芮尼克搖搖頭。「我們也人手短缺，你知道的。」

「查理，就幾個晚上。譬如迪文，行不行？」

芮尼克聳聳肩。「如果非要有人去不可，最好找奈勒。最起碼錢不至於亂花，迪文肯定就是拿去喝酒，醉到不醒人事。」

「隨便你，查理。」芮尼克還沒走出去，史凱頓已經伸手拿電話了。

九點五十分，芮尼克正要咬一口他的火雞胸肉蔓越莓三明治，櫃台的值班警員打電話上來。有兩個訪客想見他：諾瑪．史納普和她兒子夏恩。

個頭很大的諾瑪彷彿一夜之間就縮水了，身上的黑洋裝垂掛在肩上，像是沒量好尺寸的窗簾；而原本豐滿的臉也變得憔悴了。黑眼圈更證明她哭很多，睡很少。

在她身邊的夏恩比芮尼克記憶中來得高，也來得結實。看來他除了常去下注站和賭場之外，也花時間健身。今天他穿寬鬆的藍色牛仔褲，一頭金髮認真梳齊。夏恩陪媽媽站在刑事偵查部入口，眼睛盯著芮尼克，一臉不屑。

「到我辦公室來吧。」芮尼克拉開門，請諾瑪坐下，但夏恩寧可站著。

「要喝點什麼嗎？茶或咖啡？」

沒有回答。

芮尼克走到辦公桌後面坐下，夏恩的目光緊隨著他。「諾瑪，你還好嗎？」

「你覺得呢？」媽媽還沒開口，夏恩就搶著說。

「你的手呢？諾瑪，你的手還好嗎？」

「別關心她的手，那不是我們來這裡的原因。」他瞪著芮尼克，「我弟被你監管，結果他死了，這是我們來這裡的原因。」

芮尼克靠在椅背上，嘆口氣。「不是直接由我監管，是地方當局……」

「去他的地方當局！是你逮捕他的！」夏恩的手指戳向芮尼克的臉。「你，是你把他拖出我家，把他抓到這裡來，送他上法庭的。發生在他身上的事，所有的事，你都要負責。都是你的錯！」

他的拳頭離芮尼克的臉只有幾公分，咆叫的聲音震響整個房間。彌林頓敲門，沒等回應就進門問：「都還好嗎，老大？」

「謝謝，葛拉翰。沒事。」芮尼克眼睛沒看他的巡佐，仍然盯著夏恩．史納普。

「那好，你確定就好。」彌林頓緩緩退出房間，但讓門半掩。

夏恩和芮尼克盯著彼此，誰也沒轉開視線。

「夏恩……」諾瑪伸出她裹著繃帶的手，摸摸大兒子的手臂。「別這樣。」

夏恩肌肉收縮，慢慢放開拳頭，往旁邊站開。芮尼克又盯著他看了十或十五秒，才不再理他。「你想知道什麼，諾瑪？」

「我的尼奇，」諾瑪靠前說，「以前他不管碰上什麼事，不管受了多重的傷，總還是會恢復元氣。一向都是這樣。就連那次被汽油彈給砸中也一樣。尼奇，待在醫院裡的時候整天笑呵呵，一直開玩笑。所以我不相信他會自殺，芮尼克先生。這不是他的……不像他的個性。除非有什麼原因，我們所不知道的原因。他在裡面發生的事。」

「諾瑪，會有調查行動……」站在媽媽背後的夏恩發出短促苦澀的笑聲。「……雙管齊下。社會服務處會進行調查，我們也會有自己的調查行動。」

「他媽的粉飾太平。」夏恩說，「你們的目的就是要掩蓋真相。」

「你，芮尼克先生，」諾瑪說，「你會親自調查嗎？」

芮尼克搖頭。「調查行動由另一位資深警官負責。他很有經驗。沒有人比他更仔細……」

「可是你認識尼奇，真的認識他。那個傢伙，不管是誰……」
「他是個好人，諾瑪，我可以向你保證。而且我會盡力協助他。」
她臉上閃現微笑，但轉瞬即逝。「尼奇的遺體，葬禮……」
「我們會儘快還給你們。我今天會問清楚，然後通知你，好嗎？」
有那麼一會兒，諾瑪垂著頭，閉上眼睛。夏恩開始嘟嘟囔囔，但芮尼克的飛快一瞥，讓他知道他已經說夠了。芮尼克起身，走到辦公桌前面，想扶諾瑪起來，但夏恩擋住他。
「來吧，媽，我們走吧。」

◆

彌林頓站在芮尼克旁邊，目送他們離去。「他上次是因為竊盜罪被起訴吧？」
芮尼克點頭。「我想是。」
「希望下次有人把他抓進去關久一點。」
芮尼克轉身，回到自己的辦公室，關上門。他的三明治還原封不動擺在桌上。但是說了那麼多空洞無用的話給諾瑪聽之後，他已經沒有胃口了。他抓起三明治，丟進垃圾桶。

◆

# 15

◆

這天下午，比爾·亞斯頓打電話給芮尼克。好幾分鐘的時間，他們就只是言不及義地聊著工作，八卦。「現在和我們當年差很多啊，查理。當年我們只要穿著制服，走進城裡的任何一間酒館，每個人都會很尊敬地看著你。現在他們一副恨不得吐你口水的樣子。」芮尼克等他說到重點。

「我想我們可以找時間喝一杯，查理，等我正式接這個案子之後。我們聊一下這個史納普的背景，你可以提供我一些資訊。」

「我今天見到他媽媽。」芮尼克說，「她覺得尼奇不像會自殺的人，除非有很重大的原因。」

「在目前的情況下，她這麼說也是可以料想得到的。她很沮喪，幾乎要抓狂。在目前的情況下，我們不該太相信她。」

「她是這孩子的媽，比爾。我覺得他們這家人的關係很親密。」

「只要有蹊蹺，查理，我一定會查出來。」

「我也告訴她說你很在行。」

「謝謝，查理。謝謝你。我們找天晚上喝一杯？」

「打電話給我，比爾，隨時。」

「我會的，查理，謝啦。」

◆

芮尼克搭電梯到維多莉亞中心樓上時，想著亞斯頓說的話。他們都已經到了可以望見職涯最後二十年的年歲了。等在他們眼前的是什麼？高升到新成立的重案組？或者在總局有個自己的房間，整天蓋橡皮章到退休？

他步出電梯，朝市場走去，一路和十來個波蘭老人家點頭。他們個個穿深灰色風衣，擦得晶亮的皮鞋，懷想五十年前的美好時光。他父親如果還活著，也會和他們一樣，變得彎腰駝背，身形縮水，遠離度過童少時光的國家，成為永遠的流亡者。

芮尼克走進市場，經過角落的音樂小攤。這裡永遠用超低特價販售顫音樂團的暢銷金曲。在他面前，採買的顧客站在攤販前猶豫不決，挑選著本地切達乳酪和藍乳酪、蘑菇和櫛瓜，顏色品種產地各異的馬鈴薯，以色列和西班牙進口的草莓，附近出產的翠綠甘藍菜。往市場深處走，還會看見許多販售不同商品的鋪子。你可以買香水，買機器織的諾丁罕蕾絲，電動小玩意兒，一打裝的吸塵器集塵袋，以及樂於收受購衣抵用券的童裝攤販。

芮尼克走向波蘭熟食攤，攤上的乳酪蛋糕像政府健康警語那樣瞪著他，威脅他要甩掉多出來的五公斤體重。像你這樣身材的男性，理想體重應該是……芮尼克一點都不想知道。他開始採買——切薄片的薩拉米香腸，葛縷子黑麥麵包，酸醬，然後到義大利咖啡攤。有人丟了份《郵報》在櫃台上，他等濃縮咖啡的時候翻了翻。某人的海釣設備從工具間裡被偷走；車庫裡丟了三十二隻曾得過獎的虎皮鸚鵡；某名竊賊坐在七十九歲老婦人床上和她聊了三十分鐘，才洗劫她的珠寶。他還問她要不要來杯咖啡，她婉謝，於是他說那他幫她泡杯茶好了。這樣的竊案讓犯罪簡直像電視上的溫馨喜劇。但芮尼克知道，尼奇．史納普闖進尼塞菲德家的過程，絕對不是親切的床邊閒聊或泡壺茶這樣的事。桃樂絲．尼塞菲德在治療下或許情況穩定，但傷勢仍然很嚴重，而他丈夫在家裡療傷，尼奇．史納普吊死在浴室裡。報上也是這樣寫的，就在頭版，標題大大的幾個字：「嫌犯身亡」。芮尼克的名字出現在第三段。

店員放下咖啡，指著報紙說：「解脫了，對吧？」

「不，一點都不。」

店員聳聳肩，無法理解，收走芮尼克的錢，轉身去招呼一名漂亮的年輕媽媽：身材苗條，眼神清亮，孩子在身邊的兩張凳子上扭來動去，互相踢鬧。「別鬧了，你們兩個，我警告你們。」芮尼克的目光自然而然飄向她左手中指。家裡應該沒有爸爸。這是好事還是壞事？他也不確定。

「再來一杯，督察？」

芮尼克推開空杯。「不了，謝謝。今天不要了。」

就快走出市場的時候，他看見她在靠近出口的中間走道上。她在買花。

◆

漢娜·坎貝爾把她的福斯停在地下停車場，搭電梯到特易購，有違自己平常堅守的健康飲食原則，買了莎拉·李的即烤即食胡桃丹麥蛋糕，這難以遏制的衝動讓她在付帳時覺得很有罪惡感。把兩袋自用雜貨放進後行李廂，然後才上樓到市場買蔬菜、沙拉和乳酪。花圈與花禮的招牌讓她停下腳步。

當然，尼奇的事——道聽塗說、冷嘲熱諷、隨便拼湊的故事——整天在學校裡傳個不停。教師辦公室裡一開始是真的很震撼同情，但繼之而來的卻是讓漢娜心涼的所謂正義感。有人沾沾自喜地說：「我早就說了吧。」還有不只一個人說，尼奇至少對學校有點積極貢獻，因為讓教室不再那麼擁擠。

花禮和花圈。漢娜問穿圍裙的女人，花束要多少錢。百合，漂亮的康乃馨，水仙，這個季節都開得很美。芮尼克站在走道盡頭，看著她彎腰時頭髮飄散在臉龐周圍的模樣。要是他上前，該和她說什麼呢？轉身離開容易得多。

他下樓，在HMV店口遲疑了一下，考慮要不要進爵士專區裡轉一下。就在這時，漢娜看見他了。

「芮尼克督察？」

他在櫥窗的玻璃上看見她的倒影，綻開微笑。

「喊你督察好像有點好笑，像在演戲似的。你知道的，那齣《探長來訪》。」

芮尼克隱約想起有這齣戲。「那請叫我查理。」他說。

「你叫查理？」

他點頭，「是的。」換手提袋子。

「我從來沒想過警察會自己來買菜。」

「總得要有人買吧。」

「我想也是，」她微笑，「我知道。」

他看著她手上的花，不知道接下來要說什麼。「呃……」他略往左靠，但也沒走開。

「我本來要打電話給你的，」漢娜說，「今天。」

「怎麼回事？」

「尼奇的事。我只是……」她撥了撥頭髮，往後站，差點撞上經過的手推車。「我不知道，只是想談談，我想。」

「談什麼？」

她還是微笑，但只有眼睛有笑意。「其實我也不知道。所以我最後沒打。」

「我能告訴你的可能也不多……」

「當然，我理解。」

「但如果……」

「什麼？」

他頭一次露出微笑，整張臉鬆開來，漾成一個大大的微笑。

「你有幾分鐘的時間嗎？」漢娜問。

芮尼克聳聳肩，瞥一眼手錶。「當然有。」

她帶他到美食廣場，買了杯裝在紙杯裡的濃縮咖啡，端到廣場中央高起的用餐區。和這位他幾乎不認識的女子坐在一起，他覺得很怪。她長得漂亮，打扮休閒但用心，手裡還有一大捧花。他沒來由地想起〈Roseland Shuffle〉，萊斯特・楊獨唱，搭上貝西公爵的鋼琴旋律。

「這還可以嗎？」漢娜看看四周，問。

「很好。」

她小心地把花束擺在座位旁邊。「我打算送花給尼奇的媽媽。」她說，「可是現在我又覺得不那麼確定了。」

「我不知道你和他那麼熟。」

「我不熟，其實。老實說，我想學校裡也沒人和他熟，至少最近這一兩年是這樣啦。他很少待在學校。」她把杯子捧在手裡，啜了一口。「這樣說有點不應該，但是我去尼奇班上上英文課時，要是看到他的位子是空的，就覺得鬆了口氣。倒也不是說他愛搗蛋。他大部份時間就只是坐在位子上，一副放空的樣子，什麼話也不說。不過他偶爾會冒出個什麼念頭來，打斷課堂正在進行的活動，糾纏不清，一個問題接一個問題，沒完沒了，逼得我窮於應付。」

漢娜停下來，又喝了口咖啡，看著芮尼克那張耐性十足，眼角略有皺紋的臉。「也許我不應該把這些看得太重要。我指的是課前準備好的課綱。目標、方法、結論等等。也許有其他更重要的東西。」

「但我想，他開始搗蛋的時候，你也沒有太多辦法可想。」

漢娜露出疲憊的微笑。「耶穌會的人說，把孩子交給我們教到七歲，對吧？還是九歲？他們說的或許沒錯。罪犯究竟是先天還是後天養成的？查理，你覺得呢？」她覺得很詫異，竟然可以這麼輕易就喊他名字。

他注意到她右眼接近瞳孔處，有一抹綠色，但拼命克制自己別盯著看。「有些人，」他說，「無論如何都會犯下罪行。也許有某些基因問題，心理因素，或是因為童年，誰又說得準？但一般的犯罪行為，你只要看看數據就知道，失業、住房問題……」芮尼克用手指數著，「……這些問題比較嚴重的地方，犯罪率也比較高。」

「去說給政府聽。」漢娜有點不客氣。

芮尼克嘗了口咖啡，雖然是裝在紙杯裡，但比他預期來得好。「上一次選舉，」他說，「地方選舉，有多少個？十六個保守黨被踢下台。工黨大獲全勝。現在市議會五十席議員裡，只有一個是保守黨。我很想知道到了今年年底，情況會有什麼不同。」

「你不覺得這樣有點憤世嫉俗？」

「應該說務實吧？」

「對尼奇這樣的孩子，你覺得我們沒什麼可做的？」

他嘆口氣。「就算有，恐怕我也不知道。」

「所以就把他們關起來？給他們來個震撼教育。是叫少年觀護所，對吧？你真的覺得這就是解答？」

「我不認為這樣可以矯正他們，從數據上看來是如此。」

「但你們還是繼續這樣做，把他們關起來。」

芮尼克有點不安地挪動身體。「不，是法院把他們關起來的。或許這樣說也不對。我們做的，我所做的，就是把違法的人抓起來。這不是我訂的法律，也不是我訂的懲罰。」

「可是你必定同意法院做的決定，否則你怎麼可能繼續做這個工作。」

芮尼克把椅子後推，翹起腳。「我們這是在吵架嗎？」

漢娜微笑。「不，是討論。」

「那就好。」

「不過，」她問，「你喜歡迴避問題？」

芮尼克咧嘴笑，搖搖頭。「和尼奇同齡，或年紀更小的累犯，一年可能會被逮捕三十或四十次。有些甚至更多。他們年紀太輕，不能坐牢。他們會被保釋，或下監管令，但全都沒用。」

「你覺得他們應該被關起來。」

「我覺得社會需要保護，是的……」

「那尼奇呢？」

「聽我說，」芮尼克發現自己的嗓音不由自主提高了，比這空間所容許的音量來得更大。「我去看過那個被打破頭的老太太，和那個老人。我不是說尼奇出事是罪有應得，我當然不這麼想。但他犯的是重罪，他一定得被關起來。你該不會認為他應該回到街頭吧？」

「如果要在放他出來和他死掉之間選擇，是的，我會選擇放他走。難道你不會嗎？」

芮尼克看看其他桌的客人，他們都假裝沒聽見他倆的對話。咖啡開始變涼了。

「對不起，」漢娜說，「我讓你有罪惡感了。」

「你沒有，」芮尼克搖頭，「發生這樣的事，我覺得很難過。我為尼奇的媽媽，為尼奇，覺得難過。但我不覺得有罪惡感。」

「但我有，」漢娜靜靜地說，「我有罪惡感。」

◆

「我可以順路載你到什麼地方嗎？」她問。

他們站在一排電話前面，靠近開向曼斯菲德路的玻璃門。

「謝謝，不用。」

「好吧，那就再見囉。」她舉步離開。

「花，」芮尼克說，「你要不要送去？」

「要，我想要。」

「很好，我想諾瑪會很高興。」他站在原地，手裡的塑膠袋輕輕晃動，目送她走向電梯。

漢娜終於在電梯門關上之前轉身，但他已經離開了。

# ◆ 16 ◆

青少年司法小組的一名社工來過兩次，兩次都吃了閉門羹。本地BBC電台記者的錄音機被甩到街上，中央電視台的採訪小組被當頭淋了一桶水，採訪車也被鑰子敲了個洞。夏恩揮拳揍一名替好幾家全國性八卦報紙挖新聞的線人，因為他碰見那人在酒館裡找鄰居打探消息。「我們什麼都沒對他說，對吧？」他狠狠瞪著酒館裡的人，在吧台上砸碎一只空酒瓶，摔門而出。他心中滿滿的怒氣，無處發洩的怒氣。

諾瑪的朋友蘿莎下午帶著一瓶白酒和一束玫瑰花來，勸諾瑪去浴室洗臉，化妝，換衣服。電視裡播著午後的賽馬，她倆就這樣坐在沙發上，蘿莎給諾瑪倒了一杯又一杯的酒，抓住她的手腕，只要她一哭，就緊緊抱住她。諾瑪在蘿莎結實的懷裡顫抖。「這個小鬼，他腦袋瓜究竟在想什麼啊？」

希娜在邊上徘徊，觀察這兩個女人，媽媽流個沒完的眼淚讓她震驚，但她可不希望自己這樣。她走進廚房，給自己泡了杯她從來不喝的茶，給麵包抹了她從來不吃的果醬，然後回到房間裡，打開收音機，音量轉到最大，淹沒那哀悼的聲音。麗莎．伊森的午後節目。布魯樂團。綠洲樂團。涅盤樂團。果漿樂團。接招樂團。

賽馬節目變成動畫和影集時，諾瑪在蘿莎懷裡睡著了，偶爾因夢境而抽搐。「邁可，噢，邁可。」她呻吟。

「噓。」蘿莎輕輕摸她的頭，等諾瑪張開眼睛後，她問：「誰是邁可？你一直在叫邁可。」

「我失去的那個寶寶。」

蘿莎捏捏她的手。「那是尼奇啊，親愛的，你糊塗了。」

但諾瑪知道自己在說什麼。「不，是邁可。我的小邁可。」她再次感覺到他最後的抽動和淚水，看見他血淋淋的嬌小身軀躺在助產士手上。

◆

漢娜到史納普家外面的時候，人行道上已經有二十束花了，還有一些斜靠在門邊。她遲疑著，想了想，不知道究竟該說什麼。她彎腰，把手裡的花和其他花束擺在一起。這時，希娜開門出來。漢娜認識她。她和尼奇唸同一所學校，在校的最後一年，漢娜教過她。

「嗨，希娜，我是坎貝爾老師。我不知道你還記不記得我。」

她當時是個沒什麼活力的女生。沒人管的時候，她就玩著原子筆，扯著長髮，在課桌邊緣、筆記封面和手臂背面寫上當時男朋友的名字。

「希娜，你弟弟的事，我覺得很遺憾。真的。」從反應來看，漢娜不知道這女孩是不是還記得她，但她假設希娜記得。「我帶了花來給你媽媽。」漢娜說。

希娜一語未發，推開大門，等著漢娜進來。

「史納普太太？」

漢娜在廚房找到諾瑪和蘿莎圍在小桌子旁，抽菸喝茶。

「希娜讓我進來。我是……我是尼奇的老師，我教過他。」兩個女人都沒看她，她開始有點結巴。「我想說我很難過。這是送你的。」她就這樣遞出花，等了好一會兒，才把花擺在桌上。

「這是學校送的囉？」蘿莎問。

「是的，嗯，不是。這是我自己送的。」

「所以學校什麼表示也沒有？」

「對不起。」

「渾蛋，連句問候都沒有。」

「嗯，」漢娜說，「我想我該走了。我無意打擾。」

「是啊，」蘿莎說，「我想你最好快走。」

她走到門口的時候，聽見諾瑪說：「你是他的班導師，是嗎？」

「不是，」漢娜轉身走回廚房。諾瑪眼睛紅通通，幾乎無法聚焦。「我是他的英文老師。」諾瑪眨眨眼，一眨再眨。「他是個好孩子，很開朗。我喜歡他。」

這空間突然膨脹起來，收納了謊言，讓這句話飄向天花板，隨著香菸煙霧消失。

「我該走了。」漢娜說。

漢娜走到人行道上，關上大門，背靠著門，閉上眼睛。她腿背發抖，手臂發涼。**我可愛的人兒啊？**她此時只能想到麥克德夫[1]得知自己的子女皆遇害時說的台詞。說這又有什麼用呢？漢娜問自己。

◆

雨水打濕了諾瑪家門外的鮮花，卡片黏糊糊地貼在扭曲的花莖上，也把沒穿防水風衣的芮尼克淋得一身濕。他離家還有將近一公里的距離，灰黯的春日天空落下傾盆大雨。粗得像樓梯壓條的大雨，芮尼克的岳母會這麼形容——嗯，是他還有岳母的時候。等到把鑰匙插進大門鎖孔的時候，他的頭髮已經塌扁貼在頭皮上，水滴從鼻子滑過衣領，鑽進脖子。門一打開，迪吉就從鄰居家的樹叢裡竄出來，溜進屋裡。

芮尼克小心翼翼拿出袋裡的東西，包裝紙汪著一灘水。他脫下外套，披在椅背，用毛巾迅快擦頭髮。和漢娜．坎貝爾會面的情景，偶爾浮現心頭。

**「我們這是在吵架嗎？」**

**「不，只是討論。」**

他反射動作似的把貓食分到貓碗裡。這真的只是討論嗎？純學術的？非關個人的討論？感覺起來完全不是這麼回事。但他又知道什麼呢？老師也許就喜歡把話語像骨牌一樣推來推去，當成某種益智遊戲。

他弄個三明治，等水燒開。四片新鮮的蒜味薩拉米腸擺在黑麥麵包上，不切段的醃黃瓜切成細細長條狀，羊乳酪用手捏碎，一根青蔥細切，最後，他給另一片麵包抹上初榨橄欖油，擺在配料上，壓一壓，看著油滲出來，才把三明治一刀切成兩半。

鍋匠，裁縫，岳母和老婆[2]。他慢慢把熱水倒在磨碎的咖啡粉上。自從兩年前的聖誕節之後，他就再也沒有他前妻伊蓮的消息，當然更久沒見到她。他知道她再婚，又離婚，不只一次住進精神療養院。他上回見到她的時候，她完全像個陌生的人，是某個長時間住在另一個國度，說著他所不懂的語言的人。

**「我們這是在吵架嗎？」**

**「不，只是討論。」**

他沒等到她的身影消失在電梯門裡，就轉身離去了。

電話鈴響，他跳了起來。

「查理，你在家，真意外。」是瑪黎安．威茲札克，微帶著祖國的口音，雖然她並非在那裡

1 Macduff，莎士比亞《馬克白》劇中角色，被馬克白血洗城堡，妻兒均慘死，最後殺死馬克白復仇。

2 英國孩童數數兒的歌謠，原詞是：「鍋匠，裁縫，士兵，富人，窮人，乞丐，小偷」。

出生，而且自少女時代之後，也未曾再造訪。「查理，我在想舞會的事。這個週末，你記得嗎？我不知道你決定沒？」

「瑪黎安，我沒辦法確定。」

儘管她默不作聲，他卻能感覺到她的失望。

「我很難承諾，瑪黎安，你也知道的。我永遠不知道會有什麼事情發生。」

「整天工作，不知玩樂，查理，你知道他們是怎麼說的？」

「聽我說，我儘量，好嗎？」

「查理，你還記得有一次，我們說服手風琴手不奏波卡舞曲，改彈〈Blue Suede Shoes〉嗎？這次是同一支樂隊。」

「瑪黎安，對不起，我得去忙了。我們再聯絡，好嗎？我會讓你知道我能不能去。」

他站在爐子旁邊吃掉半個三明治，另外半個在客廳吃，一面聽著法蘭克．摩根吹奏〈Mood Indigo〉。風吹著雨，掃過高大的松樹。

◆

諾瑪突然坐起來，睜開眼睛。蘿莎回家去搞定她家老么再回來。她們一起吃鳥眼餐館的義大利千層麵和薯條，喝了兩罐啤酒，抽了天曉得多少根香菸。然後諾瑪睡著了。「尼奇他爸！」她驚叫，「彼德。幹！我該怎麼和尼奇他爸聯絡？」

希娜有地址，寫在一張隨便撕下的紙上，鉛筆字跡已經開始模糊褪色了。

「你有這個地址多久了？多久？」

「我生日的時候，」希娜說，「十四歲生日。紙條塞在卡片裡。」

諾瑪揉揉眼睛。是彼得伯勒的地址。「這也不表示他還在那裡。他有可能在任何地方。」

「你會通知我爸吧？」

「拿去，」諾瑪把紙條遞回給她。「你去通知他。拿到他地址的人是你。」

◆

漢娜坐在樓上靠窗邊的位子，肩上裹著毛衣保暖。窗簾還沒拉上，她看見屋外雨絲落下，在街燈下銀閃發亮，然後墜落在她家對面小公園的黑幕裡。擱在膝上的馬克杯裡，薄荷茶已經涼了。她正在讀從蘑菇書店新買回來的一本詩集，聽著鋼琴演奏專輯。

彷彿男人只是等候女人餵養、擎起如火炬的懼與火

彷彿女人只是漫長艱辛隧道盡頭的光
彷彿我甜美的生命需求
彷彿疼痛可以撫平絕望之日的銳角

如果結婚，生兒育女，她的生活會有多大的不同？同樣的問題不時在她看似平靜的生活下暗潮湧動。她有自己的房子，有份工作——很不錯的工作，她通常覺得很有價值，也認為自己是在做良善之事。她每個月月底付清信用卡帳單，房貸也堪可負擔。她一年出國三次，喜歡有朋友陪伴。看見喜歡的書或CD，她不必猶豫就可以買下。除了她教的小孩之外，唯一需要她餵養與擎起的，就只有她自己。

她的選擇。

那麼，她又為什麼要覺得自己像捧在膝上的這只馬克杯般空虛，蒼白而冰涼呢？

◆

夏恩走進特維家附近的酒吧，猛力用頭撞上皮特．特維的臉。「你這個王八蛋！狗娘養的人渣！」血從皮特額頭流進眼睛，讓他幾乎看不見。「你要為你做的爛事付出代價！」夏恩掄起拳頭，對著皮特的臉又是一拳，打斷了他的鼻樑，夏恩自己的襯衫也濺上血跡。皮特倒在地上，夏恩一抬腳，再次踩斷他的鼻子。從車裡對尼奇．史納普丟汽油彈的，就是皮特和他的兄弟，雖然這事從未得到正式證實。夏恩抓住特維的襯衫，把他拉起來。

「看在老天的份上，」有人喊，「放開那個可憐的傢伙，你會打死他。你想打死他嗎？」

夏恩放開皮特，皮特後腦勺撞上吧台。他走開幾公尺，又忽然轉身，舉腿狠踢皮特胸口，靴尖正中皮特肚子。

「行行好吧，」又是同一個人嚷著，「幹嘛不報警？」

夏恩掏出兩個一鎊硬幣，用力往桌上一拍，要杯上好的啤酒。

他就快喝完的時候，酒吧門敞開，皮特的兩個兄弟來了。他們還帶了其他人：一個是高曼，跟著流動市集到處搭擂台痛宰挑戰者的拳擊手；還有法蘭基、艾德加．德洛伊，以及卡爾．霍華。霍華在林肯坐牢的時候，用水桶攻擊獄友，害那人頭上縫了二十一針，所以多坐了十八個月的牢。

這正是夏恩需要的，用拳打腳踢來遺忘一切。他們就在酒吧裡對付他，皮特．特維抱著斷了兩次的鼻樑和斷裂的肋骨在一旁哀嚎。他們把夏恩拖進廁所，夏恩根本無法回擊，因為他連手都舉不起來。最後，他們把他拖出酒吧，就讓他躺在馬路上，若非警笛聲響起，夏恩還會挨上更多拳腳。

一名年輕的制服警員詢問酒館主人——他什麼都沒看見，或許有些小小的騷動，但沒什麼值得一提的——夏恩被抬上救護車，送往女王醫院。一個多鐘頭後，他躺在小隔間裡，隔壁就是皮特・特維。他倆等待同一位醫生來檢查他們的傷口。

◆

這不是好兆頭，芮尼克知道，夜裡聽孟克的時候，他就知道了。這位鋼琴手只按自己的邏輯彈琴。他個頭像芮尼克一樣大，但一根根手指敲出的單音，把和弦拆解成抽象的顏料，建構出彷彿只能在特定光線下幻化而成的美。

差不多一個鐘頭之前，芮尼克翻開電話登記簿，找到漢娜家的電話號碼，但一時找不到紙，就用原子筆寫在手背上。現在他坐在電話旁邊，不時盯著電話號碼看，有隻貓跳到他腿上，他趕牠走，〈Solitude〉正好演奏完。他按下搖控器，再次播放。

◆

彷彿我甜美的生命需求

◆

他舔舔手指，抹掉手背上的數字。

◆

與此同時，諾瑪躺在漆黑的房間裡，哭著入睡，醒來又開始哭。

## 17

比爾．亞斯頓不知道是在哪裡讀到的，四十歲之後，減掉一公斤體重，比增加一公斤體重難上一倍。除了兩個星期一次的高爾夫球之外，很長一段時間以來，他和妻子瑪格麗特唯一的運動就是遛狗。這兩條傑克羅素梗犬是最小的兒子離家之後，他們買回來的。正因為缺乏運動，所以他在今年一月二日，定下每日游泳的計畫。他們住家附近有兩座游泳池，洛許克里夫和波特蘭，亞斯頓看心情，兩個地方換著游。有時候他會在上班途中，停下來游個十趟。有時候他會先回家帶狗出門，游完泳，遛一下狗，再回家吃晚飯。

「我們可以養條真正的狗嗎，爸？」他家老大有次回家時問。「拉布拉多或獵犬之類的大型犬。這兩隻小可憐在院子裡跑一圈就累了，還得靠人把牠們抱回來。」

但是亞斯頓很安於有這兩隻傑克羅素梗犬——他載牠們出門的時候，牠們總是乖乖坐在後座——至於瑪格麗特……嗯，比爾如果以為她會把牠們當她的小寶貝，那就大錯特錯，因為牠們連她腳邊都不願靠近……

他推開報紙，瞥一眼廚房的時鐘：還有時間再喝杯茶。他伸手拿茶壺。

「比爾，」瑪格麗特走進來說，「你確定要穿這雙鞋嗎？」

亞斯頓伸出腳，看了看。「這雙鞋有什麼問題嗎？」

「我的意思是和西裝不搭。」

灰色麂皮配深藍，有什麼不對？「噢，親愛的，」他說，「這樣沒問題啦。」

瑪格麗特也換好衣服準備出門。她已約好三一廣場的美髮沙龍做頭髮，然後和朋友芭芭拉一起喝咖啡。

「今天早上不游泳？」

亞斯頓搖頭。「這個星期都傍晚游，我想。因為現在有這個案子要忙。」

她不由自主地親吻他的頭頂，耳後。

「這又是怎麼回事？」亞斯頓問。突如其來的親暱舉動不是瑪格麗特的作風，已經很多年不是了，亞斯頓自己也一樣。

瑪格麗特微笑。「我很替你高興，就只是這樣。他們調你去參與調查，又要扛起重責大任了。嗯，這本來就是你應得的。」

「謝謝你，親愛的。」亞斯頓有點不知道如何回應，「不過，我最好快點出門。」

「你可以載我一程嗎？」

「噢，沒問題。」他灌下一大口茶，把剩下的倒進水槽，轉開水龍頭。

「放著就好，比爾。今天莎莉會過來，留給她洗吧。」

他看著她，戴眼鏡的胖婦人，穿綠色格紋套裝，素面跟鞋，心中湧起種種矛盾情緒，強烈得讓他自己覺得驚訝。

幾分鐘之後，瑪格麗特坐在身旁，亞斯頓把他的富豪轎車倒出車道。這幢三〇年代的郊區獨棟住宅，他們已經住了十九年。兩旁鄰居的花園都因昨夜的大雨沖刷，顯得翠綠欲滴。

「你記得查理．芮尼克嗎？」亞斯頓說，「他好像認識這個史納普，要調查的這個年輕人。我這個星期得找天晚上和他喝杯酒。可能會晚一點回家。」

瑪格麗特對芮尼克印象很深，和她丈夫身高差不多，但比較胖——現在肯定更胖。她已經幾年沒見過他了。但他是個很客氣的人，她想，不像其他人那樣滿嘴髒話。

「你應該邀他來家裡，比爾。吃晚飯。他也許會喜歡。」

也許不會，亞斯頓想，但還是點頭。

「我們以前常請人來家裡吃飯。」

亞斯頓咕噥一聲。「我以前常做的事情很多。」

瑪格麗特把手貼在他腿上，試著不注意他頓時一縮。

◆

克罕在接待處等亞斯頓。從警五年二十七歲的他，因為兩名亞裔警察控告警方當局種族歧視的大案子而獲益。克罕順利完成實習，開車上街巡邏，如今在中央警局刑事偵查部工作，可望升任巡佐。尼奇．史納普死因的調查工作有助增加他的資歷。他的任務是做筆記，繪製時間表，隨時記錄，並注意他上司可能忽略的小細節——以及開車。

他用一聲「長官」、握手和微笑迎接亞斯頓。五分鐘之後，他們已上路前往德比路，因為逢上交通尖峰的尾聲，稍微慢了一些。抵達的時候，德瑞克・賈汀愉快熱情地歡迎兩人，招呼他們進辦公室，奉上咖啡和綜合餅乾。還要再過二十分鐘，案件調查會議才開始。

帶領社會服務處三人調查團隊的菲莉絲・帕蒙特已經到了，一手端咖啡，一面和公設律師聊天。賈汀介紹她和亞斯頓認識之後就走開了。克罕咬著不新鮮的餅乾，看著主任辦公室牆上的照片。

會議室擺好了印有隔線的政府便箋、黑色原子筆與削尖的鉛筆、水杯、菸灰缸和印好的議程。首先要做的是建立聯合調查團隊工作進行的方式。克罕環顧會議桌，心想，要是議程能順利進行到休息喝咖啡，那可就稀奇了。

但結果出乎他意料：他們決定檢視法醫報告，然後訊問員工，從尼奇身亡那夜值班的保羅・馬修和伊麗莎白・佩克開始，賈汀壓軸。和尼奇住同一間的年輕人也會帶來問話，還有幾個和尼奇交情不錯的少年。如果警方或社會服務處覺得有需要個別訊問，也有權單獨進行。他們也同意，在調查結束之後，如果可能的話，最好發表聯合聲明。

「有一點我想先說清楚，」菲莉絲・帕蒙特說，「我們的目標是盡力查清楚尼奇・史納普死亡的狀況。我不希望我這句話被當成某種預設立場，但我們的調查有可能發現某些工作程序必須全盤翻修或改正。倘若是這樣，我相信我們也都同意，這樣的結論必須是積極正面的。因為我們調查的目的並不是要責怪誰，面對這個悲哀不幸的個案，我們最不希望見到的，就是找尋代罪羔羊。」

克罕想，特別是在地方當局的員工裡找代罪羔羊。他的眼角餘光瞄了亞斯頓一眼，看見他若有所思地點頭。

◆

經過消防隊附近的小咖啡館時，芮尼克拍拍彌林頓肩膀，彌林頓咧嘴一笑，掉頭，停車。芮尼克前一天晚上睡得不好，時睡時醒，惡夢不斷。清晨不到四點，他光著腳下樓，三十分鐘之後，端著裸麥三明治和咖啡坐下，巴德和派伯跳到他腿上，他則想辦法專心讀萊斯特·楊的自傳，而且更自找麻煩的是，他聽孟克的〈Alone in San Francisco〉。在音符與字句之間，他不時想起諾瑪·史納普，在雷福德雖非獨居，卻孤孤單單；他想起前妻伊蓮，希望她不是孑然一身。還有漢娜：他一直想著漢娜。她談話時那認真的眼神，還有突然綻開微笑時同樣認真的神態。

「要點什麼呢？」芮尼克在靠窗的座位坐定時，彌林頓問。

他笑起來。「噢，培根三明治吧，你覺得呢，葛拉翰？」

「加蛋還是不加？」

「不加蛋，不過要加香腸。」

「茶？」

「好。」這裡的咖啡還停留在即溶咖啡時代。

他們幾乎沒怎麼交談。芮尼克享受這嘗起來略似魚味的煙燻培根，不去想這香腸裡怎麼有軟骨。後來，彌林頓輕鬆抽菸，芮尼克問起瑪德琳最近參與業餘劇團和成人進修課程的情況，引來彌林頓的長篇大論，說瑪德琳一面為「女性主義入門」課程讀卡倫．荷妮[1]和凱特．米列[2]的專書，另一方面又要忙著為亞倫．艾克朋[3]的一齣劇彩排，她在劇中演一個飽受挫折的中年主婦。他說和這樣的妻子一起生活簡直是災難。

「對她來說很不容易，葛拉翰。我指的是那齣戲。超乎她的生活經驗吧，我想。」

彌林頓吸口菸，仔細端詳芮尼克。這就算是某種玩笑，他也聽不出來笑點。最近以來，彌林頓一看見菜刀就心有疑慮。

然而，有固體食物下肚，芮尼克覺得好多了。這一天或許還有救。「好吧，葛拉翰，」他把椅子往後一推，「我們就別再浪費時間了吧。」

1 Karen Horney，1885-1952，德國精神分析學家。
2 Kate Millett，1934-2017，女性主義作家。
3 Alan Ayckbourn，1939-，英國劇作家與導演。

◆

進到女王醫院，他們先去看桃樂絲．尼塞菲德，她病況審慎樂觀，給他們一個蒼白的微笑。她丈夫在家療養，健康情況緩慢但持續進步。夏恩．史納普靠枕頭撐起身體，把弄收音機的耳機。他一邊的臉頰有大片深色的瘀青，一道縫線從耳後一路延伸到頸部。除了這些傷之外，他的情況異常好，身上沒有骨折，再待一天就可以出院。

「早啊，夏恩，」彌林頓語氣輕快地說，「你撞上麻煩啦？」

他和芮尼克分坐病床兩側。

「我沒什麼可說的。」夏恩說。

「動手的人，」芮尼克說，「你沒辦法指認出來是誰？」

夏恩搖搖頭。

「然後『特維』這個姓，」彌林頓說，「聽起來也不耳熟？」

夏恩再次搖頭。

「那就是純屬巧合囉。皮特．特維和你同時受了傷？在同一個地方？」

「肯定是。」

「那你有沒有可能，」芮尼克說，「投訴，提告，諸如此類的？」

「沒可能。」

「很好。」芮尼克站起來。「好吧，葛拉翰，我們走吧。」

他們如此輕易放過他，夏恩似乎很意外。但他才正要鬆口氣躺回枕頭上，芮尼克就突然轉身，動作快得不像他這個塊頭的人會有的速度。彷彿舞者似的。他瞬間挨近床邊，右手抓著夏恩瘀青浮腫的肩膀，指尖離傷口縫線不到幾公分。

「給我聽清楚。我懶得理你晚上在哪裡混，和什麼人渣打交道，但我很關心你媽媽。她的人生已經夠艱難了，帶大你們三個，現在又碰上尼奇的事，她最不需要的就是費神擔心你。」芮尼克加大力道，夏恩痛得眼角迸淚，拼命想忍也忍不住。「所以別再惹麻煩，好嗎？否則我就會逮住你，讓你痛恨自己怎麼這麼不小心。」芮尼克放開手，直起身。「好了，夏恩，我想你應該學到教訓了吧？」

夏恩瞪著他，飽受羞辱，忿怒，一行淚淌下臉頰。

等電梯的時候，吹著口哨的彌林頓心中納悶，芮尼克的怒火竟然這麼強烈。

◆

自從尼奇死後，希娜就沒再到工廠上班。第一天，星期一，她打電話到工廠說明情況。第二天，她說媽媽還需要她照顧。她的上司很能理解，說她請幾天病假都沒關係，還建議她去看家庭醫師，請他開鎮靜劑，煩寧或那個叫什麼來著的新藥？百憂解，就是這個沒錯。

這天早上希娜什麼也沒對媽媽說，把制服燙好，折起來收進特易購的塑膠袋裡，漫無目的亂逛，最後走到舊市場廣場，看一群年輕人恣意躺在公共廁所旁邊的光禿草地上，喝著蘋果酒，對著西裝筆挺的過路人大呼小叫。他們是所謂的龐克或哥德族，男生頭髮染成粉紅色，或兩側剃光、只留頭頂豎起的頭髮，破舊皮夾克口袋和衣領垂掛鍊子，破洞的牛仔褲，耳朵和嘴角穿洞掛著小環。還有刺青。比希娜還年輕的女生穿緊身T恤，貼腿黑色牛仔褲，耳朵和鼻子都打洞戴環，嘴唇塗得像黑色鳥喙。

希娜隔得遠遠的，坐在矮石牆上，手腕夾在雙膝之間。她絕對不要靠近他們。市議會樓上的時鐘敲響半點的鐘聲。

「嘿！」

她驚嚇轉頭，差點失去平衡。珍妮．康威爾挨近她背後，臉上依舊掛著高人一等的表情，手裡一包打開的大使牌香菸。

「來吧，來一根。」

希娜看著珍妮，一頭鬈髮兜住她年輕的臉。對街，在丹本翰百貨外面，珍妮的死黨站在那裡看她們。萊絲麗．道森，艾琳娜，崔西．丹尼爾，蒂蒂，黛安。珍妮又甩甩手裡那包菸，希娜輕聲說「謝謝」，拿起一根，像珍妮那樣仰起頭。珍妮傾身，幫她點菸。

希娜抽了一口，煙含在嘴巴裡，沒吐出來。

珍妮飛快瞥了一眼對街的朋友，也給自己點了根菸，坐下來。「你弟弟的事，我們聽說了。」

「謝謝。」

「你一定覺得很扯。」

「是啊，沒錯。我是這樣覺得。」

珍妮和希娜是同一屆的同學。她們都是。萊絲麗，蒂蒂，以及其他人。這些女生胸部長得比別人快，月經來得比別人早，總是拿著小條子請假不上體育課。她們在上學途中大方抽菸，後腳才踏出校門就忙著點菸。她們總是吹噓自己十三歲就已經上過床，希娜相信她們，但也嫉妒、害怕、敬畏。放學之後，她們在森林區的停車場，和年紀與夏恩差不多、甚至更大的男孩混，希娜有時走到離她們很近的地方，希望她們會喊她過去，但從來就沒有。

有個女孩喊珍妮，珍妮轉頭揮手，叫她們先走。「我們要去黛安家，」她對希娜說，「你要不要一起來？」

在廣場另一頭，珍妮拿起希娜的特易購塑膠袋，把全部的東西，包括制服和其他的，全丟進綠色的公用垃圾桶。

◆

黛安和蒂蒂是黑人。除了有一小段時間失和之外，她們總是告訴別人說她們是姐妹，連出門都穿一樣的衣服，雖然這根本就不是事實。她們的家人彼此不往來，偶然碰見時還會刻意過街，迴避接觸。蒂蒂的父親是聖神降臨教派教會的牧師，黛安的父親因為近距離槍擊另一名毒販的臉，在林肯郡坐牢十五年。蒂蒂在十五歲生日的十八天前發現懷孕，她爸爸為她禱告，而她媽媽則帶她到診所墮胎。黛安聽說之後，就出門讓自己被哥哥的朋友操到掛，八個星期之後流產了。下一次，她運氣好一些。寶寶名叫馬文，黛安的姐姐幫她照顧孩子，讓她可以唸到畢業。然後，黛安和孩子的爸在政府準備鏟平的高層公寓裡找到一個臨時住處。孩子的爸已經離開了，但公寓還在。

「該死的電梯！」黛安扯開喉嚨大叫，踢著柵門。「幹！老是不能用！」

馬文交由鄰居照顧，黛安去接他回來，抱給希娜看。

「很漂亮，對吧？他漂亮得要死，對不對？」

密密捲曲的黑髮，咖啡色皮膚，大大的褐色眼睛，希娜不得不承認他很漂亮。

女孩們擠在黛安家客廳，陪馬文玩，看電視，艾琳娜從雜貨店幹來的一瓶伏特加在她們手裡傳來傳去。萊絲麗坐在沙發旁邊的地板上，小心地捲著幾根大麻菸。大約一個鐘頭之後，珍妮把幾顆藥丸塞進希娜手裡。希娜想也沒想，就丟進嘴巴，用瓶裡剩下的最後一點伏特加吞下去。

◆

諾瑪到醫院看夏恩回家，發現彼德在等她。他坐在凹凸不平的鋪路石上，也就是幾天前擺滿哀悼尼奇花束的地方。諾瑪看見他的時候，他靠著牆，手夾著一根手捲菸，光著腳，鞋整齊擺在身邊，襪子揉成一團。諾瑪彷彿挨了一拳似的，覺得自己就快吐了。

彼德看見她，盯著她看了好一會兒才站起來。天哪，諾瑪想，他變好多啊。頭上大部份的頭髮都不見了，剩下的幾簇深色頭髮塌扁貼在頭皮上。他的臉向來就是瘦瘦的，但現在臉頰都凹陷了。條紋襯衫裡的胸口也下陷，雖然褲頭上方露出小啤酒肚。她有多久沒見到他了？十二年？更久？她沒想到他看起來會這麼老。他還不到四十五歲啊。

諾瑪無法制止時間流轉，更無法遏止淚水流淌。

彼德一腳踢開那團襪子，擁諾瑪入懷。

「放開，你這個渾蛋。我們到裡面去，不然鄰居都要出來圍觀了。」

在廚房裡，她幫他泡了茶，烤了吐司，他則告訴她，他從彼得伯勒如何轉搭三次便車，最後一段還是搭洗衣廠的貨車，從格瑞桑的英國皇家空軍基地外面一路來到這裡。他問諾瑪日子過得怎麼樣，還稱讚她穿這件藍色配橘色的洋裝很好看。她是不是瘦了一點？嗯，這樣很好，很漂亮。他問起希娜，諾瑪告訴他說她在上班。他也問起夏恩，聽諾瑪說他被打傷住院，也顯得很關心。直到諾瑪泡第二壺茶的時候，他才問起尼奇。

諾瑪這次沒哭，心平氣和，把她所知的告訴他。

彼德沉默良久，問是不是已經展開調查。

諾瑪點點頭，彼德單手捲了一根菸。「如果你需要，」他眼睛瞪著堆在水槽旁邊的碗碟，沒看她。「我可以待一陣子。至少幾天。我不礙事的。」

諾瑪沒回答。她不知道夏恩出院回家之後會怎麼想。還有希娜——他是她爸爸，她應該會很高興，但這個時候誰又說得準？

「就待到葬禮結束，呃？我是這樣想的。」

「好，」諾瑪說，「好吧。」

他伸手想摸她，但她閃開。

◆

這天晚上六點三十分，比爾．亞斯頓跳進波特蘭泳池，慢慢游。淋浴完，擦乾身體，開了一小段路去維多莉亞河堤，沿著特倫特河北岸遛他的那兩條傑克羅素梗犬。從各方面看起來，今天都還算順利。

◆

克罕的女朋友吉兒大他七歲，金髮，淺膚色，身材柔軟，是帶著三個孩子的離婚媽媽。這天晚上，孩子都在她姐姐家。她受過舞者的專業訓練，但後來卻當了模特兒。現在在中央電視台兼差當接待員，一個星期有四個下午教舞。克罕喜歡想像自己聞到她身上的汗水味。

「他是什麼樣子？」吉兒問，「這個和你一起工作的亞斯頓。」

「你的意思是他看過我的膚色之後？」

她伸手撫摸他的胸膛。「你的皮膚有什麼問題？很美啊。」

「噢，是喔。」克罕咧嘴笑，「但你不能期待比爾・亞斯頓和你有同樣的反應。」

「這我可不知道。」吉兒笑起來。

「他那人沒什麼想像力的。」

吉兒抬起腿，臀部往床上挪了挪。「那他要怎麼調查那孩子的死亡事件？」

但克罕這時還沒資格回答這個問題。

# 18

「老派愛情」。維克．迪克森的伸縮喇叭乍響，宛如園遊會招徠客人的喇叭聲，但鋼琴和貝斯輕輕加入之後，他緩緩帶動旋律，隱隱帶點輕快意味，不落入感傷，然後在第二段合奏時，埃德蒙．霍爾的黑管悠悠吹奏，盧比．布拉夫的小號逐漸拉長展開。芮尼克就只聽到這裡，因為電話響了，他扭身去接，一面摸索遙控器，想暫停音樂，結果遙控器掉到腿上，瘦弱的小貓一驚而醒，躍到地板，一爪打翻了才喝半杯但已變涼的咖啡。

「喂？」

「查理，還以為你不在家。」

星期五晚上，芮尼克想，我還能去哪裡？

「我們說要喝一杯的，想你是不是有空？」

芮尼克抬起手腕，看看錶。八點三十五分。「我猜你是要我到你們那邊去？」他很想知道自己為什麼老是把特倫特河南岸的郊區當成是鄉下。

「不用，我在市區。正在弄一些書面資料。」亞斯頓停了一下，「鵪鴣酒吧，那是你們常去的地方，對吧？」

「可以。」

「那就九點鐘？」

「最好是九點十五分。」

「好，查理。待會見。」

芮尼克拿起杯子，站起來，按下搖控器，解除暫停，查理・湯普森的鋼琴獨奏響起。他就這樣站著聽，巴德的頭不停蹭他腿背，催他坐下，這樣牠才能再跳回他膝上。聽完第二段小號獨奏和迪克森的尾奏之後，他退出CD，擺回盒子裡，關掉音響，端著杯子到廚房洗淨。一時衝動之下，他打開冰箱，拿出一片火腿，用僅剩的一點艾曼塔乳酪捲起來，一面吃一面套上外套，在門口遲疑了一下，拍拍口袋，確定帶了皮夾、錢和鑰匙。

◆

不知為什麼，星期五晚上的鷓鴣酒吧並不受成群結隊在市區尋歡的年輕人青睞。這些年輕人不分季節氣候，總是穿正式襯衫或超短迷你裙，酒吧一家逛過一家，越來越喧嘩，舉止也越來越放肆。儘管如此，鷓鴣酒吧人還是很多，芮尼克和比爾・亞斯頓只能擠在男廁對面的角落裡。

「你只喝這個，查理？不來點烈酒？」

芮尼克瞥一眼自己的捷克百爺啤酒，搖搖頭。

「不來點威士忌？」

「謝了，比爾，我喝這個就好。」

亞斯頓自己點了半品脫的淡啤酒，芮尼克從經驗得知，他接下來半小時，甚至是到談話結束，都不會再點別的酒。

芮尼克不希望在星期五嘈雜的交談聲中扯開喉嚨說話，所以拱著肩膀，身體前傾。亞斯頓聽得很專心，不時點頭，芮尼克告訴他史納普家的背景，芮尼克自己從在當刑事巡佐的時候，就和他們家認識。當時夏恩因為運動提袋裡裝了二十幾支錄影帶，凌晨兩點穿過雷德福大道的時候被制服警員攔下，交由芮尼克偵訊。尼奇第一次引起芮尼克的關注，是十一歲時爬進鄰居的天窗被逮到。在諾瑪．史納普的哀求下，芮尼克給這孩子正式警告。諾瑪說，這就足以讓這孩子敬畏上帝，但誰都知道這只是說說而已，因為尼奇自此而後，連教堂也沒踏進一步。不過，別人家的房子，那就是另一回事了。

「可憐的小渾蛋，」亞斯頓頗為同情，「在這樣的環境長大，一點機會都沒有。」

芮尼克往後靠，端起杯子。「她已經盡力了。」

亞斯頓搖頭。「但永遠都不夠好，對吧，查理？」芮尼克繼續喝他的啤酒，亞斯頓滔滔不絕批評社會結構崩潰，雙親家庭美德的淪喪。亞斯頓說完之後，芮尼克道聲歉，先是去廁所，接著去吧台。

「比爾，調查工作，」芮尼克把第二瓶啤酒全倒進杯裡，問：「進行得怎麼樣？」

「噢，應該花不了太多時間，我敢說。看起來好像沒什麼問題。」

芮尼克懷疑地看著他。「沒什麼蹊蹺，你覺得？沒什麼難解之處？」

「沒有，查理，就我目前所見，並沒有。噢，他死的那天晚上，管理可能有點鬆散。但如果要追查原因——虐待，霸凌……」亞斯頓迅速搖頭。「看起來情況並非如此。」

「沒有明確的原因？他之所以這樣做的原因。」

「我們沒有讀心術，查理。如果他留下遺書就好了。其他的小孩，認識他的，和他同住一室的，都發誓說他沒提過打算這麼做。有時候會有怨言沒錯，但也是正常的，」亞斯頓終於喝完他的淡啤酒，把杯子推開。「無法面對被關起來的事實。如果你問我，我會覺得是這樣。他就只是無法面對要坐牢的事實，可憐的小傢伙。嚇壞了。他還只是個小孩，你知道的，還離不開媽媽。」

芮尼克等到桌子另一頭迸出的笑聲平息。「社會服務處也這樣認為？」

亞斯頓點頭。「差不多。朝這個方向調查。」

他們肯定是，芮尼克想，因為擔不起更多污名。他站起來，還有半杯啤酒沒喝完。「這樣他的遺體就可以早點還給家屬。他媽媽會很高興。」他伸出手。「保重，比爾，替我向瑪格麗特問好。」

走出酒吧，芮尼克經過原本是巴比布朗咖啡所在的地方，如今這間釘上木板歇業的店鋪，再次證明所謂的自由企業終究還是要付出代價的。他本想在維多莉亞飯店門口搭計程車，後來決定步行。如果亞斯頓沒找到任何可疑之處，那麼或許本來就沒有什麼可找的。但芮尼克為什麼覺得難以相信呢？

走到錫克廟宇時，他覺得有點餓，開始回想冰箱裡有什麼東西。他想應該還有足夠的配料可以做份三明治。他可以再坐一會兒，聽維克·迪克森的曲子：〈Runnin'Wild〉，〈Keeping Out of Mischief Now〉。

◆

「再吃隻蝦吧。」

「不了……」

「快吃，我已經吃超量了。」

「那好吧。」

琳恩試了兩次，還是沒辦法把蝦子從辣椒醬裡夾起來，於是放下筷子，改用叉子。

「很好吃吧？」

「很好吃。」其實，對琳恩來說有點太辣，但她不打算說。這是莎朗的主意，兩個人晚上一起出來玩。餐廳也是莎朗挑的。她們稍早之前在雷斯廣場琳恩家附近的葡萄酒坊喝了兩杯酒，但後來酒坊人開始多起來，不時有人來搭訕請喝酒，讓她們不勝其擾。

最後，莎朗碰上個不屈不撓的年輕人——比她年輕很多歲，也比她矮——於是她一把抓起他漂亮的藍色高田賢三訂製西裝的衣領，告訴他，如果他想讓他的夥伴們見識一下女人如何近身搏擊自我防衛的話，就儘管來吧。從他剎時退縮的身體語言，不難判斷他的選擇是什麼。莎朗放開他，拍拍他的衣服，飛快在他臉頰啄了一下，那人滿臉通紅，回到朋友堆裡。

「你不討厭這樣的事嗎？」莎朗坐回凳子上，琳恩問。

「想聽實話？」莎朗咧嘴笑，「其實我樂得很。」

現在她們坐在海洋城靠窗的座位，望著德比路往北四線道川流不息的車子。還是有很多人偷偷瞄她們。一黑一白的兩名年輕女子單獨用餐。但他們注意的多半是莎朗。她穿寬鬆的丹寧長裙，灰色緊身上衣搭丹寧襯衫。這在某種程度上或許讓琳恩鬆口氣，但整體來說則非如此。自我形象跌到低谷，還和一位不只很有自信，而且在其他人眼裡也比自己出色的人一起混。

琳恩可以想見在葡萄酒坊裡那些想來釣她們的男人是怎麼說笑的。「我的這個還行，老兄，但你那個啊，我寧可在黑夜裡抱根棍子，也不要靠近她。」

「嘿，」莎朗把澳洲夏多內倒進琳恩酒杯裡。「你也應該把這個喝完。」

琳恩笑起來，「我會醉倒。」

「你明天不是不上班嗎？」

「是啊，感謝老天。除非有什麼大事發生，不然我星期天也放假。」

莎朗舉起酒杯。「算你好運。我們明天晚上可忙了。老大要我們用力掃蕩。嚇嚇那些在路邊徘徊的傢伙，說要把他們的名字公佈在報紙上，寄信通知他們老婆。逮捕那些女孩，拘留一夜，交兩百鎊罰款才放她們走。這樣做只會逼她們回街頭，想辦法賺更多錢。」她很誇張地喝完她的酒。「有時候我覺得，這一行之所以生意興隆，執法官的貢獻比皮條客還大。」

琳恩點頭，把最後一片蠔油香菇放進嘴裡。

「好啦，」莎朗說，轉頭找服務生。「再來點油炸香蕉餅和咖啡，然後請他們幫我們叫計程車。先送你，再到我家。」她眨眨眼，「我們半夜之前就安全回到家啦。」

◆

窗簾拉上，只有房間另一頭的檯燈散發昏黃的燈光。擴音器傳出史迪夫．喬登的吉他聲，以及喬．瓊斯輕輕刷鼓的節奏。坐在懶人椅裡，最小的一隻貓頭抵著他的下巴，芮尼克睡著了，呼吸聲和著查理．湯普森爵士〈Russian Lullaby〉的鋼琴聲。

◆
# 19
◆

就在芮尼克睡覺的時候，城市那端有幢房子被火燒得只剩骨架。這是貝斯特塢社區這個月以來的第三起火災。事件發生在凌晨兩點，四個不到十四歲的孩子睡在樓上，最小的一個被媽媽從床上拖起來，丟出窗口，讓站在樓下的鄰居抱住，身上嚴重灼傷。四個孩子裡，只有他一個倖免於難。是誰引起火災的，他們想必知情。其他家族成員正要離開社區時，被趕來的警察攔下。他們駕駛的車子後座底下，搜出一把鋸短的獵槍和一把手槍。

一名興奮的本地電台記者在早晨通知芮尼克，警方將召開緊急會議，請住房署主管和其他單位人員與會，和警方商討如何處理這些似乎已被暴徒控制的社區。芮尼克嘆口氣，開始給吐司塗奶油。他知道他們已經徵調額外的警力，光是過去兩個星期，就逮捕了大約五十個人。但他也知道，被逮捕的那些人，現在多半已經交保獲釋了。

市政府官員在接受訪問時說，他們打算對引起這些麻煩的八個主要家族採取法律行動。「我們不會因為驅逐他們而良心不安，」他說，「問題是我們需要目擊證人，而目擊證人卻可能遭受脅迫，不敢出面。」

芮尼克想起他的小組到雷福德，挨家挨戶，想挖出尼奇．史納普挨汽油彈那起事件的情報。經過幾天密集偵訊後，證明根本不可能讓任何知情的人出面做證。如果尼奇會受傷住院，他們絕對也會。

他們堅決沉默以對：他們不信任警方，更害怕報復。

芮尼克選了覆盆子果醬。趁其他貓沒看見，把貓罐頭裡的最後一些殘渣撥進巴德碗裡，然後把空罐丟掉。瑪黎安・威茲札克寄來一封短箋，用那略帶哥德風的工整字體提醒他今天晚上波蘭俱樂部的舞會。喝第二杯咖啡之前，芮尼克打電話到局裡，找到心情似乎很好的凱文・奈勒。他支援瑞格・柯索的第三個晚上，逮捕了五個吸毒犯，還有三名企圖用假鈔詐騙郵局的歹徒。芮尼克可以想見柯索那得意的表情。

「幹得好，」他對奈勒說，「很好。現在回家睡一下吧。我可不希望你值勤的時候睜不開眼睛。」

芮尼克才剛掛掉電話，電話就又響了。他馬上就認出彌林頓那略帶鼻音的聲音。他聽見有人在練習音階，是瑪德琳在成功取得《風流寡婦》要角之後，再度準備爭取業餘歌劇團演出的角色。

「早安，葛拉翰，有什麼事嗎？」

「我只是想，」彌林頓說，「你有沒有聽說要增加人力的事？我的意思是，我們的人力。」

芮尼克什麼也沒聽說。

「我只是聽到有人在私下傳說，會調一些新人進來。想說史凱頓也許提過。我們是該加人了，我們這個小組早就超負荷，時間久到我都不記得是從什麼時候開始了。」

他這位巡佐寧可不記得的是，幾年前帝普塔克・帕特爾在街頭介入紛爭被刺死的事，凶手身份未能判定，也未被逮捕。

「這個私下傳說，葛拉翰，你不想透露消息來源，我想？」

「最好還是不要，老大。」

就是這樣，芮尼克想，誰也不想被人逮到在嚼舌根。「好吧，葛拉翰，謝謝你提醒。我現在就給史凱頓打電話，看有沒有什麼可以使力的。」

「好。」彌林頓說，接著，掩不住竊笑的語氣，「今天下午要去看球賽，對吧？又要創歷史紀錄了。」

芮尼克在彌林頓的笑聲中放下聽筒。過去一季，球隊僱用又開除的經理人數，差不多和他們球員進球的數目一樣。今天的球賽是郡隊不被降級的最後機會。芮尼克實在不願意想這件事。

他撥了警司家的電話號碼，聽到的是艾麗斯．史凱頓潑婦似的聲音，每一個音節都像檸檬皮在磨碎器上用力刮擦。「星期六早上傑克會在家？查理，你腦袋清楚一點好不好。有小白球可打，幹嘛窩在家裡？雖然傑克的球老是打進沙坑裡。」

「謝謝你，艾麗斯。」芮尼克好性情地說，「麻煩告訴他，我來過電話。」

他給自己倒了第二杯咖啡，沒加糖奶，一面讀前一天的《衛報》評論版。芮尼克通常不會選擇《衛報》，因為他們算不上警察之友。但最近《衛報》新增爵士CD評論，勉強還算可看。迪吉．葛拉斯彼帶領的大樂團，成員包括克拉克．泰瑞，這可有意思了。

芮尼克對自己說他絕對不走近郡隊主場，結果卻在開賽五分鐘前坐下，就在他前幾季習慣站著觀賽的地方。他總是一個週六又一個週六，在同一個位置，和同樣一小群人忽而哀嘆，忽而歡呼，共享身為郡隊支持者的幽微喜悅。但在官方命令下達之後，球場改造成全座位區，票價漲了一倍，芮尼克的老友紛紛散去。而耗費巨資改建，球隊也因此少了可以強化體質的資金。

這個星期六，至少有兩名身穿主隊球衫的球員是芮尼克不認得的。應該是用最低薪資，透過年輕球員訓練計畫徵召來的吧。從開賽之後的表現來看，主隊其他球員的表現也不見得高明。

兩名郡隊球員為了阻擋對方進球而撞在一起。芮尼克覺得這是壓垮駱駝的最後一根稻草。終場前十五分鐘，他低頭轉身，走向出口，摩肩接踵的，是和他有同樣打算的支持者。

他知道這樣的夜晚一人獨處絕非好事。他考慮打電話給漢娜，雖然機會渺茫，但說不定她沒出門，願意和他一聚。但走到大馬路時，他拋開了這個念頭。他違反先前的所有打算，決定到波蘭俱樂部。

◆　◆

六年多以前，他買了這套淺灰色西裝，若說他有最喜歡的衣服，那就是這套了。衣服上只有一塊小小的污漬，在衣領上，用指甲摳摳應該就會掉了。他燙好淺藍襯衫，打上深藍領帶，比平常更慎重。波蘭俱樂部的酒吧隔成大小不一的兩個廳，較大的廳有個小舞台，供樂隊演出，他在這裡找到坐在吧台邊的瑪黎安。

「查理！你來了！過來，快過來，和我們一起坐。噢，你不知道我見到你有多開心。」瑪黎安捏捏他的手，熱情親吻他雙頰，芮尼克覺得他開始有點明白了。

她身穿黑色繫白色蝴蝶結洋裝，頸間一條單串珍珠項鍊，周圍好幾個已邁向老年的男人，每兩週一次最刺激的事情，就是在太太聽不見的時候和她調情。她頭髮高高盤起，用銀色髮夾固定，一對銀耳環強調了她頸部優美的線條。她是位優雅女子，稱得上美麗。芮尼克覺得站在她身邊的那幾位男士，應該都覺得她很美。他們不情願地讓開，讓他得以走近瑪黎安。但瑪黎安不停問芮尼克問題，提議要請他喝杯伏特加，深深望著他的眼睛微笑，這些男人杵在一旁，低聲嘀咕。十分鐘之後，他們逐漸散去，回到自己的妻子身邊。

「你看起來很快樂，瑪黎安。」

「但不漂亮？」

「當然漂亮。」

「會讓人想追？」她的眼睛衝著他笑。

芮尼克不禁納悶，認識她這麼多年以來——他們從小就認識了——他為什麼從來沒有對她有什麼非份之想？是因為除了美麗之外，她還把「波蘭人」這個標章顯眼地掛在身上嗎？把她當成伴侶，就會讓他踏進他始終不願過的生活嗎？像他父母那樣的生活，流亡的生活。在陌生土地上的陌生人。

他環顧四周，看著那些打扮華麗的女子，打著領結的男子，還有在桌子之間鑽來跑去、看來就像是他們長輩縮小版的孩童。舞池裡，兩對舞者隨著手風琴帶領的樂團款款輕擺，四牆掛著已殞落世代的照片。

「查理，你在想什麼？」

芮尼克微笑。「噢，沒什麼重要的。」

「可怕的犯罪事件？」

他搖搖頭。「瑪黎安，保證不是。」

有那麼一會兒，她頭靠在他臂彎。「查理，讓我最快樂的事情是什麼，你知道嗎？那就是有天晚上，就像今天這樣的晚上，你挽著一位漂亮的女子進來，一個你深愛的人。」

芮尼克不由自主地笑了起來。「瑪黎安，你真是愛做夢。」

「噢，」她的臉湊近他，「難道你不愛做夢嗎？」

「我想，」芮尼克喝完他的伏特加，轉頭看著樂隊。「我們差不多該去跳舞了。」

華爾滋結束，年長的舞者緩步回座，手風琴手誇張地用手指試彈了幾個音，宣佈今晚的第一首波卡舞曲即將開始。瑪黎安把腳上的高跟鞋換成為此特地帶來的平底鞋，手挽芮尼克臂彎，踏進舞池。

四十分鐘之後，他們還在舞池裡，中間僅短短休息了兩次，跳得微微冒汗。芮尼克鬆開領帶，解開襯衫第一顆鈕釦。

「看吧，」音樂結束的時候，瑪黎安撞上芮尼克胸口，哈哈大笑，「看我們跳得多開心？你為什麼不肯常來？」

芮尼克擦擦太陽穴，望著酒吧。「我想我需要喝一杯。」

她拉著他的手。「再等一下，」她眼裡有著淘氣的神色。「我剛才和樂隊團長聊了一下，我想我知道他們接下來要奏什麼曲子。」

卡爾．帕金斯[1]寫這首歌的時候，大概想像不到這曲子會奏成這樣，但波蘭搖滾樂就是這樣，《Blue Suede Shoes》聽起來就是這樣。芮尼克有個裁縫叔叔曾經住過美國，帶著對爵士樂與吉魯巴的熱愛回英國。芮尼克從他那裡學會了牛仔舞，但瑪黎安是在哪裡學的，芮尼克並不清楚。他倆一起跳，芮尼克沒扣上的西裝外套別有風格，雖然不算什麼驚世舞技，但跳得挺好。

「跳啊。」

「搖啊。」

「我的小女王。」

1 Carl Parkins，1932-1998，美國鄉村搖滾樂手，最有名的歌曲為《藍色麂皮鞋》(Blue Suede Shoes)。

芮尼克一個沒站穩，又沒拉住瑪黎安伸出的手，差點把個小小孩撞得四腳朝天。跳夠了。誰都不准再勸阻他。

他們走到比較小的那間酒吧，找位子坐下。瑪黎安上洗手間，芮尼克和穿背心的酒保聊天，灌下兩杯冰啤酒。他心想，漢娜會不會跳這樣的舞？**噢，查理，難道你不愛做夢嗎？**他不該讓她踏進心房的。瑪黎安回來之後，他道聲歉，到外面去打電話。他並不期待她會在家，但電話才響三聲，她就接起來。

「喂？」

「漢娜？」

「我是。」

略一停頓，「我以為你不在家。」

「請問是？」

他告訴她之後，她一陣沉默。「你打電話來，是因為以為我不在家？」

「不是。」

他隱隱約約聽見她在聽的音樂，是吉他。「現在邀你出來喝一杯，」他問，「會不會太晚？」

◆
# 20
◆

漢娜這天下午去看電影。布洛德街上有兩家電影院，她去的是較小的一家，看了部突尼西亞電影《沉默宮殿》。她和其他五、六個觀眾，看一個流亡的女人回到剛獨立的國家，慢慢順應時勢的要求。這個女人是個歌手，但和其他女人一樣，只能選擇沉默。漢娜坐在靠牆邊的位子，很不適應電影的緩慢節奏，以及刺耳的阿拉伯語。但慢慢的，故事情節讓她專心起來，最後她完全沉浸其中。看完之後，電影院隔壁的咖啡吧竟然讓她覺得吵鬧到受不了。她痛恨街上的車流和人潮。穿過克倫布街街尾，走向舊市場廣場，她覺得好像看見希娜．史納普和一群女生，霸住銀行外面的人行道上，大聲喧嘩。

廣場上有群穿黑白條紋足球衫的男生，笑鬧著要把彼此丟進噴泉裡。漢娜繞開他們，走向聖詹姆斯街，經過羅賓漢故事館，上坡走向林頓。她住的維多莉亞式連棟樓房就在這裡。前方是一片草地，有兒童遊戲場、教堂，以及草地保齡球場。

她答錄機的燈閃了兩次。

她想，有些人可能會先脫掉外套，換好衣服，燒水，倒垃圾，做完許多其他事情之後，才按下答錄機的按鈕聽留言。但她不是這樣的人。

第一個聲音是她父親，從他已移居三年的法國鄉村打來。他現在整天忙著修建搖搖欲墜的穀倉。和他一起的那個女人是個建築系學生，將來想當作家，比漢娜小十歲。而她爸就為了她而離開她媽。

「她會離開你的，爸。」漢娜去年去看他的時候說。他們父女倆坐在蔭影裡，亞麗莎正在屋裡忙。「你明明知道，不是嗎？」

他握住漢娜雙手，親吻她的鼻樑。「她當然會，遲早。」他眨眨眼，「但我們得先把這裡整修好，對吧？這樣她離開我的時候，悲慘的我至少有屋頂可以遮風蔽雨。」

在答錄機裡，他的聲音開朗有力，比以前住在肯特的時候開心。當時他天天通勤，七點二十三分出門，六點五十四分回家。

漢娜以為第二通留言會是她媽媽，因為這樣才平衡對稱。結果是喬安，她的同事。她在網球場訂好了明天早上十點的雙打場地，但有人不能來，漢娜想不想來打？漢娜覺得可以，但撥了喬安的號碼卻忙線。

稍後再打。現在她泡好茶，配一片咖啡杏仁蛋糕，看今天的《獨立報》。冰箱裡有微波即食的冷凍千層麵，也有做沙拉的材料。但桌上還有兩大疊作業要改。她之前買了瑪吉．皮爾希[1]的新書，厚厚一本，躺在窗邊的椅子扶手上，等待她讀。《女人的渴望》。嗯，漢娜想，我們都知道這是怎麼回事。

◆

正要給自己倒第二杯酒的時候，電話鈴聲呼喚她到另一個房間。肯定是喬安，要問打球的事。她沒料到竟是媽媽那歡快卻脆弱的聲音，要漢娜建議她怎麼度過假期——是去克里特島呢，還是到富雷特米爾畫水彩？漢娜知道媽媽是用這樣的方式說：看，我還活得好好的，樂觀積極，把你父親的背棄轉化成機會的綠洲。去克里特島吧，漢娜想這麼說，在那裡很可能會遇見某個男人。會喜歡你的苗條身材與白皙皮膚的黝黑牧人。如果這就是她——她媽媽——她們兩人——所需要的。這確實是女人的渴望！

十五分鐘之後，漢娜不太客氣地告訴媽媽，她有作業要改。掛掉電話，她帶酒和書到樓上有凸窗的房間。這個可以望見公園的房間，漢娜拿來當書房用。她在窗邊擺了張藤椅，塞滿墊子，拉開窗簾。她很喜歡晚上坐在這裡看書，偶爾抬頭看著穿透樹梢的燈光漸漸熄滅。

他父親認識亞麗莎那年，正好是她和吉米開始同居的時候。那是她第二次嘗試建立長久穩定的關係，心中很篤定，這次一定能成功。在吉米之前的安德魯是個性情反覆無常的愛爾蘭人，在貝爾法斯特的女王學院任教，休假一年的時候認識漢娜。這個身材矯健的圓臉學者，會寫熱情洋溢的長詩，訴說泥炭的漆黑與陰部的可取之處，但漢娜到後來才明白，他的詩寫得其實很爛。安德森心情好的時候，可以一口氣灌掉一瓶愛爾蘭威士忌，而且他對「好性愛」的定義就是隨便把

1 Marge Piercy，1936-，美國作家，活躍於社會主義與女性主義領域。

她推到哪張桌子上，掀起她的裙子蓋到脖子。雖然她覺得這樣說有點政治不正確，但起初幾次她確實感到異常刺激。但之後，興奮逐漸消褪，最後和安德魯做愛，就只留下大腿酸痛和臀部瘀青。

吉米不一樣。他是個四處教學的音樂老師，漢娜第一次見到他，他正教一個戴眼鏡的十三歲男生吹豎笛。男孩緊張地吹奏莫札特豎笛協奏曲的第一樂章。漢娜的音樂教育，也由吉米一手調教。他讓她明白，班傑明·布列頓[2]除了和彼德·皮爾斯的愛情故事之外，還有許多值得深入瞭解之處；也讓她知道，用一整天的時間參加一口氣演奏完巴爾托克·貝拉[3]六首絃樂四重奏的音樂會，絕對不僅僅是一場耐力測驗。他們會躺在床上聽舒伯特，談起結婚之後要住在哪裡，替未來的子女取名字——吉米最喜歡的是蓓拉和塔斯敏——笑著討論他們要學哪種樂器。將近兩年之後，漢娜還是可以在屋裡找到他的痕跡，沙發椅墊後面有片豎笛簧片，布列頓歌劇《比利·巴德》的樂譜夾在她放大學講義的檔案夾裡。四處教學，四處漂泊。

漢娜又讀完一章，闔上書，在窗前站了一會兒，凝望戶外。公園彼端的燈光星星點點，宛如螢火蟲。她下樓打電話給喬安，答應明天去打網球，拿起要改的作業，又放下。她對自己說，不該再喝一杯，但還是給自己再倒了杯酒，走到房間另一頭的音響前面，翻著自吉米離去之後就恢復凌亂面目的CD。瑪麗·翠萍·卡本特，南西·葛瑞芬，還是羅珊·凱許？〈Blue Moon with Heartache〉可能有點太沉重。〈Shut up and Kiss Me!〉積極樂觀，應該沒問題。也許她該再買一片，寄給媽媽，讓她可以塞進行李，和防曬油、希臘會話讀本一起帶去克里特島。漢娜才剛放進瑪麗·翠萍·卡本特，電話就又響了。她差點就不想接。

「喂？」

「漢娜？」

「我是。」她不知道打電話來的是誰。

「我以為你不在家。」

那你幹嘛打電話來，她心想，還在思索著各種可能性。是同事？喬安的朋友？明天的球伴？

「請問是？」

「查理．芮尼克，你記得……」

她當然記得。她現在認出他的聲音了。她甚至可以勾勒出他站在那裡的模樣，身材魁梧，電話貼在耳朵，嘴邊。「你打電話來，」她不禁微笑，「是因為以為我不在家？」她覺得很意外，自己竟然這麼開心。

「不是，」他說，然後：「現在邀你出來喝一杯，會不會太晚？」

漢娜掛掉電話才想到，她根本不知道波蘭俱樂部在哪裡。希望計程車司機知道。

---

2 Benjamin Britten，1913-1976，英國作曲家，為二十世紀英國最重要的古典音樂家之一。他與男高音彼德．皮爾斯(Peter Pears，1910-1986)為音樂與生活伴侶。

3 Bartók Béla，1881-1945，匈牙利作曲家，被推崇為二十世界最偉大的作曲家之一。

◆

等計程車的時候，她換了三套衣服，最後換回芮尼克打電話來時她穿的那套：柔軟的灰色圓領上衣，剛洗過的藍色牛仔褲，腳上是一雙舒適的黑色平底鞋。打開大門時，她從玄關掛勾拿下岩灰色的亞麻外套。

芮尼克在俱樂部外面等她，計程車抵達時，他從陰影裡走出來，站在台階頂端。

「還好找吧？」

「司機認得路。」

「你以前來過嗎？」

漢娜搖搖頭。

芮尼克幫漢娜登記時，滿頭白髮往後梳，身上藍色獵裝釦子閃閃發亮的年長男子抬頭看他，那雙藍色眼睛裡滿是疑問，但芮尼克不想回答。

「聽我說，」芮尼克在玄關登記桌旁攔下往裡走的她。她只看見深紅壁紙，裱框的照片，以及另一個房間傳來的音樂。「這裡有很多我認識的人，我可以介紹你認識他們，或者……」

「或者我們躲進角落裡。」

他微笑。「差不多就是這樣。」

漢娜也微笑。「我不是會躲起來的那種人。」

瑪黎安·威茲札克拉著漢娜的手，像是醫生拿起盛有某種高度危險罕見細菌的載玻片。芮尼克去吧台點酒的時候，她幾乎沒怎麼說話；等他一回來，她就在舞池裡跳個筋疲力竭。她不是很希望看我挽著某位漂亮女子進來嗎，芮尼克想。

漢娜接過啤酒，輕鬆地靠在老舊的皮椅上。「是什麼時候結束的？」她問，望著瑪黎安的方向。

「你指的是什麼？」

「你們的……不管什麼啦。關係。戀情。」

「和瑪黎安？」

「嗯，沒錯。」

芮尼克搖頭。「從來就沒開始。」

漢娜放下杯子，微笑說：「這樣啊，至少解釋了我受到的歡迎。」

他們就這樣坐著聊了大約半個小時，各自的工作，截然不同的午後時光，對漢娜來說郡隊非常陌生，突尼西亞對芮尼克來說也是。

「你從來不上電影院？」

「幾乎不去。」

「我差不多每個星期都去。有各種電影。你知道的，除了第四頻道之外，在其他地方很難看到的東西。」

「例如突尼西亞電影。」芮尼克微笑。

漢娜點頭。他微笑的時候，看起來年輕許多，嘴咧得大大的，眼睛亮了起來。

「你應該去看看的，」她說，「有些很不錯的片子，並不都是突尼西亞電影。況且……」她微笑，「……那裡的東西也好吃。」

滴在他西裝上沒擦掉的是什麼醬？她心想。波隆那肉醬？番茄肉醬？

吧台喊著最後點單時間。他們站起來，聽見手風琴奏出今晚的最後一首華爾滋。

「可以請你跳一曲嗎？」芮尼克低頭，手搭在她手臂上。

「我想不行。」漢娜說。

但一走到屋外，她的手就挽著他臂彎，建議散步一下。她問他住在哪裡，她也問他。在雪塢丘和格瑞戈里大道路口，有輛黑白相間的空計程車駛來，芮尼克走到馬路上，揚起手臂。

「噢，天哪，」他拉開車門的時候，漢娜說：「是去你家還是我家？」

◆

計程車在人行步道盡頭放他們下車。在短短的車程裡，他們沒怎麼交談，但芮尼克感覺到漢娜的親近。她外套的袖子幾乎貼著他的大腿，隱約的呼吸聲，雙手輕輕擱在他膝蓋上方。

「到了。」她說，在這個時間，聲音顯得異常大聲。

芮尼克點頭：他當然熟知這條街。他們沿著一條勉強只能稱為小徑的路走，左手邊一排高聳的房子，右手邊有鐵欄杆，高矮參差的灌木和小樹，隔開了公園與小路。

「我就住在那一頭，」漢娜說，「那排連棟樓房。」

他們現在經過的是一棟棟雙拼房宅，前面有小院子，一片灌木或開花植物環繞的草皮。家家戶戶燈光或被窗簾遮掩，或從蕾絲布簾裡透出來。交談、笑聲、電視、晚餐的聲響流蕩。芮尼克本能地和一位遛狗的男子相互問好。走過瑪麗．薛帕生前住的房子時，他的胃揪成一團，開始翻攪。

漢娜推開小街盡頭的院子大門，進到一排連棟樓房的前庭。在燈光照耀下，芮尼克一臉慘白。

「怎麼回事？你好像見了鬼。」

那是個寒冷的夜晚，比今晚冷得多，瑪麗．薛帕上身赤裸，下身也近全裸。芮尼克還記得她的腿微微抬起，手臂攤成極其詭異的角度。比芮尼克早到的警員——琳恩．凱洛葛和凱文．奈勒是最先抵達現場的——先用塑膠布蓋住她，接著又從屋裡拿出大衣蓋在她身上。芮尼克掀開蓋布，用手電筒照著她。她睜著眼睛，什麼也看不見地瞪著天上的月亮。

他跟著漢娜走過一小段步道，到她家門口。她手拿鑰匙轉身，差點撞進他懷裡。

「你要進來嗎？喝杯茶或咖啡？」

他遲疑了一下。「也許下一次吧。」他緩緩搖頭。

「你確定？」她手搭在他手上，鑰匙的冰冷，她皮膚的暖意。漢娜想要看他的臉，讀懂他眼裡的神色。一會兒之後，她轉身，鑰匙插進鎖孔，推開門。玄關還亮著燈，暖暖的橘光。她回頭看，讓開來，因為芮尼克跟著她踏進屋內。

◆

客廳有座舊壁爐，兩旁貼有磁磚，黯淡無光的黑色鐵柵前，一只插有乾燥花的花瓶。壁爐架上有明信片和一張裝在灰綠色相框裡的家族合照。兩人座的沙發靠在牆邊，還有兩張罩著鮮豔布套的扶手椅，地板上還有坐墊。芮尼克不知道該坐哪裡，所以站著。

他聽見樓上洗手間的沖水聲，接著是漢娜踏在樓梯的腳步聲。

「還好嗎？」她已經脫掉外套，他這才頭一次注意到，她右手手指上有兩只色澤閃爍的銀戒指。

「咖啡？還是茶？還有一瓶早就打開的葡萄酒，還不錯。真的，很好喝。」她的眼睛笑意盈盈。

「葡萄酒好像不錯。」

「沒問題。」她指著沙發，「你何不坐下？喜歡的話也可以放音樂。我一會兒就來。」

芮尼克走到牆角的音響前面，彎腰翻看旁邊的一小疊CD，多半是他沒聽過的女樂手。他拿起一個空的CD盒，想這應該是他打電話來時，她正在聽的音樂。《Stones in the Road》，芮尼克覺得他聽過這輯裡的幾首。

漢娜在方正的廚房裡倒酒，手竟然有點發抖。漢娜啊，你是怎麼回事？她問自己，你以為自己在幹嘛？

「來了。」

他仍然站著，對這個小房間來說，似乎顯得太過高大。接過酒的時候，他的手指拂過她的手，灼燙燙的。

「我幫你把外套掛起來吧。」

「噢，好。」芮尼克放下酒杯，脫掉西裝外套，漢娜拿去玄關，掛在她的外套旁邊。

「請坐。」

芮尼克略微遲疑，在沙發坐下。漢娜不太好意思坐在他身邊，於是坐在最靠音響的那張扶手椅。

「你沒找到想聽的？」她指著CD問。

「我不知道。」

「不是你常聽的音樂？」

芮尼克綻開微笑。「我是個聽爵士樂的人。」

「這個嘛，」漢娜轉身拿起搖控器，「不試試看，怎麼知道……」

鋼琴的聲音響起，彷彿有些猶豫，從客廳另一端緩緩流洩過來。接著是女聲，稍微沙啞的聲音，溫暖但毫不加修飾。「可以飛，為什麼要步行？」那歌手唱著。

歌聲背後有第二種樂器加進來，芮尼克覺得這是他今天晚上第二次聽見手風琴樂聲了。他端起壁爐架上的酒杯，沒喝，擺在腳邊的地板上。漢娜看著他，嘴唇微微隨著歌詞掀動。他倆之間的距離彷彿有一百萬公里，難以跨越。芮尼克的腳動了一下，酒杯翻覆，酒流了出來。

「啊，該死！」

「沒關係，」漢娜站起來，走向房門口。「別擔心，別擔心。」拿著一條抹布回來。

「對不起，」芮尼克還是坐著，兩腿張開，手裡拿著已沒有酒的空酒杯。

「沒關係的，」漢娜要他放心，把抹布壓在紅酒漬染的地毯上。「所以我才買這個顏色的地毯，看不出來髒。」

「我實在太笨手笨腳了。」

「不，你看，沒事的。好了。」笑聲，「看不太出來吧。」她直起身，一手貼在他腿上，另一手伸向他的脖子。抹布落在地上。他的唇貼著她的唇，但不一會兒，紅酒淌在他舌尖。漢娜腦袋裡有個聲音說，應該要等到〈Shut Up and Kiss Me!〉，但那是第六首，要等太久了。芮尼克膝蓋緊貼著她的身側，他的手輕撫她的髮。

「查理，」十五分鐘之後她說。他一條腿跨在沙發上，她則半躺在他身上，不知道是不想被壓住，還是發現臀部抵在沙發邊緣很痛。

「嗯？」他貼近她的臉，低聲呢喃。領帶已經不見了，襯衫釦子也都敞開了。

「我們到床上去。」

走到門口時，他又抓著她的手，停下腳步。「漢娜，你確定嗎？」她的狂笑嚇了他一大跳。

「怎麼了？」

「確定？」她說，「我不知道我是不是能等那麼久。」

◆

臥房在頂樓，佔滿兩道斜屋頂下方的空間。地板磨砂打亮過，兩座抽屜櫃和衣櫥都是有木紋的杉木。床的兩側各鋪一條小地毯，一條白，一條血紅。天花板垂掛植栽，蕨類朝向光源生長。房間兩端各有一扇沒關上的天窗，在這個時刻，還透進光來。城市永遠不會真正暗黑無光。有時候漢娜會躺在床上，盯著天窗外的天空，尋找星星。

她一手撐著自己，很意外的，竟然還有點微微顫抖。自從吉米離開之後，她就沒再和人上過床。而那似乎已經是很久以前的事了。第一次和剛認識的人上床，感覺好怪，在最初更衣解帶的興奮過後，是笨拙的摸索。她記得在一部電影裡——是羅勃．狄尼洛和鄔瑪．舒曼？——看見兩人天雷勾動地火，臂腿床單糾纏，最後回過神來，大驚失色，氣喘噓噓地躺在地板上。當然，在電影裡絕對不會尷尬提及保險套。你們倆哪一個身邊有保險套？答案是，保險套在二樓浴室鏡櫃的上層格子裡，放在漱口水和牙線後面。

她發現芮尼克的呼吸聲改變了，以為他或許又睡著了，但他先是翻個身，接著睜開眼睛。

「幾點了？」

漢娜瞇眼看地板上的數位時鐘，「三點四十五分。」

芮尼克用手肘撐起身體，面對漢娜。這個他幾乎不認識的女人邀他到她床上。他覺得受寵若驚，也很想這麼對她說，但一時找不到正確的詞彙，所以只親吻了她的唇角。

「你得走了？」

「恐怕是。」

「要上早班？」

「是有責任在身。」他微笑。「貓。而且我得換掉這套西裝。」西裝的長褲丟在床和樓梯之間的某處。

「要是你留下來過夜，」漢娜說，「那可能有更重要的意義。」

他看著她。在這樣的光線下，她的眼睛是灰綠色的，像被水沖刷得晶亮的石頭。「是嗎？」

她迅速一挪動，鑽出被子，站了起來。「我們等著看吧。」

芮尼克看著她光腳走過地板，消失在門外。

◆

窗外光線緩緩變幻，他們坐在廚房裡喝紅茶。芮尼克穿戴整齊，只差沒穿上西裝外套。漢娜穿著T恤和絨絨睡袍，把巧克力餅乾泡進茶裡。這餅乾擺得太久了，但她只找得到這個。她怎麼會把巧克力餅乾擺到快過期？她想。她的自制力想必遠遠超過她的想像。直到這個晚上。

芮尼克豎起耳朵聽汽車引擎的聲音。計程車行說要二十分鐘到半小時，車子才會到。一聽見車子駛近房子後面的馬路時，他馬上把剩下的茶喝完。

漢娜腳踩拖鞋，陪他穿過窄巷，到計程車等待的地方。

「我不太習慣一夜情。」她說。

「我也是。」他不知道這是不是實話。

她抓著他的兩根手指。「那我會再見到你囉？」

「是的，當然，如果你也想的話。」

在人行道上，他輕輕親吻她的唇，她也回吻他。她目送計程車離去，打亮橘色指示燈，轉入大馬路。她轉身往回走時心想，好啦，漢娜，你還期待什麼？在大門口，她輕笑起來。「你們甚至沒一起看星星。」

◆

芮尼克踏進家門時，電話正在響。

「查理，你滾到哪裡去了？」

史凱頓暴怒的聲音嚇了他一大跳，不知道該如何回應。

「你的呼叫器丟到哪裡去了？」

在玄關桌上，他忘了擺進西裝口袋裡。

「怎麼回事？」芮尼克終於問。

「比爾．亞斯頓，」史凱頓的聲音像臭酸的牛奶。「他死了。有個王八蛋宰了他。」

◆

# 21

◆

一到美度徑轉角，靠近橋的那邊，你就會看見救護車的燈光。天空上的黯沉色塊逐漸揭開白晝的序幕，河面上灰白的霧氣低低盤旋，風裡有雨絲。堤岸平坦的草地上搭起臨時篷架，草草圍著橘色塑膠布，燈光也已架好。身穿深藍連身服的人員趴在周圍的地面搜尋跡證。現場周圍的其他人散落成群，低頭交談。史凱頓從一群人中走到馬路上，和芮尼克碰頭，疲累的黑眼圈更見嚴重。

「老天爺啊，查理！你跑到哪裡去了？」

「他幾點被發現的？」芮尼克問，完全沒放慢腳步。

「一個鐘頭之前。」

「他在這裡幹嘛？」

「遛狗。狗在車裡。」

彌林頓也在，迪文也是。灰髮的瑞格．柯索手插在大衣口袋裡，他好像不分四季都穿這件大衣。還有其他穿制服、沒穿制服的員警。芮尼克掀開帳篷的塑膠布，低頭走進。法醫轉頭看了他一眼，又轉回去。不管用來捶打比爾．亞斯頓頭部的是什麼凶器，肯定都硬而重，揮擊時也一定又狠又快。凝結成團的血、頭髮和骨頭之下，整個頭顱已不成形。再往下，更多邊緣尖銳的骨頭穿透皮膚，一隻眼球，包括瞳孔和視網膜，垂懸在原本是比爾．亞斯頓臉頰部位的模糊血肉裡。

芮尼克強迫自己彎腰仔細查看。亞斯頓身穿運動外套，灰色長褲，條紋襯衫，衣服上有泥土與草葉污漬。右手厚厚的掌心有一抹泥土。有根手指的指尖裂開了。腳上少了一只鞋，深藍羊毛襪腳跟部份黏了一坨黃色狗屎。

「死亡時間？」芮尼克問。

派金森摘下眼鏡，捏捏鼻樑。「大約四到六小時之前。差不多半夜一點。」

芮尼克點頭，走出帳篷，去找站著抽菸的史凱頓。「好，」芮尼克說，「我們目前掌握了多少訊息？」

警司沒回答，和他一起走到馬路上，對面那些仿都鐸式、仿哥德式或仿某某式的房宅，深居大花園裡，大部份都沒亮燈。在街底的最後一幢房子前，史凱頓又點了根菸。

「有個年輕人在三點鐘左右發現他。那人睡在紀念公園另一頭的露天音樂台下。後來醒過來，渾身發冷，所以開始到處走。他聽見狗在叫，循著聲音找到屍體。他是這麼說的。」

「所以報警？」

史凱頓搖頭。「沒馬上報警。他驚慌，跑掉。後來——他說他也不知道過了多久，半個鐘頭，也許更久——他又回來，再看一眼。然後才打電話。」史凱頓轉頭看看河，鳥兒攪動河水。「兩個非正式的巡邏員先到，他們並不知道他是誰。救護車抵達之後，有個急救員在草地裡踢到他的皮夾，撿起來翻看。皮夾裡什麼都沒有，只剩下他的警察證。然後就天翻地覆了。」

「發現他的那個年輕人……」

「在局裡接受偵訊。看起來好像沒什麼問題。」
「亞斯頓太太呢？」
史凱頓再次搖頭。「你希望她看見他這個樣子嗎？」
冰冷的空氣宛如浪濤灌進芮尼克肺部，他眼前出現瑪格麗特．亞斯頓那慢慢崩潰的臉，以及眼睛裡的痛苦。
「她沒報警說他失蹤？問問朋友什麼的？」
史凱頓眼睛閉上一秒鐘，「就我所知沒有。」接著，「你認識她，對吧，查理？我的意思是，你們見過面。」
「不太熟。已經很久沒見了。」
史凱頓點頭。不太熟也比完全不認識好。「局裡已經設了專案室，查理。不管是誰幹的，我們都非逮住不可。」
「查理。」
「沒錯。」東方的天空差不多已經全亮了。芮尼克嘆口氣，開始回頭往橋的方向走。
「嗯？」
「你和他聊過，對吧？亞斯頓。聊到調查的事？史納普那孩子的事。」
芮尼克點頭。「就在前天晚上。」
「他有沒有說什麼……他有沒有談到什麼，讓你相信，呃，和這個情況有關？」
「沒有。但是……」

「但是？」

芮尼克回想起亞斯頓似乎很輕易就接受社會服務處關於史納普死亡事件的看法，就算其中有什麼蹊蹺，看來亞斯頓也不知道——除非和芮尼克在酒吧喝酒之後，到攻擊事件發生之前，他發現了什麼。「沒有，」芮尼克說，「就我所知，沒有。」

史凱頓緩緩呼了一口氣，如釋重負。「那就是搶劫了。自己一個人深夜外出，讓人有機可乘。」

「是的，」芮尼克說，「看來是這樣。我們會查清楚的。」

◆

芮尼克背半對著隔壁家的大門。這位鄰居正把ＢＭＷ駛出車道。鳥群在樹上喧鬧不休。門鎖喀噠打開，芮尼克連忙轉身。

「比爾，你的腦袋要不是鎖在脖子上，老早就丟了，更別說是鑰匙……」一看見有點面善的芮尼克，她馬上住嘴。

「哈囉，瑪格麗特。」他客氣地往前踏進一步。

「比爾，我想他早就出門了。帶狗出去。去……去……」但她當警察太太已經太久了，久到知道這是什麼樣的時刻，久到不時在天亮前的漫漫時光裡一次又一次預習。
「瑪格麗特，讓我進屋裡吧？」
裹著粉紅睡袍，滿頭髮捲，身材矮胖的她堅守地盤，不願接受他的事實。
「瑪格麗特，很遺憾……」
她張開嘴巴尖叫，淹沒了他的聲音。
「……他死了。」
芮尼克緊緊摟住她，讓她的哭喊聲在他胸前變成嗚咽。三分鐘，甚至更久。等到慢慢平息，他才把她拉進玄關，關上門。屋裡有薰衣草的香味，很濃，宛如他手指、掌心的香皂味。瑪格麗特·亞斯頓的淚水濡濕了他的襯衫，
「告訴我……告訴我怎麼回事。」
「我們何不……」
她的嗓音依然尖銳忿怒。「我不要……我要知道是怎麼回事！」
芮尼克拉著她的手臂，手掌穩穩撐住她的手肘。「好，但我們先坐下。」
客廳位於房子後側，擺滿頗有品味的裝飾品和家族照片。窗簾半掩，可以看見落地窗，以及外面那長達二十五公尺的花圃、整齊的灌木與修剪平整的草地。他們在半掩映的光影裡，面對面坐下。瑪格麗特歪著臉，面對另一把扶手椅，位在壁爐旁的空椅。芮尼克猜想，那是她丈夫慣坐的位子。
他把目前所知的細節告訴她，但儘量不描述亞斯頓所受的傷。她努力集中注意力，微側著

頭，雙手靜靜擱在膝上。

「比爾，」芮尼克講完之後，她說，「可憐的比爾。他做了什麼事，要招來這種下場？」

「沒有，瑪格麗特，他不該有這樣的遭遇。」

她站起來。「我要去看他。」

「等等，瑪格麗特。晚一點再去吧。」他輕輕把她拉回椅子裡。他走向窗邊，拉開窗簾，讓光照進來。

「你剛才開門的時候，」芮尼克說，「以為是比爾，遛狗回來？」

「是的。」

「但是就我們所知，事情應該發生在半夜，一兩點的時候。」

他等著她消化這個消息。

「是的，他……他有時候睡不著。所以就出去，散步，做些別的事情。他很討厭躺在床上睡不著，非常討厭。過去一兩年，情況更嚴重了。所以我們……他搬到走道另一邊的客房，這樣萬一睡不著，也不會因為吵醒我而有罪惡感。」她扯著睡袍衣擺，上面有些棉絮。「其實我一點都不在意，一點都不……」她又哭了起來，芮尼克上前，她揮手要他走開。

他去找廚房，留她在客廳，沉浸在自己的哀思裡。如果比爾．亞斯頓昨天半夜帶狗出門，她並不會覺得有什麼異常。如果她睡到早晨起床，去他的房間看他不在，會以為他早早出門散步什麼的，絕對不會起疑。

茶泡好的時候，兩眼通紅的瑪格麗特走進廚房。「我要去看他，馬上。你一定要帶我去看他。」

芮尼克站起來，想辦法擠出微笑。「我們先喝杯茶，好嗎？我會打電話給醫院，然後載你過去，可以嗎？瑪格麗特，這樣好嗎？」

她恍恍惚惚站在餐桌和門之間，盯著他看。好？要多久的時間才可能變好？

◆ 22 ◆

十一點四十四分：沒有窗戶的房間裡，香菸煙霧盤旋如藍灰色的雲霧。牆上貼著幾張亞斯頓屍體的放大照片，有彩色，有黑白。右邊有一張亞斯頓十八個月前拍的照片，是在某位同事的退休歡送會上。他身穿晚宴西裝打領帶，手端香檳，微笑，活著。

與這面牆呈直角的另一面牆上，有張放大的地圖，標示屍體在堤岸上的確切位置；第二張地圖範圍較大，顯示周邊區域——河道向南彎，在特倫特橋和威爾佛德高架舊橋之間形成幾近完美的U形；紀念公園和平坦開闊的休憩區延伸到北邊的市政府美度徑住宅區；南邊有單調的市政廳，以及更開闊的運動場和學校。再過來是一張本市的詳盡地圖，亞斯頓的家、辦公室，以及史納普事件調查進行的觀護所，都一一標示。照片的另一邊牆面是兩塊白板，畫有調查工作的主要線索。後面架設兩部相連的錄影監視器，兩部電腦，一部和內政部電腦連線，準備搜尋與發送資料。

與會者手中都已拿到法醫初步報告的影本。頭蓋骨多處碎裂，上下顎和眼窩壁嚴重損傷，腦血管撕裂，造成內出血。亞斯頓的手傷和前臂瘀傷，顯示他曾奮力掙扎，用盡最後的力氣捍衛自己。

史凱頓站在前方，和芮尼克與調度制服警察的督察長交談。略往旁邊一點，是濃密灰髮往後梳的瑞格·柯索，他手裡夾著菸，和支援部的督察低聲講話，每講一句，就要用手指戳一下他的胸口，作為強調。芮尼克已經好幾個月沒看過史凱頓這麼有精神了，身上的雙排釦西裝，也是芮尼克沒見過的。他迅速瞥了一眼寫得整整齊齊的筆記，然後收起來。這場會議結束之後，他就要去開記者會了。他又和芮尼克說了句話，然後就轉身，踏前兩步，周圍響起嘈雜的交談聲，旋即安靜下來。

他簡單介紹支援部的哈利·培恩督察，他會帶領十五名員警投入初步調查行動，珍·普萊斯考特巡佐則擔任調查小組與警局資訊部門之間的聯絡人。他也介紹和比爾·亞斯頓一起調查史納普事件的警員克罕，最後是兩名文職電腦操作員。每個人都彼此認識了。

史凱頓清清嗓子。「我不必告訴各位，我們有位同仁遇害了。我們的弟兄。」大家紛紛點頭，發出贊同與忿怒的聲音。史凱頓等了一會兒，才繼續說：「在場很多人都認識比爾·亞斯頓，還有些像我一樣，和他共事過。他是個老派的人，正直，公正，做什麼事情都一絲不苟。服務多年之後，他原本在今年年底就要屆齡退休。結果卻發生這樣的事。」

喃喃低語紛紛響起，像在教堂一樣。史凱頓刻意引發這樣的反應。

「我們都知道今天凌晨發生的事。你們都看過照片，讀過報告，有些還到過比爾·亞斯頓陳屍的現場。這是冷酷殘忍的凶案，我知道各位和我一樣震驚。我知道大家最想做的，就是逮到行凶的人，把他或他們儘快關進牢裡。我們要破案，而且要快。我們要替比爾·亞斯頓的未亡人討回公道……也要防範凶手再次行凶。」

史凱頓等待大家的聲音平息，他要每一個人都看著他，要每一個人都專心聽他接下來要講的話。

「展開行動之前，我希望大家明白行動的風險。我們承擔不起的，是莽撞行事，不能放任我們的情緒，不論是多麼強烈的情緒，讓我們失去判斷力。誰都不行。任何人都不准操之過急。這一點非常重要。」史凱頓聲音非常清晰，不再扯開喉嚨，不需要了，因為房間裡一片靜默。「我們不能忍受的是，逮到了真正的凶手，卻不能把他或他們定罪。所以我們的行動必須徹底，確實，透過重重管道，查核，再查核。這樣一來，逮到這個人渣的時候，他就逃不了了。」

鼓掌聲中，史凱頓延挨了一會兒，才走到旁邊。「查理？」

芮尼克站到特倫特河的地圖前面，開口講話。「目前看來，最可能的情況是無預謀的隨機行凶，為了搶劫而下手。他們可能認為比爾看起來有錢，年紀不輕，帶著兩條小狗出來散步。不會造成任何威脅。」芮尼克指著地圖，「比爾把車停在這裡，在紀念公園對面，就我們的判斷，他是朝這個方向，沿著堤岸走向橋。他睡不著覺的時候，常這樣做，沒有什麼不尋常。我們假設，攻擊他的這人看見他一個人散步，周圍沒有其他人，所以就把他當成容易下手的目標。他躺在這裡，就在這些樹旁邊，皮夾在這裡，離屍體不遠，現金和信用卡都不見了。」芮尼克停頓一下，環顧面前的員警。「瑪格麗特．亞斯頓說，他身上頂多帶了三十或四十鎊。」

「人渣！」有人大聲說。

「謝謝，查理，」又是史凱頓。「說明得很詳細。瑞格，凌晨一點到四點發生在堤岸的每一件事，不管是踏進那裡的人，還是任何會呼吸的東西，都是你管轄的範圍，」柯索拖著腳步，低頭要笑不笑。「所以，挨家挨戶的調查由你督導。維多莉亞堤岸的每一戶人家，他們總不可能全都喝了阿華田上床睡覺了吧。任何聽到動靜的人，看見的人，我們都必須掌握。我們也要呼籲半夜之後開車經過那條路的人，或是深夜捕魚的人，跑步的人，不管是在那裡幹什麼的人，出面說明。在橋這邊酒吧喝酒的人，特別是接近最後點單時間，或是從特倫特橋客棧走回市區的人。我們會利用本地電台、電視新聞、《郵報》。無論得到什麼訊息，一經分析之後，瑞格，你和你的小組就要列為優先目標，加緊行動。

「查理，你的小組，我要你們仔細調查。利用鑑識組在現場找到的任何跡證，儘快給我們事發經過的準確報告。我們也必須掌握，在事發前二十四個小時，比爾去了哪裡，和誰說過話，做了什麼。為以防萬一，我們先單獨行動。如果必須擴大調查範圍，那我們也不會遲疑。」

史凱頓清清嗓子，渴望能有杯水，他發現自己講太久了。員警已經迫不及待想行動，是該推他們最後一把了。「好，我們最需要避免的是視野狹隘。最明顯的嫌犯最後並不見得是真凶。正因為如此，所以儘管我覺得沒有什麼關連性，但還是請克罕來了解一下比爾正在調查的尼奇·史納普事件。或許沒有任何關連性，但我們還是要先調查，排除。當然還有其他的調查要進行，例如比爾以前經手的案件，曾被他逮捕入獄而如今已出獄的人，任何可能怨恨他的人，不管是公務或私事。任何有疑點的地方。我不認為比爾是容易樹敵的人，但我們得和瑪格麗特談談，聽她怎麼說。最後，你們任何一個人只要有任何想法，任何不同的角度，任何不容忽視的細節，都請來找我。我想知道。」

史凱頓後退一步，頭轉右，再轉左。「查理，瑞格，你們有要補充的嗎？」

兩人都沒有。

「很好，開始行動吧。祝你們好運。」

不到半個鐘頭之後，芮尼克回到刑事偵查部的辦公室，凱文．奈勒剛泡好茶。芮尼克坐在辦公桌桌角，吃完對街小吃店外送的蔓越莓燻雞三明治。

「好了，」他接過凱文遞來的馬克杯，用雙手捧住。「我們來談一下。」

彌林頓坐在芮尼克右邊，椅子翹起來，只有兩只後腳著地。迪文在窄長辦公室的盡頭，轉過椅子，兩腿伸得開開的。琳恩．凱洛葛坐著，頭往後靠著左邊的牆壁。奈勒送茶之後，坐在深綠檔案櫃後面，兩隻手肘撐在桌上。

「首先，已經有人幫我們調查過這個發現屍體報案的年輕人。葛拉翰，我要你和馬克再偵訊他一次，多給他一點壓力。確保他把所知的一切都告訴我們。」

「你覺得他可能涉案，老大？」迪文說，「這起命案？」多給他一點壓力，這是迪文喜歡的調調。

「這也不是第一次了，對吧？」彌林頓說，「為了擺脫嫌疑，犯了案自己報案。」

芮尼克點頭，繼續說：「凱文，犯罪現場小組會詳細調查屍體周圍發現的足跡、鞋印，有照片、塑模之類的。盡可能詳細分析，其他的事情先擺一邊，這樣應該可以讓我們先釐清涉案的有多少人。」

「我們很確定，」奈勒問，「凶手不只一個？」

芮尼克吞一口茶。「我的直覺是這樣。沒錯，至少兩個人，或許更多。比爾把身材鍛鍊得很好，除非凶手是在他完全意外的情況下第一擊就撂倒他，否則第二擊要造成這麼嚴重的傷害，我覺得很難。」

他的目光望向另一邊。「琳恩，我們得針對比爾．亞斯頓生前的最後二十四小時，做一份詳細的時間表。他做了什麼，去了哪裡，是不是和任何人談過話。由你來負責。我會先帶你去認識瑪格麗特．亞斯頓。然後你就可以自己進行了。」

「好，」琳恩說，「謝謝。」

「同時，我會和克罕研究一下尼奇．史納普調查案的資料。」芮尼克雙手撐桌，站了起來。

「今天下班之前，先向我報告，讓我知道你們的進度。」

◆

最後幾滴水很大聲地滴落入史凱頓咖啡機的玻璃壺裡，芮尼克站在側窗前俯望，發現自己的肚子也隨之咕嚕咕嚕叫。時間已過中午，除了雞肉三明治之外，他最後入口的東西是好幾個鐘頭之前，在漢娜家吃的幾片巧克力消化餅乾。他瞬間想起她，漢娜，她臀部和大腿的皮膚，在他手裡如此光滑結實。

「查理？」

「呃？」

「要加牛奶嗎？」

「不用。」

史凱頓坐下，芮尼克也坐下。「很難不去想，」史凱頓說，「他只差那麼一點點就要退休了，可憐的傢伙。」

「是啊。」還有瑪格麗特，芮尼克想，她又要面對什麼樣的生活？經過這麼多年的共同生活之後，你如何期待自己能調適？孩子，他想，孩子永遠都是問題。但他也不禁忖思，答案究竟是什麼。

「一點鐘要開記者會。」史凱頓說，「你沒問題吧？」

「我只能說我們知道的，但截至目前為止，我們掌握的也不多。」

「不過這也是好機會，要求大眾提供訊息，提供協助。」

芮尼克點頭：他們會被電話淹沒，還要加派人手去登記處理。大部份的訊息都模稜兩可，相互矛盾。也會有怪咖和精神病患，至少有兩三個人會來要求認罪。他把杯子和杯碟放在腳邊的地板上。史凱頓的咖啡機不管是不是最新機型，煮出來的永遠像是即溶咖啡。他站起來，以為史凱頓已經交待完了。但還沒。

「有個年輕的刑警，」史凱頓說，「想從萊崔斯特郡轉調過來。他很可能會到這裡來。」

芮尼克站在椅背後面。「是確定了，還是傳聞？」

「應該是確定了。」

「我還以為人事全面凍結了。」

史凱頓攤手，手指張得開開的。「理論上是，你也知道的，財政問題，查理，高深莫測啊。」

「這個轉調來的人，有名字嗎？你說是男的？」

「文森。卡爾．文森。」

「他目前也在刑事偵查部？」

史凱頓點頭。「五年了。」

「還是警員？」

再次點頭。

員警申請調職的原因各形各色，芮尼克知道。大部份都是因為個性格格不入，有時是因為某個案子辦砸了，渴望有新的開始。也有人是因為家庭因素必須搬家，但這個——兩地車程才一個鐘頭多一點。

「他也許過幾天就來了，」史凱頓說，「也不是壞事，查理。你需要人手加入調查行動，派他到處去挖掘一下，看看能耐如何。反正試試也無妨。如果他有帕特爾一半好，那你也不遺憾啦。」

◆

芮尼克還記得他第一次見到帝普塔克．帕特爾的情景。這年輕人開朗得像明天，而且急於討好他。帕特爾是家族裡第一個大學生。拿到學位後加入警隊，他父親說：幹嘛？太浪費了。芮尼克記得鋪路石上逐漸乾涸的血，傷口周圍一圈紫，不知是出於刻意或意外的一刀，切斷他的動脈。凶手未被逮捕。他記得帕特爾父親的臉，那扭曲的表情，那無以彌補的哀痛。

瑪格麗特．亞斯頓。

諾瑪．史納普。

一而再，永無止境。

◆ 23 ◆

希娜踏進家門時，諾瑪努力不去注意她呼出的味道。不是香菸，不是琴酒，是毒品。她知道。記憶雖然遙遠，但很清晰。

「你以為你這是從哪弄來的？」她歪著頭，好看清楚那身黑色皮外套，口袋邊鑲麂皮，衣袖有沒拉上的拉鍊。

「什麼以為，」希娜說，想從媽媽身邊擠過去。「我知道是哪裡來的。」

諾瑪抓住夾克衣背，把她扭過來。「那就告訴我。」

希娜瞪著媽媽責備的眼睛。她向來喜歡這樣狠狠瞪媽媽，但今天的眼神有點飄忽。「蒂蒂，」她說，「我朋友蒂蒂借我的。可以了吧？」

諾瑪還來不及開口，彼德就出現在門口，三個啤酒鋁罐堆疊在手掌裡。「我們坐下來喝點酒，好吧？」他對諾瑪眨眨眼，把一罐啤酒塞進她手裡，接著在希娜臉頰印上一個吻，她來不及閃開。「美好的夜晚，對吧，寶貝？」

「我覺得，」希娜一個字一個字說，「你不該叫我寶貝。」

「哦，為什麼？」

希娜想了想，覺得自己也不知道。她在沙發扶手坐下，身體搖搖晃晃的。

「天哪，」諾瑪坐在電視旁邊的扶手椅上說，「進了屋裡，就該把外套脫掉。」

希娜想脫外套，但手臂卡在袖子裡，怎麼也脫不掉。最後彼德站起來幫她。希娜又笑了起來。其實也不算笑，只是發出咯咯的聲音。「你不准叫我……你不准叫我……」希娜重心不穩，往後倒，一雙腿高高翹起，雙臂拼命亂揮，倒進了父親懷裡。但彼德不夠壯，無法接住她，於是兩人一起倒在地毯上，滾到牆邊，摟著彼此又哭又笑。

「天哪，別鬧了，你們兩個白癡！」諾瑪大聲嚷著，但自己也忍不住笑起來，用衣袖抹抹眼睛，接著灌下一大口啤酒，嗆得咳嗽不止，最後希娜還得拉住她的手，彼德拍著她的背，在她耳邊輕聲細語，才讓她平復過來。

希娜走進廚房，想找找冰箱裡還有沒有特易購買的冰淇淋，薄荷巧克力口味。

彼德打開電視，但又關上，攤開雙臂，跳到沙發上。「我就是要叫你寶貝！」他尖細的嗓子大聲嚷嚷。「你屬於我！」

「你這個笨蛋，快坐好，」諾瑪說，「免得又跌下去。」

結果他真的跌下去了，從沙發椅背翻過去，撞到頭。諾瑪和希娜扶他起來，讓他坐在椅子上。諾瑪坐在他腿上，希娜坐在客廳另一頭，用湯匙舀著冰淇淋吃。

「寶貝，」彼德對著諾瑪的胸部輕聲說，她不當一回事，在他耳邊叫他規矩點，要是以為有什麼搞頭，那就錯了。

但他確實是以為有搞頭的。希娜坐在那裡看著他們假裝對彼此不動心，實在厭煩，於是從他們身邊走過，關掉電燈，離開客廳。

「彼德，不要在這裡……」諾瑪輕聲說。
「那麼，」彼德說，「我們就到床上去。」
噢，天哪，諾瑪想，這都已經過了多少年了？

◆

她清醒躺在床上，身邊的彼德熟睡得像嬰兒，微張的嘴巴貼近她的胸部。諾瑪強忍住眼淚，怕萬一吵醒他，就得解釋，但她自己也不明白是為什麼。在離開的這些年裡，他究竟做了什麼，為什麼變得這麼潦倒，這麼病奄奄，這麼瘦弱，他幾乎都沒告訴她。他胸口下方有道彎曲的傷疤，縫線拆掉後留下隱約的十字交叉痕記。左大腿上有塊瘀青，不是新傷，顏色已經褪成黃色了。

輕貼著她的彼德翻個身，她摸摸他的頭，頭髮變得這麼少，這麼軟，像嬰兒似的。別再讓我想起尼奇了，諾瑪暗自禱告，別再讓我想他。不要想邁可，我那個可愛的寶寶。

別再讓我想起這些事。

什麼都別想。

她輕輕轉身側躺，伸手撫摸彼德的身側，他削瘦的屁股，背上一節一節的脊椎骨。她頭靠在他頭上，閉上眼睛，想要入睡。

## ◆ 24 ◆

那年輕人看著盤子上的東西，頗為懷疑。一個像是飽受摧殘的香腸堡，裹著薄薄的餐巾紙，流出的棕醬黏在紙上。

「怎樣？」迪文說，語氣充滿挑釁。施加一點壓力，芮尼克說，多給他一點壓力。

「怎樣？」年輕人說。他究竟幾歲很難說，十七到二十五都有可能，而他自己兩次說法不一，一次說他二十一歲，另一次說是十九歲。一圈亂七八糟的大鬍子圍著臉，右顴骨下方幾顆泛紅的青春痘，鼻頭和前額有粉刺，左耳上方掛了個金耳環。他身穿軍裝式外套，灰色棉布長褲，T恤一件套一件穿了好幾件，最外面一件有句標語：「滅了鯨魚！」

坐在迪文旁邊的彌林頓，解開外套釦子，拉鬆領帶，敞著襯衫領口，保持沉默，完全不發表意見。

「這不是你要的嗎？」迪文問，「香腸堡。」

「不是像這樣的。」

「你是不喜歡這個醬，還是怎樣？不喜歡醬，就把它刮掉。」

「不是因為醬。醬沒問題。」

「那是怎樣？」

「洋蔥。」

「什麼洋蔥？」

「這就是問題。」

迪文傾身，中指和拇指小心地掀開麵包。「沒有洋蔥。」

「這就是我的意思。」

「你們說，」彌林頓在桌子上撢撢菸灰說，「討論這個食物問題的時候，我們是不是該開始了呢？」

「你究竟是吃還是不吃？」迪文指著香腸堡。

年輕人搖搖頭。

迪文把盤子推到自己面前，再次掀開麵包，拈起香腸，沾了沾棕醬，往嘴巴送，眼裡出現一抹輕蔑的神色。「最後機會？」來不及了，香腸消失在他嘴裡，嚼了兩口，三口，就下肚了。他刻意從齒縫裡拉出一小塊碎骨，放回麵包裡，然後連餐巾紙帶麵包全丟進椅子旁邊的金屬垃圾桶，發出很輕，但滿是勝利意味的咚一聲。

「訪談開始時間，」彌林頓打開錄音機，「兩點二十三分。在場的有刑偵巡佐彌林頓，刑警迪文，以及聖約翰先生。」

迪文為表示禮貌，忍住不打嗝。

彌林頓稍微傾身靠近年輕人。「請說出你的全名。」

天哪，迪文想，這傢伙肯定很難搞，就像挑剔沒有洋蔥那樣。

「全名。」彌林頓又說一遍。

「聖安東尼羅倫斯聖約翰。」

迪文差點就要吹鬍子瞪眼睛。

「地址？」

「沒有。」

「地址？」

年輕人眼中突然閃現一絲光。「我放帽子的地方就是我家。」

聰明的渾蛋，迪文想。

「告訴我，」彌林頓鼓勵他，「你星期六晚上把帽子放在哪裡？」

◆

瑞格．柯索和他的小組努力敲一扇又一扇的門。到目前為止，他們已經被誤認為耶和華見證人、基督復臨安息日會教友、遠房叔舅姑姨，還有人以為他們是電纜公司主管，來通知他們說因為工人不小心挖斷電線，所以要停電大半個小時。一旦澄清身份之後，住戶通常會意外、同情且關心，但也沒能提供什麼有用的線索。

「我記得那天外面很吵，對不對啊，傑夫？我還記得我們關掉電視，走到外面去看怎麼回事。」有名五十幾歲的婦人說。登門訪談的是柯索本人，以及一名年輕的刑警。他們的房子位在堤岸，背後就是亞斯頓陳屍的那條小徑。「傑夫？」她好像很焦慮，手不停在圍裙口袋伸進伸出，也許是擔心爐子上燉煮的東西。「那是幾點，傑夫？是十一點吧？十一點左右？」

傑夫出現在玄關，手裡拿著《電訊報》，鼻尖架著眼鏡。

「那些醉鬼，全都是這個德性。現在每個星期六都這樣。醉醺醺離開酒吧，大吼小叫，他們講的那些髒話，簡直難以置信。但也只能這樣。你們放這些渾蛋在街上跑，我們只好待在家裡，鎖上大門。」

不然咧？柯索心想，難道你還要去迪斯可舞廳，抱著老太太在舞池裡搖屁股？幾杯櫻桃白蘭地下肚之後，拖她回家，在客廳地毯上用慢動作做點愛做的事。不過這張地毯自從鋪好之後，是不是有機會見識過飄著檸檬香味的洗髮精，他非常懷疑。

「那麼大概是幾點呢，先生？」柯索問，「可以再精確一點嗎？」

「和我老婆講的一樣，大概十一點多。十一點半吧。你可以查查電台節目表。那時間正在播《本日競賽》。那個蘇格蘭傢伙，叫韓森的，以為自己無所不知，我不喜歡。而且他講的話，我有一半都聽不懂。」

聽來聽去都一樣：十一點到十一點半之間，喝醉酒的人在堤岸喧鬧，但馬上就離開了，穿過球場走向美度徑，好幾個人這樣說。有兩家人提到半夜時分，有輛跑車引擎空轉，非常大聲。還有個人說在原本靜寂的深夜聽到摩托車聲。很可能是同一回事。

第一輪訪談沒能找到與比爾·亞斯頓遇害相關的線索，但這只是開始，柯索知道。等消息從酒吧傳開之後，本地媒體就會動起來，到時候就會不同了，他確信。有個人被殘忍殺害，距最近的民宅僅僅不到一百公尺，離繁忙的主要大道也不遠，一定有人看見或聽見什麼，絕對有。

◆

氣溫突然回升，至少在芮尼克辦公室是如此。一隻肥大的藍蒼蠅懶洋洋從漫長的睡眠中醒來，在辦公室的各個角落之間飛來飛去，不停撞上望出去什麼也沒有的玻璃。

「就這樣？沒別的了？」芮尼克把最後一份釘起來的報告丟到其他報告裡。

面對這暗帶責備的評論，克罕拉拉袖釦，在椅子裡坐挺起來。「是的，這是初步訪談。錄音逐字稿。」

「初步？你們打算再次偵訊其中幾個嗎？」

「有可能，長官，如果有必要的話。」

「然後呢？」

克罕雙手抹抹大腿。這裡好熱，他開始冒汗了。他想，馬上就會有汗臭味，他好討厭這樣。

「不好意思，長官，我不完全理解您的問題。」

「我問的是，」芮尼克儘量不露出怒氣，「你們有沒有具體的計畫，亞斯頓督察是不是決定要再度正式偵訊任何人？」

克罕想了好久。那隻蒼蠅停了一會兒，又開始到處飛。我應該把《郵報》捲起來，打死牠，芮尼克想，再不然就是撬開窗戶，讓牠飛出去。

「沒有，長官，」克罕終於說，「就我所知沒有。」

「尼奇．史納普為什麼終結自己的生命，還沒有結論？」

「沒有。」

「也沒有究責。」

「長官？」

「沒有任何員工應該遭受譴責，所以也就不需要究責。」

「是的，長官，沒錯。」

是這樣嗎？芮尼克忖思。或許就是這樣。他想辦法把下半截窗戶打開足夠的空間，用報紙趕蒼蠅。「那你的想法呢？你覺得每一個人都坦白，都說實話嗎？沒有掩蓋任何事情？」

克罕的內褲黏在皮膚上，覺得很不舒服。他很想坐起來一點，把褲子拉鬆，但勉強忍住不動。「督察，我不確定……」

「你聽懂我的意思嗎？」

「我懂，只是……」

「只是比爾．亞斯頓身為資深警官，才剛悲慘遇害。」

「是的。」

「你不希望被人認為你不忠心。」

「是的。」

芮尼克挪開報告，在辦公桌一角坐下，看著這名年輕警員的臉，等待克罕抬眼看他。

克罕迎上他的目光，芮尼克說：「你自己說的，這是初步報告。也就是說，並不排除亞斯頓督察會有進一步的調查。例如，他就曾對我說過，尼奇死掉的那天晚上，負責監管的人相當鬆懈。我想是保羅．馬修和伊麗莎白．佩克，對吧？」

克罕點頭。

「偵訊他們的時候，你也在場？」

「是的，長官。」

「那你有什麼感覺？你覺得他們想要掩飾什麼嗎？」

「馬修，他很緊張。一直吞吞吐吐的，你知道。也許不能說是吞吞吐吐，但是結巴的很厲害。」

「那個女的呢？佩克？」

「很有戒心。這是我的感覺。有點怨恨，好像我們不該問她話。」

「好，」芮尼克站起來，「你接下來要做幾件事。想辦法查出社會服務處打算什麼時候公布他們的報告。基於亞斯頓督察已遇害，如果其中有些什麼問題，你或許可以查出他們想怎麼避重就輕。然後和賈汀聯絡。告訴他，我們必須回去，再次找他的手下問話。要注意，別引起他的警覺。你只要說，有些工作必須收尾。在這樣的情況下，他應該會買帳。好嗎？你應付得來嗎？」

克罕第一次覺得自己有辦法露出微笑。「可以的，長官，沒問題。」

「很好。」克罕打開門的時候，芮尼克又說，「比爾遇害和其他事情之間，或許沒有任何關聯。百分之九十九的機率沒有。但我們必須百分之百確定。」

# 25

芮尼克注意到琳恩的妝好像化得比平常更濃一些，眼皮上一抹藍綠色。也塗了口紅，不是太鮮豔的顏色，也沒特別強調，但就是有了色彩。圓領上衣，淺色格子外套，舒服的裙子。她一打開車門，就脫掉外套，丟在後座。坐在前座的芮尼克繫好安全帶。他心想，她是不是開始和人約會，也或許是她心情開始平復了。他希望是這樣。她理當過得更好的。

迅速調整後照鏡之後，他們就開上馬路，往南朝特倫特橋的方向去。

「他太太，」琳恩問，「比爾·亞斯頓的太太，是什麼樣的人？」

芮尼克形容她：個子嬌小，不特別有活力，但是個很善於聆聽的人。他在警界活動見到她的時候，她總是默默待在丈夫身邊，像個隱形人；但他到她家去的時候，她顯得比較放鬆，比較善於交談，反而是比爾默不作聲，忙著洗碗碟，幫大家斟酒。

「很好的人，」芮尼克說，「坦率，講理。」

「孩子呢？」

「兩個，我想。不對，是三個。都長大，不住在家裡了。一個好像在加拿大，還是澳洲。」他記得有一個結婚了，但想不起來是哪一個。「你知道，我其實和他沒那麼熟。我們這幾年很少聯絡。」

琳恩微微點頭，專心注意前面那輛車，因為那個駕駛好像拿不定主意，不知道該開在哪一個車道。特倫特橋就在前方幾百公尺，比爾・亞斯頓陳屍處一眼就望得見，因為還圍著封鎖線。

「我們還不知道凶器是什麼？」

「還不知道。」

特倫特河水量豐沛，在橋下快速流淌。

◆

來開門的年輕人長相酷似父親，芮尼克想都不用想就知道他的身份。泰瑞・亞斯頓遺傳了比爾的五官、眼睛的顏色，以及開始後退的髮際線。但他也遺傳了母親的身材，個頭小，略胖。他和妻子帶著一歲半的兒子，從定居的貝福德郊區趕來。泰瑞是電腦工程師，業餘鳥類學家，也在家釀酒。他妻子茉拉是兼職的法務秘書，時薪十鎊，每逢要上班時，就把兒子送到褓姆家。

面對芮尼克的慰問，泰瑞搖搖頭，然後又對琳恩微微點頭，帶他們進客廳。

「我去告訴媽說你們來了。」

芮尼克以為瑪格麗特・亞斯頓或許一直躺在床上，某個陰暗的角落，沉緬在自己的思緒裡。但透過落地窗，他看見她正在修剪早開的玫瑰，孫子在旁邊跑著跑著，跌在碎石步道上。瑪格麗特抱起哭著的他，緊緊摟在胸前，嘴貼著他的金髮安撫，直到媳婦快步走來接過孩子，把他高高舉起，讓他轉涕為笑。玫瑰花壓在瑪格麗特胸前，白色花瓣散落一地。

「芮尼克督察？」

從門口走來的女孩應該十九或二十歲，但看起來更年輕，披著一頭金髮，米黃襯衫搭褪色吊帶褲。打量芮尼克的這雙眼睛帶著警覺，但也漾著笑意，伸出的手握在他手裡光滑纖細。

「你不記得我，對吧？」

芮尼克又仔細看她。「你是史蒂芬妮？」

「差一點點，我叫史黛拉。不過我還是覺得你其實不記得我。」

芮尼克搖搖頭。

「有一次爸帶你到家裡來。大概是我十一歲的時候吧，我想。也許十二。我記得我一直糾纏你，問你要怎麼才能當女警，問個沒完沒了。我當時一心想當女警，而爸一點都不想和我談這個話題。說那是我最不該做的工作。女生不該做。所以我一直記得他說的話：這不是女生該做的工作。」她看看琳恩，「你覺得他說得對嗎？」

「看情況。」

「什麼情況？」

琳恩發現自己也不確定。就算有簡單的答案，她也想不出來。「我想要看你是哪一種女生而定。不過，我們對於工作的定義，也都有不同的看法，不是嗎？」

「對於女人的看法，也各有不同。」史黛拉說。

琳恩看著她，沒說話。史黛拉的嘴角、眼角都帶著微笑。

「可是你很喜歡？」史黛拉問，「很喜歡你的工作？」

「是的，大部份時候。」

「很好，做自己不喜歡的工作一定很可怕。每天朝九晚五，很無聊。」

「嗯，」琳恩說，「這個工作肯定不無聊。」

「你還是有這個念頭？」芮尼克問，「當警察？」

史黛拉笑起來。「我爸的洗腦應該是奏效了。」她看著琳恩，眼神裡有著歉意。「他認為這是男人的工作。一百八十公分以上的男人。」她露出有點哀傷的微笑。「我爸很傳統，堅持性別角色。」

芮尼克看著她，想在她臉上找出她真正的感受。她是故意逼自己這樣講話的，用這樣的口吻，來讓自己覺得父親還活著，芮尼克想。

「你現在在做什麼？」

「我在唸農學院。」

「你打算當農夫？」

史黛拉搖頭。「我喜歡的是樹。去森林裡種樹，幾千幾萬棵的樹。」

琳恩咧開嘴笑。

「怎麼了？」史黛拉問，「有什麼不對嗎？」

「沒有，我只是想到，這個工作在女性傳統工作的清單裡會列在第幾名？我想排名肯定不太高。」

「爸說我早就過了做這種夢的年紀了。」史黛拉又笑起來，「他覺得我早該過了那個階段。他真的不太能理解，不管是這件事，還是其他的。」

她對著琳恩微笑時，她母親走了進來。「這麼開心，」瑪格麗特．亞斯頓說，「我都要懷疑是發生什麼事了。」

史黛拉退開，歉疚地沉默下來，微笑也消失了。芮尼克迎上前去，但瑪格麗特的平靜心情瞬間消失，勇敢的表情崩落成淚。

「對不起，」她一遍又一遍地說，芮尼芮笨手笨腳地掏出手帕給她，但她拒絕。「我一直告訴自己，不要把場面弄得難看。」

「媽，」史黛拉說，「你就哭吧，沒關係。」

她媽媽用一團濕掉的衛生紙揩揩眼角，擤了鼻子，自然而然地攏了攏頭髮。「想哭有的是時間。查理又不是來看我哭的，對吧，查理？」她用力抽鼻子，「我想他是有問題要問，有工作得完成。」

「媽……」史黛拉又開口。

「你父親也會希望這樣的。哦，查理？比爾也會想這麼做的。」

他們走到花園裡，對瑪格麗特來說，屋裡太擁擠，太侷促，有太多丈夫的回憶，滿是孫子的尖聲大笑和突如其來的哭聲。她把自己記得的事情都告訴他們，他們想知道的大部份事情。比爾一大清早去游泳，接著他們一起去超市和園藝中心。紐尼頓教會來信邀請他在兩個星期之後的週日去證道。史黛拉打電話回來，他們的二兒子也從澳洲打電話回來。另外，比爾還在玄關講電話，是有人打來找他，然後他又回電，講了好一會兒，應該是教會的事吧，她猜，但比爾沒說。

他們三個，瑪格麗特、芮尼克和琳恩，站在花園盡頭的灌木旁，宛如默片裡的人物，看不見的割草機發出嗡嗡聲，和一架飛過上空的飛機聲響合而為一。

「他很生氣，查理，你可以理解。過去這幾年，他覺得自己被冷凍了。他為他們奉獻了一切，結果他們不再需要他，就把他塞進那個可悲的地方。房門緊閉的辦公室。」她微笑，「你也知道他這個人，查理，他比大部份人都出色。他想要離開那裡，做點事情。真正的事情，有意義的工作。他是這樣相信的，他認為自己以前做的是有意義的工作。」她半轉身，搖搖頭。「可是已經沒有任何意義了，對不對？你有什麼感覺，都不再重要了。信念，價值，都是老派的作風。他是隻恐龍，比爾，他就是。他讓他們尷尬。」

「瑪格麗特，不……」

「現在又這樣……」

「我們……」

「這一切……」她再次面對他，眼神滿是怒氣，「這些表演，這些大張旗鼓的程序，你們每個人都像無頭蒼蠅團團轉。誰幹的？是誰幹的？這豈不是很悲慘？很可怕？這當然很可怕。他是我丈夫啊。但你們卻只做這些表面功夫。」

「瑪格麗特，你知道不是這樣的。」

「不是，也許你不是。你個人不是。但其他人，其他那些精明幹練的年輕人，態度幹練，有社會學學位的年輕人。他們才不在乎他，沒半個在乎。」

「亞斯頓太太，」琳恩說，「我們會逮到凶手的，一定會。」

瑪格麗特狠狠看著她，這個年紀輕得足以當她女兒的女警，這麼有熱忱，對自己所說的話相信不渝。「就算你們逮到了，」瑪格麗特說，「又有什麼用？事到如今，又有什麼用？」

◆

芮尼克等到回車上才再開口。「那通電話，不知道是誰打來的電話。查一下號碼，說不定有用。」

◆ 26 ◆

結果這位聖安東尼勞倫斯聖約翰竟然是大學二年級的休學生。他唸的是除牛津與劍橋之外最難申請的學校，布里斯托大學應用數學系。他的大學導師原本相信他會以第一名的成績畢業，一年拿到碩士，接著取得博士學位，大學研究員的職位唾手可得。進大學前，他畢業於白金漢郡唯一的一所文法學校，所有的科目都是最高分。

「我最火大的是，」迪文說，「他腦袋那麼好，前途似錦，結果幹什麼去了，全丟光光？」

迪文和葛拉翰．彌林頓在食堂裡，大口吃著培根、蛋和薯條，先前搶來的那根香腸，讓他胃口大開。坐在他對面的彌林頓慢慢叉起馬鈴薯肉派。這派微波太久，餡變得和泥漿差不多。

「你也很想，對吧？」彌林頓問，「去唸個學位？」

「狗屎。」

「好吧，」彌林頓說，「這也算是個看法啦。」

迪文叉起一大口蛋和豆子，配著茶下肚。「我的看法是，他比我聰明這麼多，就該在世界闖蕩一下，賺更多錢才對啊，應該要比你我賺得更多。結果咧，我辛辛苦苦賺錢，還要繳稅啊國民保險什麼的來養他，就只因為他懶得工作。」

「這是他的選擇。」彌林頓說。

「靠我們養他？是喔，真謝謝他。」

彌林頓推開盤子，掏出香菸。不管微波爐如何摧殘肉派，肉餡裡的小軟骨永遠都像珍珠似的，怎麼都不會消失，這真是個人間小奇蹟，他想。「我們唯一感興趣的，」他說，「就是他發現亞斯頓的經過。然後我們就謝謝他，踢他走。」

「是啊，」迪文點頭，「真是個可憐蟲。」

◆

河道警察出動兩名潛水伕，搜尋特倫特橋兩岸，希望找到可能的凶器。到目前為止，找到兩把釣客常用的凳子，幾根丟棄的棍棒，萊禮自行車生鏽的車架，一個野餐藤籃，四把破損不堪的刀，其中一把在刀刃上有好幾個三角形的缺口。一輛兒童腳踏車，溜冰鞋，各種鍋盆，還有一座裝有五十幾個檔案夾的檔案櫃，八成是被某個心懷怨怒的職員從市政廳推下斜坡的。一把鋸短槍管的獵槍，後來證明和調查已三個月的格瑞戈里大道銀行搶案有關。但沒有任何一樣東西有助於亞斯頓命案調查。

◆

鑑識組拼合受害者頭顱與臉部碎片，確信凶器是上過亮光漆的器具，最有可能的是棒球棒，或類似的東西。雖然在英國打棒球的人相對較少，但近來也越來越多了。

而且還有血：量非常少，一開始沒發現，有另一個人的血混在亞斯頓的血裡。一旦分離出來，就可以透過數據日益成長的全國DNA資料庫加以比對。

◆

支援部用細齒梳搜查過現場。狗屎，菸蒂，丟棄的菸盒，速食外帶盒，用過的保險套，最後只找到兩件或許有用的東西：一捲TDK錄音帶，沒貼標籤，裡面錄的似乎是自家挑選的重金屬音樂；另外還有一只大尺碼的左手皮手套，很舊，指尖和掌心部份都已磨損。這兩件物品都必須進一步檢驗。

◆

犯罪現場小組提供了二十七組腳印給奈勒，都是在攻擊現場周圍找到的，但多半殘缺不全。腳印的位置圖尚未全部完成，但可以看得出來，二十七組腳印裡，有九組非常靠近屍體倒下的地方。而這九組之中，有五組似乎在屍體旁邊呈半圓形。其中三組穿的應該是慢跑鞋，一組是厚重的工作靴，還有一組可能是普通尺寸的膠底健走鞋。

◆

遭菲莉絲．帕蒙特的秘書成功阻擋大半天之後，克罕終於進到外辦公室，帶著一本維克拉姆．塞斯[1]厚達一千五百多頁的小說坐下，準備開始漫長的等待。

1 Vikram Seth，1952-，印度裔詩人、小說家。

◆

從柯索旁邊走過的女警翹著屁股，活像隻懷孕的母鴨，但他只敢在心裡這麼說，默默喝他的啤酒。這些盤問——盤問民眾和酒吧工作人員——都只讓他口渴。況且，只要隊上有女人，就得要管好嘴巴。

他知道一個月之前，其他警局的一名巡佐對女警講了幾句無關痛癢的風涼話，被她聽到，不到一個鐘頭，她就提出正式申訴，這可憐的傢伙馬上停職接受調查。

這天早上他還在報上讀到，蘭卡郡剛任命的第一位女性警察局局長，不到五十五歲，是開放大學的學士。主修什麼來著？心理學。柯索讀到，她的年薪超過七萬鎊。七萬！還有將近一億五千萬的預算可以運用。他想知道的是，這些錢有多少要花在設立托嬰中心？諮商療程？聘用矯揉造作的室內設計師來給偵訊室換上色調柔和的傢俱與窗簾，增添信任氛圍。

報上引述她的那句話是怎麼說的？這世界從來就不是男人的，只是男人自己這麼以為而已。嗯，她可就大錯特錯了，柯索不是以為，是知道。直到退休，到某家保全公司安身立命之前，這世界都還是他的。

要是眼前這個女警未來爬到最高的位子，那就得替她買把格外強化的椅子才行。不過，他倒是不介意和她翻雲覆雨。十分鐘前，她走進酒吧找柯索時，柯索正在倫敦路上的酒吧，趁空檔喝杯酒潤潤喉。特倫特橋與市區之間這段路上的酒吧，多半是足球酒吧，星期六不管是森林隊或郡隊主場球賽時，總是擠滿人。

「你要告訴我什麼，小可愛？」柯索問，「老闆不肯跟你談，對不對？」

「他談得夠多的了。我在意的是他沒說的。」她立即回嘴，一點也不猶豫。柯索喜歡。而且從口音聽來，她是本地人，曼斯菲德那一帶。「比方說，有兩扇窗戶破了，對吧？用膠帶貼起來，等人來修理。所以是最近才破的，對吧？我往外一看，看見兩張破椅子被丟到外面去。可是我一問，他就什麼都不肯說了。我想你應該可以從他嘴巴裡套出更多消息來。」

柯索點頭。「沒錯，謝啦。我馬上就去。」眨眨眼。「我很想請你喝一杯，小可愛，可惜你還在上班。」

她壓低聲音，免得吧台的其他人聽見。「要是我沒上班，就會給自己買酒喝。不過，還是謝了，小可愛。」

柯索不敢咧嘴笑，目送她離開酒吧，那個屁股啊，真像懷孕的母鴨。

◆

他走進街上兩家主要酒吧的其中一家。兩名穿工作服的男人坐在後窗旁邊。愛爾蘭人，柯索一眼就看得出來，從他們的五官，寬而高的額頭，頭髮的自然捲。這是家愛爾蘭酒吧？

他在高腳凳坐下，看見旁邊的房間裡，有個年輕黑人自己在打撞球。滿頭辮子，白T恤，寬鬆短褲，高筒運動鞋。噢，錯了，這是家族群平等酒吧。

「要喝什麼？」老闆慢慢從吧台盡頭走過來。高高瘦瘦，一張臉扁平得像兒童塗鴉，而不是真的五官。

柯索點了酒，看著這人把啤酒倒進杯子裡。等杯子放在面前，他才亮出警察證。老闆很慷慨地揮揮手，不收柯索的錢。

「你們有個人剛剛才來過。」老闆說。

柯索點頭。「我們聊聊星期六晚上吧。」他看見女警提及的破窗，就在那兩個男人坐的桌子旁邊，破掉的玻璃用褐色的膠帶貼起來。

「我已經告訴過她了。」

柯索嘗了口啤酒，皺起臉，搖搖頭。「要是你告訴她，現在就不用這在這裡和我大眼瞪小眼啦。如果你不告訴我，今天晚上就要和另外兩個人大眼瞪小眼。明天就變成四個，以此類推。」

他放下杯子，「你不會想要這樣的。」

老闆擠出一聲笑聲。「就為了破窗子、破椅子啊？」

柯索往前靠，近得讓呼出的氣噴在老闆臉上。「我們有個警官遇害，就離這裡幾百公尺。星期六晚上！」

「和我們又沒關係！」

「你何不說說看，」柯索說，「讓我自己來判斷呢？」

老闆把一個玻璃杯推到量杯旁，給自己倒了一大杯威士忌，喝了一口，手肘擱在吧台上，才開口說：「那幾個年輕人偶爾在有球賽的日子來。大多剃光頭。很吵，滿口髒話，但花錢很大方，所以我也就隨他們去。但是這個星期，其中一個和常來這裡的愛爾蘭人吵架。那些小子受不了黑人，更受不了愛爾蘭人。非常痛恨他們，不管愛爾蘭共和軍有沒有停戰，他們都可以拿來當藉口。這兩個人吵起來，互相推搡，你也知道那情形。後來其他光頭也攪和進來，一眨眼，整間酒吧就亂成一團，活像是沒了圍欄的拳擊賽。」他又喝了口酒，用手背抹抹嘴巴。「頂多只有十分鐘吧。」

「你報警了嗎？」

「拿我的執照開玩笑？不值得。就是因為這樣，所以我之前不想說。」

「你被警告過？」

「一兩次。」

柯索點頭。「這些年輕人你熟嗎？知道他們的名字？」

「你知道他們打哪裡來的嗎？」

老闆緩緩搖頭。

「不知道。不過要我猜呢，我會說是特倫特河那邊來的。」

「就只是猜？」

「恐怕是。」

柯索又喝一口啤酒，把還有酒的杯子推開。「拿去，」他從上口袋掏出名片，放在吧台上。

「要是你聽到什麼名字，或想起什麼事，就給我們打電話。」他眨眨眼，「這對你只有好處。有人在你門外盯著，沒什麼壞處，對吧？」

老闆目送柯索走出店門口，才一口喝掉杯裡的威士忌，又給自己倒了一杯。要仰賴像柯索這樣的警察，他想，就像明明沒買彩票，還想著自己會中頭彩一樣。

芮尼克從警司辦公室回來，琳恩攔下他，交給他比爾．亞斯頓生前最後二十四小時的活動與聯絡紀錄。

「差不多都齊全了，」她一副公事公辦的模樣，沒怎麼看芮尼克的眼睛。「只有一兩個地方還要補上。」

芮尼克飛快瞥了第一頁。「有什麼有用的資訊嗎？」

「恐怕沒有。他就只去了超市和園藝中心。此外就是游泳、遛狗。」

芮尼克點頭，匆匆翻過其他頁。是個不特別有趣的平凡男子，平凡無奇的一日。亞斯頓身上引人注目的，是他的死：他死去的方式。

「好吧，謝謝。」

「還有一件事，」琳恩說，「你記得你要我追查亞斯頓接的那通電話？不知道是誰打的那通電話。」

芮尼克滿懷期待看她。她把一張折起來的紙交給他。他打開來，看著上面的名字想了好久，才又折起來，塞進胸前口袋。

「還有兩通電話，打到亞斯頓辦公室，但沒人接。」

「很好。」就在琳恩轉身時，他又問：「你還好嗎？」
她點點頭，仍然沒正眼看他。「我想請一個鐘頭假。事假。」
「好。」
於是兩人就分道揚鑣，芮尼克沿著走廊回刑事偵查辦公室，琳恩走向樓梯。芮尼克想，她有句話說對了——儘管這件事讓她困擾，但並沒有影響她的工作。

◆

和史凱頓的會談並沒有太讓人振奮。他把希望押在亞斯頓衣服上採集到的血跡，因為那屬於另一個人的血跡，或許可以讓他們找到嫌疑人。但是珍·普萊斯考特查過資料庫裡所有的紀錄，比對過已知的血液樣本，什麼結果也沒有。沒有相符的。所以只剩下鞋印、錄音帶，以及希望渺茫得不能再渺茫的球棒。之後，他們就只能被動等待情報上門，等待某個聽到或看到比目前更多資訊的人出面告訴他們。當然，媒體的呼籲也帶來了一些回應，這些情報必須透過電腦查核處理。但是截至目前……
比爾·亞斯頓的命案純粹是意外？他只是在錯誤時間出現在錯誤地點的不幸被害人，或者案情別有動機？芮尼克思索著琳恩交給他的那個名字，很慶幸他已經見過克罕，討論史納普案的調查。倘若其間有任何關聯，他得想辦法梳理清楚。

◆

瑞格．柯索在他辦公室等他，拿個空馬克杯當菸灰缸。芮尼克略帶幾分誇張地先打開窗戶，然後才坐下，伸手指著椅子，要柯索也坐下。

「也許沒什麼，查理……」

「我可不認為，瑞格。要是你真的覺得沒什麼，根本就不會來。」

柯索露出他招牌的歪嘴微笑，把在倫敦路酒館裡的見聞說了一遍，當然少不了加上許多穢言咒罵。瑞格這個精明的警察，芮尼克想，蠻不在乎亮出他的偏見，眼神凌厲得像鋼條，諒誰也不敢輕言挑釁。像亞斯頓那樣的人——同樣的年齡，相同的資歷——很容易就被晾在一旁，遭人遺忘。但柯索太有價值，他的閱歷太廣，逮捕率太高。

「我找到住在堤岸的一個傢伙，埋怨說他週六晚上被吵得沒辦法看足球。他不是太肯定，但是他看見那些喧鬧的年輕人，很可能就是酒吧裡的那批人。不過，只是可能而已。還有其他幾個人的說法，我正在查對，或許可以確認。」

芮尼克想了想。可能性頗高，這是真的。「酒吧裡的打架，我們有沒有辦法知道是不是有人帶著棒球棒之類的東西？」
柯索瞇起眼睛，搖搖頭。「恐怕沒辦法。我們什麼鬼東西也沒找到。這些小鬼剛在酒吧裡灌了酒，大鬧一場，跑到馬路上。也許比爾訓了他們一頓，你也知道他是什麼個性。高尚，神聖，很可能叫他們閉嘴，規矩一點。我都可以想見那個場面，你應該也是吧？」
是啊，芮尼克想像得出來。他有過好幾次碰到比爾像上主日學那樣，對他講道。「你打算追查，瑞格，是吧？」
柯索靠在椅背上，指尖煙霧裊裊。「就像我說的，我還在查證幾件事。不過那些電腦跑出來的資料也不能耽擱太久就是了。」
「我會找葛拉翰談一下，看他能不能幫忙。不過這個酒吧老闆，你覺得可以從他身上再多挖出一些事情來嗎？他也許知道那些年輕人的身份？」
「很可能。我會儘量想辦法。」柯索眨眨眼，「在合法的範圍內。」
「迪文在足球情報部有個朋友，」柯索朝門外走的時候，芮尼克說，「也許值得去查一下。他們說不定知道這些小鬼是誰。」
「是喔，」柯索咧嘴笑，「我想他們不太可能是郡隊的球迷吧？」
柯索笑著走出門外，留下芮尼克站在辦公桌旁，回想上次看球時碰見的那些年輕球迷。他們在看台後面站成一排，國旗垂掛在他們背後的牆面，握緊拳頭，誰敢反對，就揚起拳頭咆哮，其中一個戴著巴拉克拉法帽遮住臉。他可以聽見他們尖銳年輕的嗓音，充滿忿怒。「絕不投降！絕不投降！」

看起來很像新聞影片裡的北愛爾蘭保皇派，而不是理當相安無事的季末足球賽現場。

◆

芮尼克走進大辦公室的時候，有兩個人在講電話。他和克罕的會面已經來不及了。第三部電話響的時候，正好回來的琳恩接起電話。

「琳恩．凱洛葛刑警。」她自動報上姓名，今天態度沒太過親切。接著，她把話筒遞給芮尼克。「找你的。」

他指著手錶，搖搖頭。

琳恩把話筒貼回耳邊，問來電人的姓名。「漢娜．坎貝爾。」她手掩話筒說。

聽到她的名字，芮尼克很意外，竟覺得自己臉紅了。他朝辦公桌走去，但又停步，改變心意。「告訴她，」他說，「我晚一點回電。」

「下午晚一點，還是……」

「也許傍晚吧。」

她意興盎然地看著他。「我請她留電話號碼？」

「不用，」芮尼克一面往外走，一面轉頭說，「沒問題，不用的。」

琳恩還是問了號碼，照章行事。芮尼克快步走下樓梯，很氣自己竟然覺得尷尬，彷彿回到二十三、四歲時那令他不快的感覺。

◆

為了和芮尼克見面，克罕穿上深藍色輕羊毛獵裝，褐色長褲，擦得晶亮的褐色皮鞋。近乎鏽色的深紅領帶，是他和吉兒第二次約會，也是第一次上床的一個月之後，她送給他的。

「這是為什麼？」他當時逗趣似的問她。

「滿月紀念。」

「我們決定認真交往的紀念日？」

「差不多。」

一個月之後，他送她一套白色內衣，兩旁綴有藍色蝴蝶結。他說剛好配她眼睛的顏色。她狠狠捶他一記，非常用力，他手臂上的瘀青好幾天才消褪。「我眼睛是褐色的。」克罕大笑。「我怎麼會知道？你的眼睛老是閉著。」

這一次，他把她的拳頭握在手裡。他們坐在吉兒的客廳，電視和音響都關了，如此一來，她的孩子若是醒來下樓，他們就會聽見。

克罕此時回想，覺得不可思議，在那樣的關頭，怎麼可能保持安靜無聲。就在這時，他看見芮尼克匆匆走上台階，穿門走向接待處。他以為他們會在中央警局的某個空房間裡談，但芮尼克堅持要走一小段路到市場。芮尼克喝完一杯濃縮咖啡，點了第二杯之後，才肯開口講話。克罕不太喝茶或咖啡，就坐在那裡看著，看著且等著，環顧周圍熱鬧進行的生意。

「好啦，」最後芮尼克說，「我們有什麼進展？」

克罕告訴他，菲莉絲．帕蒙特找了一百個理由，說她為什麼不能在公開之前先披露調查報告內容，然後又強烈暗示，在她看來，觀護所在安全方面並沒有重大疏失，而尼奇．史納普之所以自殺，純粹是心理問題。

「賈汀呢？」

「基本上很有戒心。前一分鐘懷有敵意，下一分鐘又說他想提供協助。」

「那他不反對我們再次偵訊當天晚上值班的兩名員工？」

「不反對，但是……」克罕微笑，「保羅．馬修生病了，很嚴重，賈汀說，不知道什麼時候能康復。另一個，伊麗莎白，呃，佩克，她休年假。」

「從什麼開始？」

「上個週末。」

芮尼克的第二杯咖啡迅即入口。「走吧，」他站起來說，「我想我們應該去拜訪一下賈汀先生。」

「要先打電話給他嗎？我可以……」

但芮尼克已經往外走了。「給他個驚喜吧。」

◆

布勒樂團和涅盤樂團的歌聲——在芮尼克聽來沒什麼不同，但克罕分得清清楚楚——從一扇扇門縫底下鑽出來。樓下較大的一個房間裡，兩個年輕人在打撞球，一面笑罵。其他人坐在旁邊觀賽，等待輪到自己上場。電視廳裡，有一部大型螢幕，是不久前用拍賣會收益買的，還有幾個孩子坐在破舊的扶手椅裡看錄影帶，是前一季的森林隊賽事精華。還好不是郡隊，芮尼克想，不然就沒時間做正事了。

賈汀只讓他們等了幾分鐘，就握手迎接芮尼克，表現得異常熱絡。「我們上回好像有點出師不利，但過去的就過去了，對吧？請進請進，請坐下，兩位。你們要喝什麼？茶？咖啡？礦泉水？」

芮尼克和克罕都婉拒。克罕坐下時，從外套內側口袋掏出筆記本，旋開筆蓋。賈汀臉上交錯的血管看起來比以前更明顯了，芮尼克想。他又看看牆上的照片，每年至少有一張。

「嗯，雖然報告還沒正式公布，不過看來調查報告應該會還我們清白。我們這裡的員工。」賈汀露出他最好的公關微笑，通常保留給偶爾到訪的中產階級家長或拜訪政府官員用的微笑。「我和帕蒙特女士談過，運氣不錯，她打算讓我們過關。」他突然前傾，雙臂擱在辦公桌上，不再微笑，表情嚴肅。「當然，這孩子的死仍然是個悲劇。」

如果他期待得到認同，同情，甚至是恭喜，那麼就完全落空了。芮尼克在椅子裡略往後靠，翹起腳，讓長褲皺了起來。

在芮尼克的凝視下，這位主任緊張地拍拍肩膀的頭皮屑，拉拉耳垂。他看看芮尼克，又看看克罕，最後目光回到芮尼克臉上。「呃，克罕刑警說你有些問題可能要問……」

「你的員工。」

「不好意思？」

「馬修先生和佩克小姐。」

「對不起？」

「我有些問題必須請教你的員工。」

「當然，如果……」

「馬修先生，以及佩克小姐或女士。」

賈汀一手指向克罕的方向。「我已經向這位年輕人說明過了，很不巧，他們兩位目前都不在……」

「不巧？」

「對不起，我……」

「你說很不巧？」

「是的，我……」

「不是太巧了？」

賈汀好像突然喘不過氣來。「督察，我不明白……」

「佩克小姐在休假？」

「沒錯，休年假。」

「早就排定好的假期？」

賈汀微微轉頭，看著貼在背後牆面的值班表，上面有各種顏色的註記和箭頭。「休假通常是要事先安排的，你知道，在年度開始的時候。」

「所以佩克小姐休假，並不是突然決定的？」

「噢，不是。」

但在芮尼克看來，表上標示她休假的綠色筆跡非常之新。他對克罕挑起眉毛，克罕立刻記在筆記本裡。

「我想，你也不知道她去哪裡休假？國外，也許？在家整修浴室之類的？」

賈汀搖搖頭。「我的員工，他們的私人生活……」他聳聳肩，彷彿一點也不關心這些問題。

「那麼馬修先生，」芮尼克暫時放過他。看見賈汀這麼不安，他頗為樂在其中。他通常不會這樣的，也不太明白今天自己為什麼會這樣。「我聽說他病了？」

「恐怕是。」

「拉肚子？流感？還是更嚴重的病？」

賈汀又專心拉著耳朵，然後摸摸頭髮，又飄下了一些頭皮屑。

「他是怎麼回事，賈汀先生？」

「我記得醫生的診斷證明裡提到神經衰弱。」

「因為尼奇．史納普事件的關係？」

「診斷證明裡沒說……」

「但這是可能的原因，你說是吧？」

「我不知道是不是應該揣測……」

「他是你的員工，你不應該瞭解他有沒有格外消沉？是他發現屍體的，不是嗎？我那天早上見到他，他好像很沮喪。」

「當然。保羅是個很有愛心的人，心思很細。」賈汀的目光緊張地掃向克罕，好像那支動個不停的筆讓他很不安。「碰上像這樣的事，他肯定會受影響。」

芮尼克點頭贊同。「所以你不認為有其他事情，其他原因，造成馬修先生的——你是怎麼說的？——神經衰弱？」

「是的。」

「比方說，他會不會擔心調查的結果？」

賈汀搖頭。「他不必擔心。他知道的。就像我說的，帕蒙特女士……」

「我指的是警方的調查。這位克罕刑警，以及亞斯頓督察。」

「當然不會。」

「那麼佩克小姐，就你所知，她會不會擔心亞斯頓督察發現了什麼？」

「就算有，她也沒在我面前表現出來。其實恰恰相反。我記得她接受問話之後，說沒她原本以為的那麼可怕。」賈汀露出信心滿滿的微笑。「我想你這位同事應該發揮了很大的功能。」

芮尼克點頭。「我明白了。所以你並不知道，她為什麼連打兩次電話到亞斯頓督察辦公室，還留了口信。也不知道在他不幸遇害的那天，她打到他家裡找他，講了將近四十五分鐘的電話？」

賈汀垂頭，閉上眼睛。你這個厲害的老傢伙，克罕看著芮尼克心想，你把這人釘得死死的了。

「賈汀先生？」芮尼克說。

賈汀太陽穴的血管開始抽動。「對不起，我對這件事一無所知。」他凝望芮尼克幾秒鐘，「我甚至不知道你說的是不是事實。」

「麻煩你，」芮尼克站起來說，「請把馬修先生和佩克小姐的地址、電話號碼交給克罕刑警。也請其他員工準備好，我不知道我需要找多少人問話，但先安排好，會比較省事。噢，你剛才提到的醫生診斷證明，也請影印一份給我。」

賈汀很生氣，但不太把握。「我不認為你有權利，督察……」

「賈汀先生，」芮尼克俯身靠近他，滿懷怒火。「死掉的不只是在你監管之下的男孩，還有一名調查死因的警官遇害。你認為我有沒有權利？」

# ◆ 28 ◆

琳恩剛開始接受佩特拉．凱瑞診療的時候，是在醫院的精神醫學部，位在醫院後方，靠近廚房的一個獨立區域。之後改在凱瑞醫師與其他幾位心理醫師共用的維多莉亞大宅，團體治療在樓下的房間舉行，個別諮商則在樓上進行。

她們會面的房間經過特別設計，所以琳恩坐下時會面對窗戶。這扇窗戶很高，望出去只看得見大街對面的樹梢、屋頂和天空。一大片天空，琳恩的這把椅子挺舒服的，上過亮光漆的木扶手，有弧度的椅背，還有好坐的椅墊。佩特拉．凱瑞坐在她對面，相似的椅子，恰當的角度，兩人之間的矮茶几上永遠都有鮮花。今天插的是黃色鬱金香，花莖已經有點彎曲，像天鵝的長頸。不管插的是什麼花，琳恩覺得房間裡總是飄著玫瑰花香。是佩特拉．凱瑞的香水，還是房間裡的香氛？

有時兩人都恰好沉默的時候，琳恩會轉頭看她的這位心理醫師。但多半時候，她都只是看著前方，目光追隨緩緩飄過的雲。

「琳恩，我們今天還好嗎？上次見過面之後，過得怎麼樣？」

每一次都是同樣的開場白，同樣沉默異常之久，琳恩才有辦法開口回答。她很清楚自己即將踏上的這條路有多麼脆弱易碎。「很好。我很好。至少我這麼認為。」

「你想告訴我發生什麼事了嗎？是什麼讓你改變心意？」

琳恩猜，佩特拉．凱瑞應該三十出頭，比琳恩大不了幾歲。她或許不是有意，但總是讓琳恩覺得自己年紀很小。琳恩認為是這個房間的關係，彷彿自己是被傳喚來的。這讓她想起唸書時，被叫去告誡的情景：琳恩，你知道我們對你期待很高。

琳恩思索答案的時候，心理醫師耐心等待，她只戴了一件首飾，就是左手手指上的寬版婚戒。

「我剛開始接手的案子，」最後琳恩說，「有位警官遇害。就是這個案子的影響。」

佩特拉點頭，「請繼續。」

琳恩說起她和芮尼克去拜訪受害者家人，以及瑪格麗特的忿怒反應。還有那個小女兒史黛拉，說她小時候一心想當女警，為了追隨父親的腳步，琳恩想。但史黛拉當年請教的是芮尼克，如今她主修森林和農業，以後想從事和樹木有關的工作。

很不尋常的，佩特拉．凱瑞竟綻開微笑。

「怎麼？」

「沒有，請繼續。」

「可是有什麼好笑？」

「沒什麼好笑。」

「那你為什麼笑？」

「我只是微笑。」

「為什麼？」

佩特拉．凱瑞用拇指和食指轉著她的戒指。「這個故事裡有很多線索。」

「告訴我。」琳恩說。

但心理醫師搖搖頭。「這不合程序。」

琳恩一面說一面想，覺得自己明白佩特拉．凱瑞為什麼覺得有趣了。事實擺在眼前，所有讓她困擾的問題。自從被那個病態人渣綁架之後，就一直在她心裡騷動不安的問題。那個人第一次和她講話，是在她離開父親治療癌症的醫院之後。當時她好擔心父親就要病逝了。現在這位比爾．亞斯頓，和她父親年齡相仿，被重擊身亡，留下妻子和一個家。妻子和女兒。那個想當警察的女兒。「噢，小琳！」琳恩想起她母親反對的哭喊，「不要，拜託，不要！」而她和史黛拉．亞斯頓不同，我行我素，仍然加入警隊。她父親一度生病，如今已康復。但琳恩和媽媽嘴巴不說，心裡卻默默等待癌症再度回來。

「對，」琳恩說完之後，佩特拉．凱瑞說，「沒錯。這一切都讓你困擾，類似的情況，回憶等等。你擔心父親的健康情況，怕他會過世，會離開你。而違背他們的期待，堅持要加入警隊，讓你有罪惡感，覺得這是造成你父親生病的原因。」

她們以前談過這個問題，一次又一次，關於琳恩的罪惡感。心理醫師想讓她明白，她父親罹病，並不是她造成的，沒有任何因果關係。他生病是琳恩無法掌握的。

「其他的呢？」佩特拉．凱瑞問。從外面傳來隱隱約約的旋律。佩特拉說過，有位心理醫師喜歡用音樂治療病人，讓他們躺在長沙發上，閉上眼睛，想像自己回到胎兒時期。

「什麼其他的？」琳恩問。

沒有回答。但房間裡也並非沉寂無聲，時鐘持續滴答響。五十分鐘，不算太長。至少在前面一半的時間是如此，指針彷彿停止，一切也隨之變得緩慢，幾乎完全靜止。然而最後二十分鐘卻像賽跑似的飛快。向來如此，心裡沉甸甸的壓力，讓琳恩拼命想要說什麼，但有時候又完全說不出話來。

「這兩個故事之間，」佩特拉．凱瑞，「還有沒有其他的共同點？你調查的這位死者和你自己之間。有沒有什麼共同點，是我們還沒談到的？」

「我猜你指的是他，對吧？我的上司。你想談的是這個。」琳恩幾乎要生氣了，臉頰泛紅。

「芮尼克督察。」

琳恩轉開視線。

「那個女兒，」佩特拉．凱瑞說，「我記得你說她叫史黛拉。你可不可以告訴我，她和芮尼克在這個故事裡的關係？」

「我想她很信任他。我的意思是，她去請教他當警察的問題，而不是去問她爸爸。雖然她爸爸也是警察。」

「你覺得為什麼會這樣？」

琳恩搖頭，微笑，笑意隱微。「因為他是她的父親。她隨時都可以看見他，非常平凡。」

「而查理．芮尼克？」

「他不一樣。他不是家裡的人，更……呃，我不知道，更不同凡響吧。因為不是每天出現在生活裡的人。」

「他和她父親差不多同齡？」

「大概吧。」

「史黛拉當時幾歲？」

「十一、二歲。」

「你覺得她當時暗戀他嗎？」

「噢，聽我說。」琳恩警覺地傾身，看著她的心理醫師。

「什麼？」

「我知道你希望我說什麼。」

「什麼？」

「聽著，我不是十一、二歲。」

心理醫師微微聳肩，露出安撫的微笑。

「而且我也沒有暗戀我的上司。不是這樣的，完全不是這麼回事。」

「好吧，」佩特拉．凱瑞鼓勵她說，「那是怎麼回事？」

「什麼事都沒有。」

時鐘顯示還剩兩分鐘，這是佩特拉的規矩，絕不超時。

「我不懂，」琳恩說，「為什麼最後總要繞回這個問題。」

「這是你的故事。」心理醫師靜靜微笑。「這是你今天想談的故事。」

佩特拉站起來，療程結束了。但琳恩還是坐在椅子上，盯著她看。「是因為我爸，因為我怕他死，所以我才會想到這些事情的。」

「我知道。」

「然後呢？」

心理醫師站在門邊，意有所指地看看時鐘。琳恩臉上的怒氣與挫折如此明顯，她忿然起身，拿包包與外套。

「這是你的故事，」佩特拉．凱瑞說，「那位女兒，不管基於什麼原因，很可能無法表達她對父親的愛，所以轉移到他的朋友身上。這人很像她父親，是她父親的理想版本。這是成長過程的正常樣態。小女孩都愛爸爸，也通常會把這樣的愛轉移到其他男人身上。因為到了一定的年紀之後，愛父親會有罪惡感，有違社會規範。但如果她想付出愛的這個其他男人，太像她父親，那她可能會陷入相同的困擾，最後也還是會有罪惡感。罪惡感是一種可怕的感覺，會從心裡吞噬我們，讓我們無法行動。」

外面的樓梯有人走動。琳恩走過心理醫師旁邊，朝敞開的門口走去。

「我們下個星期同樣的時間見。」佩特拉．凱瑞說，「如果你需要提前，也請打電話來。」

不知從哪裡傳出來的那個音樂，已經停了。琳恩走下鋪地毯的樓梯，半途轉頭。心理醫師的門已經關上了。

# 29

漢娜想出各種對策，讓自己不想這個有雙哀傷眼睛的高大男子。上班的時候比較容易。要同時應付三十個除了讀書之外，什麼都躍躍欲試的青少年，讓她沒有太多時間做白日夢。她引導尼奇的同學討論性別政治，最後證明是一場災難。和高三學生談她最愛的簡·安·菲利普斯[1]一篇描述舞者去探望臨終父親的短篇小說，她卻發現自己腦袋裡想著的不是作者文筆的簡練與自制，而是芮尼克走過房間時那異常輕盈的姿態。她知道無論該不該自制，她一有機會就會打電話給他。真的打了之後，得到的卻是琳恩·凱洛葛的制式回應，說督察在忙，晚一點會回電。漢娜覺得自己活該。

回到家，她給後院的花和盆栽澆水，給前院邊緣新植的灌木拔野草，還考慮要修剪草坪，最後她倒了一杯薄荷茶，拿出回家路上買的檸檬奶油餅，坐在前門台階上，流著汗讀瑪吉·皮爾希的書。書中主角拼命想抓牢不時出軌的丈夫，讓她覺得很生氣，但皮爾希就是希望讀者生氣嗎？

1 Jayne Anne Phillips，1952-，美國小說家。

她不知道。

屋裡電話鈴響的時候，她滿懷甜蜜期待，結果卻是她媽媽，聊得久到漢娜發現自己根本沒在聽，於是找了藉口，掛掉電話。

她從冰箱裡拿出冷凍焗烤磨菇，放進微波爐，倒了杯葡萄酒，開始列清單，看今天晚上她有什麼事要做，有哪幾通電話該打。

這葡萄酒物超所值。焗烤磨菇也很不錯。她想配麵包，但回家路上忘了買。她常在家附近的雜貨店買比斯吉，但他們家的麵包都是事先切片，不值得考慮。後來在櫃子深處找到燕麥餅，包裝得好好的，還沒失去口感。

她打了兩通電話，但那兩人都不在家，而她也沒在答錄機留言。第三通忙線，第四通不知為什麼突然掛掉。她在客廳不停切換電視頻道，五分鐘之後，關掉電視。這個時間要泡澡也不知是太晚還是太早。她應該看點書，聽音樂。她今天很反常。沒錯，她是和這個男人上過一次床，但這又不是像保羅去大馬士革[2]那樣。沒有眩目的天光，沒有驚人的啟示。只有心滿意足，舒適自在的性愛。她在ＣＤ播到〈Last Man Alive〉之前關掉音響，但隨即想起，她已經連續聽了三遍〈Baby, Now That I've Found You〉——這不是她小時候聽過的那個流行樂團的版本，而是艾莉森．克勞斯新唱的版本。「如今我找到你，嗯，唔嗯，我的人生繞著你轉。」真是瘋了，漢娜想。該去泡個長長的熱水澡，早點上床睡覺。

她剛把蜜桃沐浴精倒進浴缸，電話就響了。

「噢，」漢娜微微臉紅，「是你，」接著：「嗯，沒事。」然後：「你要過來嗎？」接著：

「不，不，半個鐘頭沒問題。來了再說，好，再見。」

天哪，她心想，試試水溫，滑進浴缸裡。漢娜，你是怎麼回事啊？

◆

結果芮尼克在接近社區入口下計程車，已經是將近一個鐘頭之後的事了。他沿著那條無名小街，再次經過瑪麗．薛帕陳屍的房子。如今，這座城市裡有太多地方，芮尼克就算轉開目光，也無法抹去腦海裡不由自主浮現的影像。

漢娜家大門開著，他的腎上腺素立刻開始加速分泌，怕是有人闖入，小偷，甚至更糟。但沒有，只有漢娜，正想把一隻橘貓趕走。貓咪在門階上駐足，轉頭看她，耳朵貼在腦袋上。

「不是你的貓，我猜？」

漢娜假裝打個哆嗦。「受不了牠們，特別是這一隻。」她一面說一面打量芮尼克。他刻意打扮

2 指聖保羅，他原認為基督教是異端，極力迫害基督徒，但在赴大馬士革途中見證基督神蹟，因而歸信基督，成為傳道使徒。

得不那麼正式，淺藍色襯衫最上面兩顆鈕釦沒扣，淺灰色長褲，外搭有點舊的深色格子外套。「沒多久之前，我有天半夜醒來，這隻鬼鬼祟祟的東西不知道從哪裡溜進來，反正呢，我聽見有聲音，非常輕的聲音，但就像有人在房間裡呼吸，結果是這隻貓，在我床上，躺在我身邊睡覺。」

「有人會覺得這是一種榮幸。」芮尼克說。這句話聽起來像玩笑話，雖非他的本意，但感覺像是迪文會講的話。「我的意思是，這隻貓，」芮尼克想挽回情勢，「一定很信任你，覺得在這裡很自在。」

「是啊，不過呢，和誰分享一張床的問題，」漢娜說，「我希望由我自己來決定。」

芮尼克俯身看那貓，但貓咪兀自清理自己，毫不理會。漢娜看著他輕輕摸貓的頭，想像他身穿亞麻西裝的模樣，有點皺，有點鬆垮，米白色的，不，是石灰色的。嗯，沒錯，像石頭的灰色。

她勉強微笑。「你顯然和我有不同的看法？對貓？」

「貓很討人喜歡，很獨立。」橘貓大聲喵喵叫，下巴滴下口水。「我是說，牠們有時候很吵，但很快就停了。但如果你不接近牠們，其實也無所謂。」

把這拿來形容男人也行，漢娜想。至少是她認識的某些男人。「你養貓嗎？」

他連眼神都是笑。「四隻。」

「四隻貓？」

「純粹是意外，我也沒想到會養貓。」

漢娜笑起來。「誰會意外養了四隻貓啊。」

「這個嘛……」

「有幾隻會睡在你床上？」

「呃，一兩隻。」

謝天謝地，是你到我家來，她想。「你不進來嗎？」她說。

◆

紅酒已經打開了。他們坐在客廳聊天。狹小的客廳因他倆而更形狹小。芮尼克問起她這天的情況，問她有沒有聽說有個警察在特倫特河岸邊遇害的消息。她說有，她聽說了。他告訴她，這是他目前正在偵辦的案子。

「這就是你的工作？處理這樣的事情？」

「你指的是命案？」

漢娜點頭。或許這也解釋了他眼睛裡始終揮之不去的某種神情。

「也不是一直都有命案。」芮尼克說，「雖然你可能常在報上讀到，但這樣的案件其實並沒有那麼多。不過，也沒錯，我的確常偵辦命案。」

漢娜往前坐，「但這不是會影響你嗎？我想一定會的。」就像馬克白也讓她深受影響。

「有時候會。看情況。」真正影響芮尼克的是這整件事，他所見的一切。人與人的相處，他們所做的事：他們在極端情況之下——罪惡感、無能為力、貧困與愛的時候會做的事。

「你的意思是說，你習慣了？變得——該怎麼說？——習以為常。讓你變得麻木，我想。」

芮尼克忖思，他真的想談這個問題嗎？「某種程度上來說，是的，否則你沒辦法做這個工作。」他很想上前觸摸她，但儘管有了上次的經驗，他還是不知道該如何開始。他覺得這樣盯著她的嘴唇看似乎有點罪惡感，所以低頭看酒杯，又喝了一口。

漢娜很感動，因為他如此羞怯。「給你一便士，告訴我你在想什麼，查理，我爸以前常這樣對我說。」

「你爸叫你查理？」

「不是，」她笑起來，「你知道我是什麼意思。」

芮尼克確實知道。「我爸也常這樣說，」他說，「只不過他說的是波蘭文。但我想意思是一樣的。」

「那你究竟在想什麼？」

他沒回答。

「不是凶殺案？」

「不是，」他搖搖頭。

漢娜放下杯子，站起來。

「只要你不是一到這裡來，就想著要和我上床就好了。」

「不，」他又看著她的嘴，這時是張開的。「這不是我在想的事。」
「很好，」她伸出手。

◆

他感覺到她在他背後挪動。她翻身時，肩膀碰到他，溫暖而光滑。在幾近漆黑的房間裡，他看看錶，竟然才剛過兩點。他還以為自己睡了好幾個鐘頭。

漢娜悄悄從被子底下伸出腿，坐起來。芮尼克發出一聲輕呼，輕撫她的背，順著皮膚一路摸索她的脊骨。她手指纏著他的手腕。

「別停，我不是要你停。」

他親吻她的手背，肩胛骨之間的肌膚，她的手則滑向他的胸膛。

「我去一下浴室，」她說。走到門口時又問：「你需要什麼嗎？」

他看著她，在天窗的夜光下赤裸身體，絲毫不忸怩，他就沒辦法像她這麼泰然自若。

「水，還是？」

「一杯水好了。」

◆

他們一起坐在廚房裡，把比斯吉泡進茶裡，心滿意足，沒怎麼講話。芮尼克衣著整齊，漢娜裹著睡袍，似乎已經將這一切視為日常了。

「發生的……」芮尼克說。

她一根手指壓在他唇上。「不要，查理，現在不要。」

他眼睛問著她為什麼。

「我們有的是時間。」

彷彿聽見某種提示似的，計程車停在屋後。

「也許你下次來我家？我可以做晚飯之類的。」他套上外套。

漢娜微笑。「那麼多隻貓。」

「噢，我還以為沒關係。」

她在門邊準備親吻他的臉頰，但他靈巧地轉頭，讓她吻上他的唇。計程車司機在巷子口按了兩次喇叭。

「這樣不是違法的嗎？」漢娜微笑。

「親吻？」

「天黑的時候按喇叭。」

他輕撫著她柔軟衣料下的胸部。「我該走了。」

「好。」

他低頭，親吻他剛才撫摸的地方。

她目送他走向燈光，內心已湧起一股熟悉的痛楚。

◆
# 30
◆

凱文．奈勒覺得，今天不是個好日子。就從黛比走出浴室的那一刻開始。她什麼話也沒說，但臉上的表情已經告訴他一切。她的月經準時報到，分秒不差。

「小黛……」

但她推開他，走到冰箱前面，拉開門，歪頭瞪著加味優格、剩下的檸檬派、生菜和包膜的乳酪，但其實什麼也沒看見。

「小黛……」

「走開！你走開！」

於是他一口喝乾杯裡的茶，抓起吐司，一面吃一面走上車。早晨的交通一如既往，令人抓狂。而黛比那無聲控訴的表情，彷彿一把刀戳向他，彷彿全是他的錯。

「也許我們該去看醫生。」黛比有一回說，「看看，呃，你知道的，他們是不是能做什麼。」

「我才不去看什麼醫生，幹，醫生！」凱文回答說。

「也行，」黛比笑笑，「如果你覺得醫生表現得會比你好的話。」

「去你的。」凱文也忍不住笑了。然而，情況並沒有改變。不管是當時，還是現在。

「別擔心，」她昨天晚上拉著他說，「你太擔心了，我覺得是因為這樣。我在《柯夢波丹》裡讀到過，擔憂會造成影響。你知道的，就是……呃……壓力。」

有時候他會忖思，她的說法或許是對的，因為在他們不想要寶寶的時候，上床一點問題都沒有。兩年繾綣無眠的夜足以證明。

彷彿怕他麻煩還不夠多似的，一走進辦公室，亞斯頓陳屍現場的腳印分析報告已經躺在辦公桌上等他。普通的健走鞋是八號，剛修補的橡膠鞋底和鞋跟，在任何一家快速修鞋店都很常見。工作靴是卡特牌，十號，很舊。本地有八個銷售點，天曉得已經賣出幾千雙。至於運動鞋，是耐吉室內運動鞋，羽毛球或壁球專用，腳趾下方有個腎形的鋸齒紋路，鞋跟部份另有一個紋路，像是拉長的心形。這鞋很新，至少是不常穿。這是耐吉最暢銷的鞋款，側面有一道彩色花紋，腳背另搭配撞色，美國尺碼十二號，英國尺碼十一號，歐洲尺碼四十六號。

「可惡！」奈勒把報告推到一旁說。

「怎麼了？」正要去洗手間的迪文問。

「沒事。沒事！」

「沒事就好。」

奈勒坐下，轉著一支鉛筆，抽出報告，重讀一遍。這一次更仔細看鞋底紋路，然後拿起電話開始撥號。

◆

迪文貼著小便斗站，一臉扭曲，想辦法不注意尿尿時灼熱的感覺。過去三十六個小時，灼痛的感覺如影隨形，不尿尿的時候，也甩脫不了已經罹病的念頭。

如果是在黑蘭花後面釣到的那個小騷貨傳染給他的，他一定要把她找出來，狠狠修理她一頓。

天哪！哎呦！痛死了！

是很痛，但不像昨天早上剛起床的時候那麼痛。他一大早迷迷糊糊起床撒尿，儘管眼睛還睜不開，卻也看見馬桶裡有血。不過最痛的還是後來去診所時，那個大塊頭的男護士——黑得像蛋糕上的巧克力糖霜——笑瞇瞇告訴他：「壞消息是，你得忍受一下這個，沒辦法。但好消息是，一下子就結束了，快到你不相信曾經發生過。好啦，儘量放鬆。」迪文還來不及抗議，他就把一根切片針插進他的陰莖開口，然後又拔出來。「完成了。」他還是笑咪咪的，拍了拍迪文肩膀。迪文還以為他就要發乖寶寶糖果了。躺在小隔間裡，迪文不敢相信自己的小弟弟經歷了什麼。

迪文一面拉起褲子，一面想，他的情況其實還不算最慘，只不過是一夜風流惹的禍。不像外面排隊等候的某些渾蛋，就算這次不是愛滋，下回也肯定是。那些自作自受的同性戀。迪文打個哆嗦，穿好內褲，拉起長褲拉鍊。把老二插進某人的屁眼……他覺得想吐。

迪文回到刑事偵查辦公室，正用口哨吹著〈When I Fall in Love〉曲調的彌林頓停下來，提醒他說，他們再過十分鐘左右，就得去查訪一名酒吧老闆。但是如果連瑞格．柯索都沒辦法從那人嘴裡套出人名和外形描述，彌林頓很懷疑他們運氣能更好。但這是非做不可的工作。誰都知道警察辛勤工作，本來就不一定能得到好結果。不過呢，有時候……

◆

夏恩．史納普自己辦出院，在德比路上，接近大學圓環附近，攔了輛計程車。他臉上瘀青未褪，鼻子也還需要包紮幾天，但以他挨的拳頭來看，這樣的復原情況算是比預期好了。

諾瑪以一個吻和擁抱迎接他，害他痛得皺起眉頭。彼德咧開微笑，從沙發站起來，和他握手，說歡迎回家，簡直把這裡當自己的家。

「他還要待多久？」夏恩在廚房問諾瑪，連嗓音都懶得壓低。

「別這樣，親愛的，」諾瑪說，「不要這樣嘛。」

「他媽的，」夏恩說，「我也不想這樣啊。」

不到半個鐘頭，他又出門了，媽媽問他去哪裡，幾點回來，他理也不理。他先搭上一班到市中心的公車，接著又轉搭到艾凱斯頓。從巴士站步行約十分鐘，就到了他的好哥兒們蓋瑞．何文登住的地方。

何文登常和夏恩混，週末一起喝酒，是個好夥伴。夏恩轉過街角的時候，何文登趴在屋子前面，地上鋪了條油漬斑斑的舊毯子，正在修他的摩托車。

「嘿。」夏恩說，「進度如何？」

「很慢。你的傷恢復得怎麼樣？」

夏恩咧嘴笑笑。「也很慢。」

他在光禿禿的前院站了好一會兒，假裝很有興趣。

「請你動手幫忙，大概也沒什麼用吧。」何文登笑嘻嘻說。

「大概吧。」

「那就進屋去吧，沒人在。你需要什麼就自己拿。」

何文登和他爸同住。他媽媽五年前就離家住進庇護所，後來搬到伯明翰，和一個長途貨車司機同居，那人很討厭蓋瑞。媽媽離家出走之後，他爸就搭上了在本地園藝中心工作的一個女人，現在住她家的時間比在自己家裡多，再加上他本來做的就是日夜輪班的工作。所以何文登現在也等於是自己一個人住。

他家是幢五〇年代的平頂房宅，位在死氣沉沉的社區，很多房子沒人住。負責維護的市政單位不太用心，牆壁粉刷草草了事，窗框旁邊一大圈沒漆到。而且屋頂是平的，一旦積水過多，就到處滴滲。

夏恩打開電視，頻道轉來轉去，沒真的在看。冰箱裡有四罐詩莊堡蘋果酒，他打開一罐，坐在折起來充當沙發的泡棉上，電視上有個人哇啦哇啦不知道在講什麼，夏恩連看都懶得看一眼。他抓起一疊漫畫，翻找到一本《超時空戰警》，從頭看到尾。在整疊漫畫書底下，他找到一本雜誌《秩序》。封面是黑底，印上一個白色的大骷髏頭。八成是蓋瑞以前熱中摩托車時期遺留的東西。當時的蓋瑞留長髮，身上的皮夾克油漬斑斑，好幾年沒洗。但是翻開雜誌，裡面有張照片是一群年輕人擠在鐵門外面，下方有文字說明：「大屠殺純屬虛構，C18」專家檢視謎團」。

他正要開始看內容。何文登就走進屋裡，一面用抹布擦手。

「噢，」他看見夏恩手上的雜誌，「你看見了。」
「我不知道你對政治有興趣。」夏恩說。
「有，」何文登聳聳肩，「一直都有。」

◆

芮尼克站在對街三明治櫃台前排隊，思索著這幾乎一無所獲的日子。他和克罕開車到保羅．馬修家，起初屋裡靜悄悄，他們以為沒人在，後來馬修的媽媽從屋後的側門走出來。一身黃洋裝的她，嬌小如鳥。她說保羅因為這件事很難過，那個可憐的男孩——芮尼克覺得她指的是諾瑪的兒子而非自己的兒子，但也不確定就是了。醫生開了診斷證明，說是神經耗弱，給他開了藥，要保羅請病假，好好休息。他去他最喜歡的阿姨家住了，在南威爾斯的羅塞里灣。也許芮尼克知道那個地方？芮尼克不知道。啊，那裡很漂亮，自然風光，在這個季節很安靜。海邊有助於恢復健

1 Combat 18，英國的新納粹組織，創立於一九九二年，標誌即為白色骷髏頭。

康。

「色盲。」克罕回到車上時說。

「什麼？」

「色盲。她只對著你講話，好像沒發現我在場。」

伊麗莎白．佩克當然也不在家。她家在威爾佛德巷，一幢仿喬治時代風格的新屋，門窗緊鎖。窗簾放下，警報器開啟（而且不只一個），正門還有雙重大鎖。鄰居認識她，但不熟。有一位鄰居知道她出遠門了，去渡假，但不知道是哪裡，也不知道她什麼時候回來。

芮尼克考慮過要派克罕到威爾斯去找馬修談談，但想想，應該先做好準備，同時出差費也是個問題。找比爾．亞斯頓談的是伊麗莎白．佩克，現在芮尼克也希望她和他談。他派克罕去查，看她名下有沒有車，然後也查問旅行社、東密德蘭機場、火車站，看能不能找出線索，知道她往哪裡去，何時回來。

芮尼克帶著三明治，正要回自己的辦公室，奈勒攔下他，終於讓這一天有了些成果。「長官，鞋印的問題雖然還沒有具體結果，但我讓他們再進一步檢視，大家差不多都同意，從靴子移動的壓力看起來，穿靴子的這個是主凶，對亞斯頓下重手的人就是他。」

「幹得好，凱文。幹得好。」

芮尼克正要咬第一口三明治，彌林頓就敲門，走了進來。

「運氣如何，葛拉翰？」

「不怎麼樣，他還是說不記得任何人的名字。不過他也同意到中央警局看幾張照片，也許可以得出一些線索。我找到一兩個星期六晚上在場目睹打鬥場面的常客。他們證實那些年輕人那天也在球場鬧事。看來是球迷。」

「好，葛拉翰。叫馬克聯絡他在足球情報部的好朋友，過來開個會。」

彌林頓才正要走出辦公室，琳恩‧凱洛葛就進來了。芮尼克不情願地把三明治擺回紙袋裡，收進辦公桌抽屜。

「我重新檢視過亞斯頓生前最後二十四小時的活動，」琳恩說，「還有一段時間沒有辦法確定。他星期五晚上和你在鷓鴣酒吧談尼奇‧史納普的事，但據亞斯頓太太說，他大約十一點半到十二點之間才回到家。」

「我九點半就離開了，他那時還有一點點酒沒喝完。」

琳恩點頭。「據亞斯頓太太說，他說他和你一直在酒吧聊天。這有點奇怪。」

芮尼克聳聳肩。「她也可能記錯了。」

「也許。但也有可能是亞斯頓騙她。」

芮尼克表情嚴肅。「如果是這樣，他肯定有理由。」

「我想，」琳恩說，「在進一步追查之前，我先去找亞斯頓太太，看她會不會更改說法。如果你覺得沒問題的話。」

芮尼克已經伸手拿電話了。「我先打電話給她，然後和你一起去。我們一起問她。」

# 31

史黛拉．亞斯頓身穿牛仔褲和寬大的毛衣，在門口迎接他們。垂在肩上的頭髮微濕，顯然是洗過，還沒全乾。她綻開微笑，讓芮尼克和琳恩進門。但是那抹微笑背後，有著掩不住的疲憊。

「媽才剛起床，」她說，「你們何不到廚房來？她正在換衣服，我想應該很快就會下來。」

史黛拉泡了即溶咖啡，有點不太自在地和琳恩閒聊，芮尼克走到一旁，看著窗外的花園。雖然他覺得草坪或許才剛割過不久，但應該很快又需要修剪了。

史黛拉端咖啡給芮尼克的時候，琳恩不由自主看著她，看見了她的神色稍稍改變，微笑也有些許不同。**你以為她暗戀他**，佩特拉．凱瑞說。嗯，有什麼不可能呢？也有其他人愛上他，琳恩確信。史黛拉的手指飛快拂過芮尼克手背，是不小心的吧。**小女孩都愛爸爸，也通常會把這樣的愛轉移到其他男人身上。但如果她想付出愛的這個其他男人，太像她父親，那她還是會有罪惡感。**這也是佩特拉．凱瑞說的。

去他的佩特拉．凱瑞！我也許該取消下次諮商，永遠不再去，琳恩想。

咖啡已喝完之後，瑪格麗特．亞斯頓才下樓來，站在客廳等他們。不管她在臉上撲了多少粉，他們都還是看得出來她這幾天以淚洗面。

「瑪格麗特，」芮尼克輕聲說，「你確定沒問題嗎？」

「是的，謝謝你，查理，我沒事。」

史黛拉坐在媽媽椅子旁邊的地毯上，伸手拍拍媽媽的手。

「亞斯頓太太，」琳恩說，「你記得星期六下午，你先生打了一通電話？」

「當然記得，有人打電話給他，然後他在玄關回了電話。」

「他為什麼要這樣做？」

瑪格麗特搖搖頭。「大概是前一通電話沒講完吧，我想。」

「是的，但是，他為什麼要到玄關去打電話？為什麼不就在原地打？既然是要打給同一個人。」

瑪格麗特看起來有點困惑，目光移向芮尼克，然後又轉回到琳恩身上。

「我的意思是，」琳恩不放棄，「直接拿起電話再打，不是最容易的嗎？」

「我確實沒想過這個問題。但我想，比爾一定有他的理由。」

「媽，你那個時候在做什麼？」史黛拉轉頭問。

「噢，我不知道。可能是在看書吧。嗯，沒錯，我是在看圖書館借回來的書，我不記得……」

「看吧，這就是答案，」史黛拉說，「爸不想打擾媽看書。就是這樣，沒有什麼好奇怪的。」

芮尼克和琳恩互看一眼。

「亞斯頓太太，我想你應該不記得，」琳恩說，「他是和誰講電話？上回我們來的時候，你說你不記得。」

她搖搖頭。「就像我說的，比爾沒說是誰。可是我想，應該是教會的人。他當傳道人已經好幾年了。大家都知道，查理，對吧？大家都知道。」

芮尼克點點頭，微微傾身。「瑪格麗特，我在想，你有沒有聽過伊麗莎白．佩克這個名字？」

她想了好一會兒。「沒，我沒聽過。希望你不是要告訴我，和比爾講電話的就是她。是她嗎？」

芮尼克點頭。「他打的是她的電話號碼。」

「她是誰？」史黛拉問，語氣開始帶著怒意。

「一位社工。她工作的地方，就是尼奇．史納普喪命的地方。」

「難怪，」瑪格麗特說，「難怪她要打電話給比爾，是因為調查。也難怪他和她講話要格外謹慎，必須保密。他對這類的事情向來很嚴格，即使是對我也不說的。查理，你應該也知道。」

「問題是，瑪格麗特，這只讓我們更加不解，他為什麼要和主要證人講這麼久的電話，而且顯然還不列入紀錄。」

「不，我相信他應該會記錄下來。」

「恐怕沒有。我已經找過他所有的文件、筆記，什麼都找了，就是找不到這段談話的任何紀錄。」

瑪格麗特．亞斯頓嘆口氣，整個人彷彿更陷進椅子裡。「史黛拉，親愛的，」她摸摸女兒肩膀，「我很累，你可以扶我上床嗎？查理，你不會介意的，我知道。」

芮尼克和琳恩起身，看著史黛拉扶媽媽站起來。芮尼克打開門，但就在史黛拉扶著瑪格麗特走過他身邊時，他又問了一個問題：「還有一件事，瑪格麗特。比爾星期五晚上幾點回來？」

她停下腳步。「半夜。十一點四十五或五十分。你應該知道的，查理，他和你在一起。我還記得他回來的時候，到我的房間，我那個時間當然已經上床了，他輕輕敲門，確定我還沒睡，然後坐在我床上，拉著我的手，說他晚上有多開心。查理，他喜歡和你聊天。我看得出來，他臉上有過去的神情。我已經好久沒這麼開心了，他說。我和查理．芮尼克，一起在酒吧裡。我今天晚上應該會睡得很好，他說，然後親吻我的額頭，道晚安。」

◆

芮尼克很反常地拿起鑰匙，坐進駕駛座。才開不到一公里，他就打方向燈右轉，停在一小排商店門前。琳恩以為他要下車，買份報紙還是喝的，但他任由引擎空轉，前臂擱在方向盤上。

「你覺得她騙我們嗎？」最後他說，「瞞著我們什麼？」

「沒有。」

「那她說的是實話？」

「是的，她說了她所知道的一切。」

芮尼克緩緩吐了一口氣。「如果她是在騙我們，如果她知道有內情，那事情還比較簡單。」

「如果有呢？」

芮尼克轉頭看她的時候，正好有個中年人從報攤出來，停下腳步，看看車，然後手裡拿著《郵報》慢慢走開。芮尼克看著他，忽然想到他自己和琳恩看起來是不是像搞婚外情的老少配？他自己也常看著旁人，驟下這樣的判斷。雖然有時很失禮，但他的直覺通常沒錯：又一對陷在棘手情網裡的戀人。

「你覺得是這個女人，佩克？」

「什麼意思？」芮尼克問。

「呃，你知道的……」

「他有外遇？比爾？」

「你不是這樣想的嗎？你覺得他有外遇。」

「可是和佩克？」

「為什麼不行？」

芮尼克搖搖頭，差點就要微笑。「他才認識她不到一個星期。」

琳恩露出微笑。「哎，」她說，「需要多久時間才行？」

芮尼克沒回答，轉頭看著擋風玻璃外面。他眼前所見，心裡所想的，是他第一次看見漢娜的情景：她從學校走向她那部有點舊的紅色福斯汽車，停下來和兩個吵架的孩子講話，理解但態度堅定；他找她講話的時候，她把公事包擱在車頂上，轉身面對他，那一頭微帶紅色的髮絲，那個微笑。

需要多久時間？

短短一瞬間——不是嗎？四年前，他想的會是蕾秋．夏普林。而在更久之前，他想的是伊蓮。

「問話的時候？」

「話是沒錯，」芮尼克說，「但我很懷疑在調查過程裡，比爾會有和她單獨交談的機會。」

芮尼克搖頭。「克罕從頭到尾都在。」

「那就是和調查有關，她有些事情沒辦法在問話的時候說。」

「因為她害怕？」

「有可能。又或者是她當時並不知道，後來才發現的事。」

「那比爾幹嘛打破他奉行一輩子的習慣，不把這件事記錄下來？」

他們看著彼此。三個七、八歲腳踩直排輪的小孩，低著頭，划動手臂，從他們車子旁邊滑過。

「你覺得是和私人有關的事？」琳恩問。

「我不知道。我猜是，但還是想不通。時間，管道……」

「也許並不是外遇，」琳恩說，「至少還沒發展成外遇。如果他倆之間只是有某種感覺呢？他們才剛要開始——呃，應該怎麼說——探索的感覺。」

「什麼？週末在他自己家裡，老婆就在旁邊的客廳？」

「有些人就覺得這樣才刺激，不是嗎？冒著被發現的可能性。」

芮尼克攤開手。「我不知道。」

「你不是認識比爾．亞斯頓？你應該可以判斷得出來吧？」

「沒辦法。」他搖頭說。

「他和太太有各自的臥房，對吧？」

「對。」

「他們分床睡。」

「嗯。」

「你知道他們這樣有多久了？」

「好一陣子了，我想。我不確定。但這樣也不代表什麼。」

琳恩微笑。「當然有什麼。」

芮尼克知道：發現伊蓮有外遇之後，他躺在他們的床上無法入睡，怕兩人因為意外或習慣而相互碰觸，那鮮明的想像畫面始終無法從心裡抹去。

在亞斯頓的人生裡又發生了什麼？芮尼克想。

「是性方面的問題，對吧？」琳恩說，「如果不是調查，那就是性。」她的微笑帶點憂傷。「通常都是。」接著，突如其來的：「我也差點因為這樣沒命。」

「那不一樣。那個人是精神病。」

琳恩扭開頭，但芮尼克還是清楚聽見她的聲音：「別忘了，一開始我也想要他。」

◆

他默默開車回市區。他要打電話到鷓鴣酒館，看員工還記不記得那天晚上亞斯頓待到幾點。
琳恩絞著手，心緒波動，緊張地咬著嘴唇內側。
「你還要回局裡，還是要我順道在你家附近放你下車？」
始終沒看他的琳恩，這時第一次轉頭盯著他看。「停車。」她說。
「不行，這裡不行。我要到……」
「查理，停車！」她上次叫他查理是什麼時候？
她急迫的語氣，讓芮尼克左轉再右轉，停在一條貫穿花卉蔬果批發市場的鵝卵石小路。他瞥她一眼，熄掉引擎，等待著。
琳恩沒再看他，呼吸有點困難。「這不是——我想這不是好時機。」
雖然芮尼克不知道她要說什麼，但又很怕她說什麼，覺得胃部冰涼。他閉上眼睛。
「你還記得，」琳恩說，「在綁架、營救，這些事情過後，有天我們喝咖啡的時候，我告訴你……」
「我想我記得，說吧。」其實他真正想說的是：別說了。
「我說我——應該怎麼形容——作惡夢，還是幻象之類的。你，我爸，他，那個壞人，全都混在一起。當然是因為當時發生的事情，或者後來可能發生的事，要不是你……」

「那不是我一個人的功勞。」

「要不是你救了我……聽起來有點誇張，我知道，但確實是你救了我。」

「琳恩。」他微微傾身靠近她，但她還是扭開頭沒看他。「不是我，也還有其他一、二十個員警。只是碰巧是我而已。」

她突然放聲大笑。

「怎麼了？」他嚇了一跳，又往後靠。

「我也是這樣跟心理醫師說。」

「她怎麼說？」

「可能怎麼樣並不重要，重要的是當時出現的是你。」

他看著她表情嚴肅的臉——雖然還有點圓，但減下的體重始終沒回來——褐色短髮，褐色眼睛。

「我很慶幸，」他平靜地說，「你平安無事。我很慶幸在場的是我。」

「是的，我知道。」她聲音很小，幾乎消失在過往的車聲裡。「我想我知道。」

他有股衝動，想拉起她的手，但知道不能這麼做。然而，她拉起他的手。「查理，我必須把這一切搞定，我知道我不能再這樣下去。最近以來，我只要靠近你就……如履薄冰。至少感覺上是這樣。」

「好吧，」芮尼克點頭，「那你想怎麼做？」

「什麼也不做。我想你不理解，我什麼也不想做。因為沒什麼可做的。」

「但是……」

她又捏捏他的手，然後放開。「我只是必須告訴你，我心裡的想法，當然不是全部，那些蠢念頭，但是我會想到你……」

「這沒關係……」

「查理，我想到要和你做愛，但我知道那是不會發生的。就只是我心裡的念頭而已。」

「琳恩……」

「我想我甚至不希望這樣的事情發生。不能真的發生，我知道。但我一定要說出來，一定要告訴你。因為我只要再埋在心裡，遲早會爆炸。」她低頭埋進手裡，「對不起。」

「你不必道歉。」

「不必？」她抬頭看他。

「不必。」

車裡空間狹小，很熱，讓人有點幽閉恐懼症。芮尼克感覺得到掌心、雙腿之間都汗水淋漓，連頸背的頭髮也濕了。除了有點慌亂之外，他也不清楚自己的感覺究竟是什麼。

「這樣啊，」琳恩突然笑起來，「我的心理醫師一定會很高興。」

「因為你把心裡的話說出來……」

「是的。」

「就可以拋開了。」

她轉身看他，他以為她又要拉起他的手，繃緊神經，不知道該有什麼反應才對。可是她再次轉身，微微前傾，瞪著擋風玻璃外面。

「你是這樣想的吧，」芮尼克聽見自己這麼說：「可以全拋開來？」

她又回頭看他，好似非常意外。「當然，不然有什麼好處？」

對面車道有輛車子高速駛過，敞開的車窗樂聲轟響。

「也是。」芮尼克說。

琳恩想要下車走路，沒特別要去哪裡，就只是想走路。但她坐著沒動，兩人都坐著沒動，等到呼吸恢復正常，等到芮尼克確信自己可以發動引擎，開車回市區。「鶥鴣酒館，」他說，「載你回去之前，我們可以先去那裡調查一下。」

◆

酒保記得芮尼克的朋友。芮尼克離開之後，他又點了杯淡啤酒，但離開的時候，那杯酒幾乎原封不動。他大概是十五分鐘之後離開的，頂多二十分鐘。

回到家，芮尼克反射動作似的先餵貓，煮了杯濃濃的黑咖啡，端到客廳。早上的咖啡還留在原處，一口也沒喝。他盯著那一排排唱片和CD，找不到想聽，找不到想放的。

靜寂之中，琳恩的話一個字一個字滲入他的思緒，無論如何努力，都趕不走。**我想到要和你**

**做愛，但我知道那是不會發生的。就只是我心裡的念頭而已。**

芮尼克走到電話前，撥了號碼。「我在想，我可不可以過來見你。」他說。

「對不起，查理。」漢娜的聲音聽起來遙遠且疲憊。「今天晚上不行，好嗎？」

「沒問題，就只是個念頭而已。沒關係。」

冰箱裡有蘇托力伏特加。他心想：瓶裡還剩多少酒？還可以撐多久？

◆

## 32

◆

芮尼克首先感覺到溫暖、柔軟、輕輕貼在他耳邊的，是一隻貓爪。頃刻之後，很近卻又不太聽得清楚的，是電話鈴聲。最後，在挪開巴德，輕輕把腳放到地板上之後，感覺到的，是許多個月以來頭一次宿醉，而且是很嚴重的宿醉。他眨眨眼看時鐘：六點四十九分。早該起床了。持續響個不停的電話鈴聲好像變得響亮了，他很擔心是有最壞的情況發生，雖然也不知道什麼是最壞的情況，連忙拿起聽筒。

「喂？」

「查理，是你嗎？」

「我想是吧。」

「我吵醒你了嗎？」

「沒，沒有。」

「你還好嗎？」

「嗯，為什麼問？」

「你的聲音聽起來像是在海底。」

「我有點睡過頭了。」

「聽我說，查理，我今天可以和你碰面嗎？不用太長的時間，也許午休時間，只要二十分鐘，半個小時。我想我們得談談。」

沒有回答。

「看你要約在哪裡都可以。」

芮尼克真希望自己腦袋清醒些，別像一袋晃動不止的水泥。「呃，我打給你……不，我會的，今天早上。很快。你什麼時候會在？……好，我在那之前打。應該在半小時之內。」

他站在蓮蓬頭下，水沖著身體的皺摺與平坦處，不住尋思，漢娜為什麼這麼早打電話給他，她有什麼急事非談不可。把洗髮精抹在頭上，瞇起眼睛，他再次擔心最壞的情況發生了。

◆

他不是昨夜唯一喝醉的人。警局入口擠滿清醒程度不一的人，很多還有著傷口和瘀血，每個人都同時開口講話，非常之吵。一名制服巡佐和兩名警員很有耐心的想把他們處理好。

芮尼克從他們中間擠過去，小心翼翼怕踩到血跡。他右手邊的走廊傳來值班巡佐的咒罵，因為有個被拘留過夜的傢伙吐髒了牢房。樓梯傳來的口哨版〈Little Brown Jug〉，讓芮尼克提高警覺，怕彌林頓又要展開他那快樂到讓人難以忍受的一天。走下樓梯的他確實很快樂，鬍子也掩不住他的笑容，喜滋滋地和大家分享格倫．米勒的音樂。剛才迪文才在刑事偵查辦公室說，某人今天早上肯定好好爽過了。

「老大在找你。」彌林頓語氣輕快，「新來的那個傢伙和他一起。至少我認為就是那個傢伙啦。噢，我訂好了十一點開會。和足球情報部的人，可以嗎？」

芮尼克繼續往樓上走。他在男廁打開冷水，潑了潑臉，然後才穿過走廊，到史凱頓辦公室。

◆

「查理，進來，進來。」史凱頓在辦公桌後面親切地說，「這位是文森刑警。」

芮尼克的第一印象是他長得高瘦，約一八〇左右，二十七、八歲，鬍子剃得乾乾淨淨，深色頭髮剪得很短，身上的淺色西裝有點皺，但和芮尼克的西裝不同，是刻意顯皺的時髦樣式，內搭橄欖綠襯衫，黑色針織領帶。

「這位是芮尼克督察，你要在他手下工作。」

兩人握手，文森抓力很輕，不過不失。

「長官好，我是卡爾．文森。很榮幸認識您。」

芮尼克點個頭，退開一步。文森仍然看著他。

「你知道的，查理，卡爾是從萊崔斯特調來的。算是升級吧，查理，可以這麼說。」

除非你支持的是森林隊[1]，芮尼克想。

「我已經告訴他亞斯頓命案的基本細節，查理，我知道你很希望他能盡快進入情況。」

「是的，長官。」

文森眼睛帶著微笑，意興盎然地看芮尼克怎麼應付長官。

「有什麼進展嗎，查理？有需要我轉達給總部的消息？瑞格・柯索報告裡的那些足球流氓，還是最可能的嫌犯？」

芮尼克思忖著該不該說出環繞在伊麗莎白・佩克身上的疑點，但想想還是有更多證據再說。

「好像是這樣沒錯。今天早上我們要和足球情報部開會，看能不能有更多消息。」

「有消息就讓我知道？」

「立刻。」

◆

1 諾丁罕有兩支足球隊，芮尼克支持的郡隊連年降級，不如森林隊表現好。

文森走在芮尼克旁邊稍微落後一步。「找到住的地方了嗎？」芮尼克問。

「還沒有。我從萊崔斯特一路趕來，想說先到處看看再決定。」

「你可以找我們的行政主管聊聊，她消息很靈通。」

「好，我會的。」

「馬上就要晨間簡報了，我會介紹你，也分派工作給你。」

「好。」他又說，然後微笑。「第一天總是很不容易吧？要找到方向。」

「你不會有問題的。」

「我會竭盡所能。」

走到刑事偵查辦公室外面，文森有點遲疑。「我在想，我應該怎麼稱呼您？長官？老大？」

「怎麼叫都行。」

他們一踏進門，辦公室馬上安靜下來。

◆

迪文端了培根堡、棕醬、吐司和加了兩包糖的茶坐下，還有一條留著飯後吃的巧克力棒。奈勒和琳恩．凱洛葛已經坐在食堂靠後的窗邊位子。一屋子菸霧瀰漫，嘈雜非常。

「好啦，」迪文把杯盤從托盤移到桌上，結果空托盤匡噹滑落地上。「有什麼事情是我不知道的？」

「我們在聊昨天晚上的《東區人》影集，」奈勒和顏悅色說，「你想知道什麼？」

「那沉默好詭異，對吧？」

「什麼意思？」

「你知道我指的是什麼。」

「是什麼？」

迪文伸手朝背後的門口方向一指。「那個傢伙，文森。他是個黑人耶，為什麼誰也沒說什麼。」

「他是嗎？」琳恩故作無知地說。

「沒想到你竟然會注意，馬克，」奈勒說，有點樂。「我想這就是為什麼。」

「反正，」琳恩說，「他的膚色也不算黑啦，只是淺巧克力色。」

奈勒點頭，「牛奶巧克力色。」

「就是這樣啊，」迪文嚼著滿口的培根堡，「我們應該會拿這件事說笑的。」

「噢，馬克，」琳恩說，「別這樣。」

「聽我說，」他拔高嗓音，「如果是其他事情，任何其他事情，讓他顯得不尋常……」

「例如？」奈勒問。

「我不知道，任何事情。好吧，比方說他是個女的……」

「你的意思是異裝癖？」

「不是，我指的是徹頭徹尾的女人……」

「噢，是喔，那還真的很不尋常，真的。」琳恩說，「看看周圍就知道了。」

「沒錯。不管是有條腿畸形，還是長了兩顆頭，我們都會大談特談，對吧？可是今天誰都沒說話，好像都沒注意。老大介紹他，歡迎加入團隊。就這樣。」

「不然要怎樣？」奈勒問，「這位是卡爾．文森。怕你們沒注意，提醒一下，他是黑人。」

「有何不可？」

「天哪。」

「馬克，」琳恩拉高嗓音說，「因為這一點都不重要。」

「渾蛋！」

「什麼？」

「你聽見啦，渾蛋！這當然很重要。」

「馬克，」琳恩說，「你有時候真的是滿嘴屁話。」

「是嗎？」迪文站起來，欺近她，一根手指戳向她面前。「給我聽好，對他來說，很重要。而且，我告訴你，對我來說，也很重要。」

兩人正劍拔弩張的時候，卡爾．文森端著一杯咖啡和兩片奶油吐司走過來。「可以和你們一起坐嗎？」

「請坐。」琳恩說。

「沒問題，」奈勒說，「拉張椅子過來。」

迪文一口喝乾他的茶，抓起剩下的培根堡。剛坐下來的文森轉頭目送迪文離去。

「每個警局裡都有一個這樣的人。」他緩緩搖頭說。

「只有一個？」琳恩微笑，「那情況肯定是改善了。」

◆

八〇年代是足球情報部最忙碌的一段時間。那時許多年輕人組成所謂的「企業」，投注大量時間和金錢在各大足球場上鼓動暴力。他們通常不在比賽現場現身，而是躲在火車站，在球賽開始之前或結束之後，伏擊外地來的足球迷。警員於是潛入地下，花好幾個月的時間建立可信的偽裝身份，滲透進最惡名昭彰的「企業」——切爾西獵頭者、兵工廠、牛津、樸茨茅斯、米爾沃爾。

隨著全座位式的體育場逐漸普遍，最受歡迎的餘興節目——突然惡意攻擊主場球隊球迷的「地盤」——變得不可能，而入場費的急遽上升，更讓許多年輕的足球流氓無法入場。但死忠的足球流氓轉換陣地，隨著英國球隊到國外惹事生非。情報部如影隨形，事先把已知的流氓名單通知其他國家警方，暴力行為雖然得以控制，但並未消失。被砸毀的酒吧和咖啡館，鎮暴水槍和棍棒，在在是明證。

「各位，」崔佛．伍曼說，「請看這裡。」

芮尼克和他的小組看著螢幕上的一群年輕暴徒，多半身穿襯衫，手拿國旗，從路邊的咖啡館突然冒出來，衝過寬闊的廣場。儘管有人數佔絕對優勢的制服警員，但警棍無法制止這些英國球迷在石板道和電車軌道上奔跑，追打每一個當地球迷。

「現在請看這個，」伍曼說，攝影鏡頭拉近，集中在五個年輕人身上。他們追上鎖定的落單年輕人，撲倒，拳打腳踢。伍曼暫停錄影帶，讓大家看見螢幕上一只靴子踢中受害者的頭。

「踢人的這個傢伙，」他指著螢幕說，「屬於切爾西獵頭者幫，和C18關係密切。我等一下會詳細說明。但請看這裡，左邊有小腹的這個是萊崔斯特寶寶幫。這個，正要揮拳的，是本地的森林執行幫。」

伍曼摁熄手上的菸，又點了一根。細長的金色打火機冒出高高的危險火花。

「這是兩年前在鹿特丹。但下面這段影片比較新，是今年二月。我應該不必告訴你們是在哪裡拍的。」

「都柏林。」迪文說，一臉厭惡。

「正確答案！就是這樣的場景，造就我們和愛爾蘭共和國的友好關係。」

畫面變成彩色，鏡頭瞄準後排的一個男人。他臉上戴著黑色頭套，只露出眼睛，站起來，轉身背對鏡頭，揮臂做手勢。剎時，暴動就開始了。手臂高舉，國旗飛舞，高聲吶喊：「絕不投降！絕不向愛爾蘭共和軍投降！」接著有人拆下排水管，丟向前方毫無防備的觀眾。

「是C18？」芮尼克問。

「沒錯。」

「你的意思該不會是，」彌林頓問，「都柏林後排座位的這些傢伙，還有剛才影片上在荷蘭逞暴的人，都和政治有關吧？」

「這個嘛，」伍曼說，「我很懷疑英國國家黨[2]會付他們薪水。不過情況是這樣的，」他頭後仰，噴出一口幾近完美的煙圈，「不管英國國家黨怎麼否認，C18都是執行者。你只要寫封信給《郵報》抱怨一下法西斯組織，或在你家窗上貼張反納粹貼紙，C18馬上就會登門拜訪。

「他們認為足球場就是戰場，利用足球作為宣傳的工具，透過都柏林、鹿特丹、奧斯陸的暴動爭取支持者，讓C18獲得最大的曝光，也讓他們可以在自己的雜誌《秩序》裡大吹特吹他們的成就。

「不同的是，他們的種族主義是真的：他們真心相信。大部份人完全是不假思索的這樣做。很多人對著客隊黑人球員丟香蕉，跳上跳下學猴子叫，卻沒有注意到他們支持的球隊也有三、四個黑人球員。他們很可能不認為自己有種族歧視。但他們的這個想法根深柢固，完全無法動搖。」

彌林頓往後仰，讓椅子前腳離地。「這種反愛爾蘭的態度，和我們調查的那家酒吧老闆所說

2 British National Party，英國極右派政黨，反移民，反多元文化，甚至被視為英國納粹。

的，很吻合。」

「確實。不過，我必須說，我們手上的紀錄並沒有顯示這些傢伙利用那家酒館當聚會場所。但是習慣會變，什麼都有可能。你們必須提供外貌描述，或名字，我才有辦法追查亞斯頓遇害那天晚上，他們有沒有在哪裡搗亂。」

「但是看起來這幾個本地足球流氓可能性很高，」芮尼克說，「我們可以繼續追查。」

「當然，沒問題。」伍曼從他的公事箱裡拿出兩個大信封，傳給芮尼克。「其中有幾個人很可疑，因為在錄影帶裡表現得很暴力。但其他的，好像還好。這裡有簡單的描述，以及他們的往來關係與地址，不過這些資料異動得很快。」

「他們之中，」芮尼克問，「有人和C18有關嗎？」

「有幾個。你可以和政治保安處談談，他們會詳查這個區域。」

芮尼克點頭，謝謝伍曼的協助。和政治保安處的本地分處聯絡，原本就是他優先要辦的事。不過，得等到午餐之後再說。

◆
# 33
◆

這天天氣晴爽，天空一片澄藍。他們沿著紅磚牆邊的步道，穿過墓園。石雕天使俯望他們，眼神空洞。芙羅拉，在世四個月。愛妻艾格妮斯．希達．珍安息。在他們下方，如迷陣般的墓碑與精心雕刻的碑文之間，有片平坦地面，再遠一些，就是林木聳立的植物園。

芮尼克在熟食店買了三明治和切片的山胡桃派。漢娜的袋子裡有柳橙汁、藍莓優格、紙巾、塑膠湯匙。他們事先說好了誰帶什麼。

「你還真的很懂要帶女孩到什麼地方啊，查理，我不得不說。」

芮尼克看看她，但她在笑。他已習慣她笑起來的時候，嘴唇右邊出現的皺紋。

「你想坐下嗎？」

漢娜看看手錶。「我們再走遠一點吧。你時間可以嗎？」

「可以。」

他們穿過大門，越過威佛利街，走在鳥舍和圍著矮欄杆的池塘之間，轉上通往音樂台的坡道，兩旁是晚春的繁花，金黃豔紫盛放。

漢娜接過他的三明治。不是太特別的餡料，就只是普通的藍莓醬火雞胸肉和雞蛋美乃滋拌水芹。芮尼克要拿出三明治前，突然擔心她會是素食者。還好不是，芮尼克想他們可以各分半個。

漢娜大口咬下她的那半份三明治，而芮尼克運氣好，在雞蛋滑出來的時候用手背擋住，才沒弄髒他的襯衫。他想，另一罐優格或許可以讓她帶回去下午茶的時候吃。

「好好吃。」漢娜說。

斜坡下方，有三個穿襯衫的亞裔男子在草地上鋪開報紙，坐下來玩牌。芮尼克滿嘴食物，只能點頭同意。

「你常吃這個？」

「嗯，大概吧。」

漢娜把吸管放進柳橙汁裡。「我還以為警察吃什麼都配薯條。再不然就是半夜吃咖哩，你知道的，就是那種吃起來都同一個味道的東西。」

聽她這麼說，芮尼克微笑。「也是有人這樣啦。看情況。」

她在長椅上轉頭看他。「你有個毛病，查理，就是被人拒絕的時候，沒辦法好好接受。」

「你指的是昨天晚上？」

「嗯。」

「誰有辦法？我只不過是想見你而已。」

漢娜輕輕搖頭。「查理，你心情很不好，我不知道是為什麼……」

「我……」

「無所謂，我不需要知道。但是你自己心情不好，就拿起電話。打給漢娜吧，她會讓我心情好一些，讓我暫時忘記心事。是不是這樣？至少是類似的想法吧。」

芮尼克把沒吃完的三明治擺在長椅上，她一語揭破他的想法，讓他胃口全失。「我以為……我的意思是，這樣錯了嗎？」

她輕輕摸著他的手。「我不是公共洗手間，查理。我不希望自己變成這樣。成天等待你的電話，提供服務，讓你釋放難熬的一天所累積的緊張壓力。」

「我沒有這個意思。」他說，而她也相信他確實自認沒有。

「前幾天晚上，我們上次見面的時候，你問我——我覺得你正要開口問——我倆之間的關係究竟是什麼。但我阻止你問，因為時機不對。我要說的是，我不希望我們的關係陷入這樣的模式：你隨時打個電話就可以過來，而不管你什麼時候來，最後我們都會上床。」

「可是這並不是……」

「我們之間的情況？」

「我認為不是。」

「噢，查理。」漢娜轉頭看著山坡另一邊的玫瑰花園，以及從克里米亞戰爭戰場拖回來、已發黑的卡農砲。芮尼克心裡有個聲音說，好吧，結束了，你不需要這樣，起身走人吧。

「我不知道，」漢娜又轉頭看他，看見他眼裡的憂心。「最後究竟會怎樣。但我有心理包袱，查理，和你一樣。」她微笑，幾近燦爛的微笑。「也許沒你這麼重，但我一向很小心。我知道看起來不像，但我確實很謹慎。我沒準備成為你生活裡的安逸小角落，讓你可以甩脫無法在日常生活裡消耗的多餘熱情。」她搖頭。「我不知道這聽起來有沒有道理，也不知道我說得夠不夠清楚。」

他摸著她的肩膀，小指貼在她頸上，其他手指輕輕搓揉她的皮膚。她有一身光滑肌膚。

漢娜等他開口，做出回應，但他沒說話。「你要怎麼做，查理？」

「你是說現在？」

她漾開一朵笑。「不，不是現在。」

「嗯，我想應該由你決定。」

「天哪，查理！」

「好吧，我想繼續見你。我想……我想找到方法，讓你覺得自在……」

「你不想把我藏起來？」

「不想。」

「變成你的小秘密？」

他堅定搖頭。「不。」

「很好，那就一起吃晚飯。星期五晚上。」

「好，地點……」

漢娜已經收拾東西，撢掉腿上的碎屑，準備離開了。「你決定。打電話告訴我想在哪裡碰面，好嗎？」

「好，好，沒問題，當然。」

「這個優格，」漢娜遞到他面前，「你要不要？」

「大概不要。」

她認命似的把優格放回袋子裡。「這個三明治，你該不會就丟在這裡吧？」

「我帶回車上吃。」

「你會吃得滿身都是。」

「嗯，」芮尼克微笑說，「媽媽般的呵護，是我們不需要的另一種習慣。至少我是這樣覺得。」

◆

芮尼克回到局裡的時候，克罕坐在刑事偵查辦公室，埋頭看《每日郵報》。奈勒在辦公室另一頭講電話。克罕一看見芮尼克，馬上就把報紙摺好，擺到一旁。「長官，伊麗莎白．佩克用美國運通卡訂了旅遊行程，是臨時訂的，到西班牙兩個城市，巴塞隆納和馬德里。」

「很好，應該不難追查到她的行蹤。」

克罕皺起眉頭。「恐怕有問題。旅行社很好心，幫我和她原本計畫在馬德里住的飯店聯絡。」

聽到「原本計畫」幾個字，芮尼克心往下沉。

「她飛去馬德里，登記入住，第一天參加了巴士旅遊，城市導覽之類的。但之後好像就消失了。」

「旅行社有沒有向當地警局報案？」

克罕搖頭。「他們顯然沒太在意。她留了張字條給導遊，說她並不是有什麼怨言，純粹只是情況和她想的不太一樣。她要脫隊，自己一個人去玩一個星期。」

「於是離開飯店？」

「當天下午就離開。」

「所以她有可能在任何地方。」

「我們應該和馬德里警方聯絡嗎，長官？還是國際刑警組織？」

芮尼克走向燒水壺，給自己一點思索的時間。他掂掂重量，確定壺裡有足夠的水，於是插電燒水。「我想我們要做的，是派你去羅塞里灣。」奈勒正掛掉電話。「凱文可以和你一起去。你們在保羅．馬修身上花點功夫，看能不能問出伊麗莎白．佩克究竟是什麼狀況，為什麼急著打電話給亞斯頓。現在就去，這樣你們傍晚就能到，好嗎？」

「是的，長官。」他本來答應要陪吉兒去庫奇俱樂部，這下只能想辦法彌補她了。他們在一起這麼久，她應該習慣他做的就是這樣的工作，連搭飛機都有可能在最後一刻改時間。

「凱文，」芮尼克說，「你的威爾斯語講得怎麼樣？」

◆

迪文跑上樓梯，活像隻體型過大的羅威納犬，眼睛瞪著前面擋路那人的腿。他急著想找芮尼克，一頭撞上苦思太太交待要買什麼回家的彌林頓。

「嘿，小子，」巡佐喊著，旋身拉住他的手臂。「你火燒屁股啦？」

「老大，」迪文氣喘噓噓，「他還在嗎？」

「他去找政治保安處的鄔爾默督察。才剛出去，你跑快一點，說不定可以在停車場攔住他。」

迪文轉身往下跑，一步三、四階，衝到門口，正好看見芮尼克的車打方向燈要右轉德比路。他高舉雙臂用力揮。

「你中樂透啦，馬克？」芮尼克搖下車窗問。

「錄音帶，老大。在亞斯頓遺體旁邊發現的錄音帶。」

「不是音樂嗎？你們所謂的重金屬？」

迪文還在想辦法喘過氣來。「唉，我送去實驗室，想說搞不好有線索。結果他們發現錄音帶重覆錄過，但之前的錄音沒完全洗掉，留下一些講話的片段，像演講。有個傢伙在談英國生育權，什麼白人力量之類的鬼話。」

1 威爾斯的傳統語言，一九九三年頒布的法律，賦予威爾斯語在威爾斯擁有與英語平等的地位。

「很好，」芮尼克不禁微笑，「很高興知道你也覺得這是鬼話。馬克，快上車吧。」

◆

察斯尼．鄔爾默督察是政治保安處本地分部的負責人，手下有兩名巡佐和十幾名警員。他態度親切，有點不拘小節，是個髮際線後退的大塊頭。他們一起聽錄音帶裡約十五分鐘夸夸其談的演說，間雜著喝采與各形各色的「天佑女王」呼聲。

「要是女王陛下知道這些渾蛋以她為名，」鄔爾默說，「肯定很震驚。」

芮尼克問他認不認得錄音帶裡的聲音。

「一時之間認不出來，而且這錄音效果也不太理想。如果可以留下錄音帶，我會要我的人再聽一聽，和我們已有的資料相互比對。」

「有沒有辦法知道是在哪裡錄的音？」

鄔爾默搖頭。「這是用他們自己的小錄音機錄的，英國國家黨或其他組織的人。應該是在本地，但誰知道呢？不過，以他們的標準來說，這演說不痛不癢。」

「我們沒辦法證明這錄音帶是攻擊亞斯頓的人落下的，但是綜合其他資訊來看，很有可能。這麼多巧合，不能忽視。」

「這個嘛，」鄔爾默拿起桌上的電腦列印資料，「我可以提供這附近的右翼活躍份子名單。曼斯菲德、蘇頓、艾凱斯頓、海諾，這些地區應該最有可能。所有和C 18有關的人都列在名單上。比對也列在調查名單上的人，或許會有收穫。如果查不到，那就只能查和足球有關的人。」

芮尼克收下名單，交給迪文。「如果我們決定採取行動，去敲幾戶人家的門，看看有沒有什麼收穫，你會有興趣分享我們的成果嗎？」

鄔爾默微笑，「感激不盡啊，查理。你分享的任何資訊，我們都樂於接受。」

「呃，我想的是更積極的參與。」

「需要貨真價實的人力？」

「只借用一兩天，如果你撥得出人的話。」

「明天一大早給我電話，看看我有沒有人可以支援，因為我們加班費短缺啊。我會給你答案的。」鄔爾默咧大嘴笑。「我恨不得有機會好好修理一下我們這些超級種族主義的白人朋友。」

他送芮尼克和迪文到門口。「上回我們登門查訪，找到了製造炸彈的工具，和從伊朗偷渡進來的俄製來福槍。」

◆

蓋瑞・何文登減速，讓摩托車順著小彎道來到盡頭的法蘭克・米勒家外面。幾年來，他常星期六和法蘭克一起去看球賽，特別是在客場舉行的球賽，他們都不想錯過。賽前喝幾杯，賽後再多喝幾杯，見見其他人。有時候情況會變得棘手，但還是很值得——這個法蘭克，他不知道自己多麼強大。

「到了。」何文登摘下安全帽，對著這幢紅磚樓房點個頭。房子是兩層樓，正門緊貼街道，毛玻璃上貼著手寫的告示，叫訪客繞到後門。

夏恩手拿何文登借他的安全帽，等他停好摩托車。

「法蘭克？」何文登推推後門，和平常一樣，一推就開，並沒上鎖。有哪個人會蠢到去偷法蘭克・米勒？

「法蘭克？我是蓋瑞！」

「在這裡！」屋子靠前的房間傳來音樂，放得很大聲的搖滾樂。

何文登進屋，頷首要夏恩跟他來。後門進來是廚房，爐子上有發黑的鍋子，馬克杯和盤子堆在水槽裡。舊報紙攤在桌上，堆在地上。還有一些關於英國皇家空軍、福克蘭群島與第二次世界大戰的書。

「他很愛看書？」夏恩問。

何文登沒回答。

法蘭克・米勒站在客廳正中央，赤裸上身，背部與胳臂有刺青：聖喬治與英國國旗。他把房間裡僅有的一張皮沙發推到牆邊，用單手做伏地挺身。電視直接擺在地板上，錄放影機、四聲道立體音響堆疊到天花板。這時播放的是薩克森樂團的〈Gods of War〉。

米勒調低音量，但也沒小聲太多。他對何文登咧嘴一笑，朝夏恩點個頭。「啤酒？」他問。

「好。」何文登說，「謝啦。」

「你去冰箱裡拿兩罐來吧，夏恩？」

夏恩才離開房間，米勒就一把抓住何文登兩腿之間，用力扭。「你們兩個搞什麼？」米勒壓低嗓音說，「整天膩在一起，活像一對死同志。」

「天哪，法蘭克，放開！」他痛得快掉下眼淚，「才不是這樣！」

「他媽的最好別是！」

「是什麼？」夏恩倚在門口問，手裡拿了三罐啤酒。

「他媽的不干你的事。」

夏恩瞪著他，米勒也瞪回去。你這個肥佬，夏恩想，你還以為我像其他人一樣怕你咧，你遲早會知道才不是這麼回事。

「有問題嗎？」米勒走近他半步問。

「大概吧，怎樣？」

「那是怎樣？」

「那個，」夏恩指著音響，「他媽的太吵了。」

「才不，」米勒哈哈笑，「那是薩克森樂團，他們最棒。」但他還是轉小聲，夏恩丟了罐啤酒給他，三個人坐下來喝酒聊天，一切都很酷。

◆ 34 ◆

調查的日子一拖長，比爾．亞斯頓遇害的現場照片大有可能成為專案室的裝飾品，很少有人會多看上一眼。如今有了政治保安處和足球情報部的具體情報可以追查，有可疑的嫌犯成為目標，腎上腺素再度分泌，士氣高昂，交談聲喧嘩響亮。除了原本的命案調查員警之外，政治保安處加派六名人手，支援部也多派六個，所以總共多了十二個人力——其中有兩名是風化組來的，莎朗．嘉納是其一。

地圖上，以市中心為圓心，向外畫五十公里半徑的圓，以三種不同顏色的大頭釘標示訪查對象所在的位置：藍色是往北的曼斯菲德地區，綠色是往西的艾凱斯頓，紅色是市區內的地址。莎朗和琳恩．凱洛葛一起在瑞格．柯索手下，負責綠區。葛拉翰．彌林頓督導紅區。芮尼克邀請察斯尼．鄔爾默來做簡報，並負責藍區。

「我們要找來問話的人，」鄔爾默說，「有些可能會讓你們意外。有些人看起來就像守法的保險業務員，有個做兼職工作的妻子，還有兩個很乖的小孩。和你想像的完全不一樣。但這並不表示他們沒訂閱教人按步驟做紙炸彈、還告訴你該寄去哪裡的那本雜誌。有時候，門一打開，看見三條狼犬，和牛仔褲頭出一截刺青啤酒肚的大塊頭，你心想，好喔，死肥佬，看我怎麼收拾你。但別被他們的外表騙了。這些人——有些人——是可以操縱整個同溫層網絡的，不只在我們國內，甚至涵蓋整個歐洲大陸。別低估他們，也千萬小心那些該死的狗。」

芮尼克在笑聲中往前站。「請記住，我們沒有搜索令，不能強行進屋。我們要做的是問問題，建立起連結關係——亞斯頓遇害那天晚上，他們人在哪裡，他們在哪裡喝酒，他們的哥兒們在哪裡？」

「但是如果你們進到屋裡，」鄔爾默說，「他們邀你們進去，你們必須保持警覺，放亮眼睛，任何政治保安處可能有一絲興趣的東西，我都要知道。」

「好了，」芮尼克說，「還有任何問題嗎？」

沒有。不到三分鐘，一屋子的人就走光了。但芮尼克心裡有隱隱騷動的疑問。他知道情況證據指向隨機行凶——那圈腳印，那重擊的力道——而且那天附近還有一幫喝醉酒的傢伙，有暴力傾向的年輕人，就在那個時機點——然而……然而他還是甩不掉心裡的念頭，覺得亞斯頓遇害有可能根源於更為特殊，更為個人的原因，並不只是剛好碰上壞運道而已。

芮尼克看著牆上那幾張模糊的黑白照片。他認為亞斯頓的遇害別有原因，難道只是他個人的情感作祟，沒別的道理？他看看手錶：克罕和奈勒隨時可能和保羅・馬修聯繫上。他們並沒有完全排除其他的調查途徑。

◆

克罕和奈勒在斯溫西舊碼頭附近的旅店過夜。這裡是新興的湖岸景點，有一排排漆彩斑爛的公寓和歷史步道。旅店老闆娘堅持要給他們吃蛋、培根配熔岩麵包。「非常細密，你看。是本地特有的！」無論這是什麼，奈勒想，他都覺得不是麵包。黑呼呼的，有點黏，吃起來像螺肉。走出大門，步入晴朗的春日早晨，他們看見山與海。羅塞里灣沿著葛沃半島延伸約二十公里。

保羅．馬修的姨媽一如預期。她家位在羅塞里灣北端雷金尼斯村外小巷道尾端，屋旁兩輛老舊的汽車，周圍長滿刺蕁麻。一輛沒有牌照，但顯然還在開的廂型車停在側門邊，兩條牧羊犬對著他們齜牙咧嘴狂吠。

姨媽走到院子裡來，穿著拖鞋的腳嚇跑了四處遊走的雞。歲月在她臉上刻畫皺紋，小小的髮髻垂下幾縷稀疏的髮絲。她身穿印花洋裝，裹著圍裙，嘴裡嘟囔著威爾斯語。

「你們該不會是迷路了吧？」她突然換說英語。

他們解釋拜訪緣由之後，她堅持要請他們坐下喝茶。她說保羅一早就出門了，大概是去海灣吧。來這裡之後，他常常到海灣散步。

「那孩子有點不對勁，」她告訴他們，「腦筋有點問題。噢，我不是說他瘋了，並不是。但是有煩惱。」她露出微笑，滿懷希望。「既然你們來了，應該可以幫幫他。」

他們在一處懸崖找到他，海鷗在他頭頂上隨氣流翱翔，飛向位在岩塊正面的窩巢。

奈勒頓時擔心起來，怕他會跳崖，但他就只是站在那裡，瞪著一艘貨櫃船模糊的暗影，逐漸消失在橫跨南北的海平線上。

「馬修先生，」克罕輕聲說，不想嚇到他。「保羅。」

他看到克罕出現在面前，似乎全不意外，對克罕和奈勒點個頭，就又轉頭望向大海。風開始變大，波浪頂端湧現一層白色泡沫。在海平線上的那艘貨櫃船看起來動也不動。

「保羅？保羅，這位是我的同事，奈勒刑警。我們需要談一下。」

「可是我們不是已經……」

「我們得再談談。」

「尼奇的事？」

「是的。」

馬修遠眺那條分隔大海與天空的鉛灰色海平線。「賈汀先生知道嗎？」

「我們來找你的事？」

馬修點頭。

「他不知道。你所說的一切，都只有我們知道。我保證。」

「因為他警告過我，我們每一個人，說除非有他或律師在場，否則不可以和你們談任何事情。他……」

「可是他不在這裡，保羅。」克罕安撫他，「看看四周，他不會知道的。」

馬修帶他們到孤伶伶的一家小店，油漆斑駁，老闆從倫敦東南區退休之後，搬到這裡來賣罐裝飲料。但那些飲料的牌子，克罕和奈勒聽都沒聽過，而茶則是從一只老舊銀壺裡倒出來的。

他們坐在戶外搖搖欲墜的長凳，避開海風的位子。

「我一直在想他，」馬修說，「眼睛不管轉到哪裡，都會看見他。」

「你說的是尼奇？尼奇．史納普？」

「是我發現他的，你知道。是我，發現的人是我。」

「我知道。」克罕點點頭。

「我不該把他放下來的。那條毛巾，是我解開他脖子上的那條毛巾，把他放下來的。」他的眼睛彷彿小黑鳥的一雙翅膀，一刻也不停地拍動。「我嚇壞了。很害怕。我覺得你們無法理解。」

「保羅，」克罕說，「我們懂。」

馬修看著他，知道這是謊言。「現在都無所謂了。」

「保羅，」奈勒說，「我們想問你……」

「我抱住他，你知道，我抱住他，像這樣抱在胸前。」他張開雙臂，摟住想像中的男孩，輕輕貼在胸前。「他身體還有溫度。」

奈勒瞥了克罕一眼。「他還活者？」他問。

馬修哽咽，猛搖頭，搖得越來越激烈，像掛在一條繩子上不停擺盪似的。「我不知道。」他一遍又一遍：「我不知道。我不知道。我不知道。」

奈勒尷尬地拿出一包面紙，抽一張給他，然後又一張。克罕進店裡再點一杯茶，這次加了三包糖，更甜一點。

十分鐘之後，他們一起散步，克罕和馬修併肩，奈勒落後幾步。我應該帶黛比來這裡的，奈勒想，找個週末讓她媽媽幫忙看小孩，到像這樣的地方，遠離一切。這裡感覺很不同，非常放鬆。

「伊麗莎白・佩克，她那天晚上值班？」克罕問，「你們兩個一起，對吧？」

「沒錯，向來都是這樣的。」

「叫救護車的是她，我記得你這樣說？」

馬修點頭，沒錯。

他們開始上坡，步道常有人走，野地邊的泥土被踩得泛白。

「保羅，你想，她有沒有任何理由和亞斯頓督察聯絡？私下打電話到他家。」

馬修猛然停下腳步，還在做白日夢的奈勒差點撞上他。

「伊麗莎白，你不知道她要和亞斯頓督察講什麼？」

馬修愣住了，有點茫然。西邊一群海鷗嘈雜地追逐一隻落單的烏鴉。「她這麼做了？」

「是的，談了很久。不管談什麼，肯定有很多話可說。我們在想，你會不會知道她和他談什麼？」

「我想，」馬修說，「我應該回去了。我不能走太遠。我狀況不太好，你知道的，我不太好。醫生……所以我才會到這裡來。我阿姨……」

他轉身往回走，奈勒站在原地，不急著讓開。

「她知道什麼，保羅？尼奇的事情嗎？她之前沒告訴別人的事，肯定是這樣。」

馬修搖搖頭，想要繞過奈勒旁邊，但他左邊是陡峭的懸崖，右邊是雙手抱胸，面露微笑的克罕。

「保羅？」

「什麼？我……」

「你可以告訴我們。不管伊麗莎白要對督察說的是什麼——告訴我們，保羅。她要說什麼？她知道什麼？」

馬修往後退，轉身面對海崖。一腳踢著崖邊粗長的草，一臂高舉，就在俯身的那一瞬間，奈勒攔腰抱住他，把他拖回來，力道之大，讓他差點喘不過氣來。奈勒和他一起倒地，滾到步道旁邊，今春剛剛冒出芽的灌木叢裡。

「抓得好，」克罕對奈勒說，然後扶馬修起來，說：「你還好嗎？在這樣的步道上得要小心一點，稍微踏錯一步，就……」

馬修眼裡噙著淚，但強忍住不落下。

「來吧，」克罕說，「我們回去說？」

◆

如同瑞格．柯索後來啤酒下肚之後說的，這段美好的春日，他們日日敲門面對的滿屋髒臭酒氣，就連桂冠詩人也會辭窮，無法形容。確實是。

他們提出的問題，得到了或迂迴，或謾罵，或禮貌的謊言，無數次被轟出門，叫他們別多管閒事，有一回，一桶甚似尿液的微溫液體從樓上窗戶倒下，和著一聲惡毒的叫嚷。

這樣的場景，喬叟應該可以應付得來。

或者迪文。

迪文碰上的是個二十一歲的失業男人，和十七歲女友，以及他們的兩個孩子住在艾胥菲爾德的柯克比社會住宅。這人滔滔不絕講個沒完。「你，」他一根手指指著迪文的臉，「你應該覺得丟臉，知道為什麼嗎？到處找人麻煩，就因為他們表現出愛國心？他們勇敢捍衛自己的國家，不是嗎？你知道我在說什麼吧？我說啊，你看看四周圍，好嗎？這一家家店的老闆是誰？巴基斯坦佬，對吧？到處都是老巴和老黑，真是該死！還有愛爾蘭人……老天啊，我恨死他媽的愛爾蘭佬。奸詐，殺人不眨眼的王八蛋。我的意思是，你看看這個國家，這個國家以前那麼偉大，是吧？看看地圖，看看他媽的老地圖，我們以前擁有半個世界，甚至四分之三，結果現在什麼都沒有。而我，像我這樣的人，只有我們站出來，希望有人聽見我們的聲音。因為我們在乎，好嗎？我們在乎這個他媽的國家。這是你們的驕傲才對吧？我們在乎，而且我們不怕表現出來，而你，你和你的那些夥伴，應該和我們站在一起，肩併肩，恢復我們國家的光榮，沒有黑人、巴基斯坦人和猶太人的國家。結果你們卻到處騷擾我們？你真該他媽的覺得丟臉！」

他兩眼發光，吐了口痰，就在迪文雙腳前面幾公分的地板上。迪文聽他說，想了想，決定不再說什麼，因為這傢伙講的也不能說沒有道理。

◆

琳恩・凱洛葛和莎朗・嘉納差點就要放棄，不再想辦法叫屋裡的人開門了。這是街尾的最後一戶，也是唯一一家草坪有機油污漬的屋子。莎朗拇指朝下一比，轉身要走的時候，聽見門裡傳來拖沓的腳步和講話聲。

開門的是個穿背心、牛仔褲的小個頭男人，一面搔癢，一面打哈欠，眨著彷彿睜不開的眼睛。

「不好意思，吵醒你了。」莎朗說，表明她和琳恩的身份。「我們要找蓋瑞・何文登。該不會就是你吧？」

他不自覺地搔著兩腿之間，搖搖頭。「當然不是。你們要找的那個小子不在。」

「去哪裡了？」

「我怎麼知道？」

但越來越近的摩托車聲，給了她們答案。片刻之後，何文登腳跨下摩托車，夏恩早已下車，站在哪裡拼命想，該死的法律又要給他們冠上什麼罪名了？

真相立即大白。

「蓋瑞，能不能告訴我們，」琳恩說，「上星期六晚上，你人在哪裡？」

「家裡。」他回答，一點也不遲疑。

「上個星期六，」他爸爸說，「我根本沒看見你。」

何文登臉紅了起來，搖搖頭。「我說的是夏恩家。看了幾部影片，吃了咖哩，對吧，夏恩？」

「沒錯，」夏恩說，「我們在一起。」

「你確定？」琳恩往前一步，用最淩厲的眼神盯著他看。

但夏恩不畏怯。「我不是說了嗎？當然確定。」他那惡狠的眼神，彷彿吃定琳恩不敢說他騙人。

「好吧，既然是這樣，」琳恩說，「那我們也要記下你的姓名地址，說不定我們哪天需要查核。」

◆

「夏恩．史納普。」芮尼克說，「有意思。」琳恩和莎朗先向瑞格．柯索回報，接著向芮尼克報告。三人在他的辦公室裡，窗外的天空夜色漸濃。

「從摩托車後座下來。」琳恩說。

「是啊，」莎朗說，「還為何文登提供不在場證明。」

芮尼克看著這兩位女警。「你們不相信他？」

莎朗搖頭。

「我絕對不相信何文登。」琳恩說，「徹頭徹尾的騙子，如果你問我的話。他肯定有所隱瞞。」

「他也在政治保安處的名單上？有政治問題？」

琳恩做個怪表情。「其實只是個小角色。就目前看來，他也不隸屬於哪一個極端組織，只是和他們一起混而已。有一兩次出現在暴動場合，並沒有前科。」

「好，那我們繼續追查。等掌握更多資訊，就查查何文登和其他人的關係，看他和我們鎖定的目標有沒有什麼關聯。」

「夏恩．史納普呢？」琳恩問，「你要我們追查他呢，還是……」

「我自己來，」芮尼克說，「我找他談談。」

「好。」琳恩在門邊遲疑了一下，沒馬上隨莎朗．嘉納走出辦公室。「那天晚上，」她說，「我說的那些話……我知道很難，我可能把事情搞複雜了，但不……我的意思是，我們還是可以一起工作，對吧？」

「對，」芮尼克說，「當然，沒問題。」

「你確定？」

「確定。」

芮尼克的電話響了，他伸手去接。琳恩走出辦公室，關上門。

# ◆ 35 ◆

時間剛過早晨七點，芮尼克發現自己想著漢娜，而且已經想了好幾分鐘，打從把頑抗的迪吉從椅子上抓起來，坐下喝這天的第二杯咖啡開始，他就想著她了。他看見她坐在植物園長凳上，歪著頭用嚴肅的眼神看他，發表了那段有關於拒絕的訓話。那是她身上的教師魂，他想，那熱切認真的眼神。然後電話鈴響，是她。芮尼克有點不自在，彷彿是因為他想著她，才召喚來了這通電話。

「查理，是不是太早……」

「不，不會，我已經起來好一會兒了。」

「很好。只是……呃，星期五的晚餐，你該不會已經訂好位子了吧？」

一股冷風灌進芮尼克胃裡：她改變心意了。「沒，還沒。」他審慎地說。

「噢，好，因為……」

「因為你有事。」

「不是。也是，嗯，不算是啦。」

芮尼克儘量不流露失望的語氣。他最不希望的，就是被她再訓一頓。「別擔心，也許改天。」

「不，」漢娜說，「不是這樣的。星期五沒問題，只是……呃，我覺得我很蠢，竟然對你發脾氣……」

「沒關係的，我……」

「是這樣的，布洛德街有部電影……」

是這樣啊，芮尼克說。

「……我真的很想看這部電影，但我只有星期五有時間。」

「聽我說，」芮尼克非常講理，「我們可以改天再約。」

「我想說的是，你或許可以和我一起去。」

「啊。」

「我們可以看完電影再吃飯。或者就在電影院吃，他們的東西還不錯。」她深吸一口氣，彷彿等待他的回答。但他沒說話。「你覺得呢？」

「這部電影，」芮尼克問，「該不會又是突尼西亞電影，講——什麼來著？——沉默？」

漢娜笑起來。「不是，你很安全。這是英語片，美國電影《四十二街的凡尼亞》。」

芮尼克腦海深處突然有個念頭一動。「該不會是麥克斯兄弟演的喜劇吧？」

漢娜又笑，「不是。」

「噢。」

「和契訶夫有關，我想。」芮尼克還來不及說什麼，她就又說：「如果可以的話，我們就在電影院大廳碰面。八點十五分。」

「好。」

「到時候見啦，還有，查理。」
「怎麼了？」
「下次一定讓你選，我保證。」
他回頭，看見迪吉已經又跳上椅子，窩在那裡，一隻貓爪遮住眼睛。
「迪吉吾友，要是她對貓的態度沒有改變，你的好日子就所剩無幾了。」

◆

諾瑪忙完早上的打掃工作回來之後，看見希娜翹腳坐在廚房裡抽菸，彼德在煮蛋，不知道是給自己或給希娜的早餐。最起碼父女倆同在一個房間裡，雖然沒講話，但也沒大吼小叫。
「那個地方，」諾瑪脫下外套，丟在椅背上，「不知道昨天晚上是打翻啤酒還是怎麼了，今天早上男廁的地板啊，簡直像屠宰場。」
「謝啦，媽，」希娜摁熄香菸，「謝謝你的分享。」
「是啊，謝謝你，親愛的，」彼得咧嘴笑，「我還得留點胃口吃蛋。也許我該炒蛋才對。」
希娜靠在椅子旁邊，裝出嘔吐的樣子。
「我需要的是……」諾瑪給自己點了根菸。

「是一根菸，和一杯好茶。」彼德先說，希娜跟著附和，兩人異口同聲說完這句話。

「你們兩個看起來挺好的。」諾瑪說，把燒水壺拿到水槽裝水。

「我們處得不錯，對吧，希娜？」

「是啊。」

「那麼，小姐，我最好別問你，為什麼沒去上班？免得壞了你的好心情。」

「隨她吧。」彼德說。傾身從鍋裡撈起第一顆蛋。

「也別問，」諾瑪繼續說，「你的新外套是哪來的？你不必浪費力氣告訴我說是借來的，或說是你自己掙錢買的，因為算算你最近上班的時數，你可能還欠他們錢咧。」

「諾瑪，親愛的，別管她了。」

「你當然沒關係啦，反正很快就要走了。要是她被開除，荷包受災殃的人是我。」

「噢，是啊，」希娜不屑地說，「看來你知道了，因為我確實被炒了。」

「什麼？你這個蠢貨，你是怎麼回事？你幹嘛這樣？」

「我才沒怎樣咧，不是嗎？是他們炒了我耶。」希娜的腳從空椅子上放下來，露出一雙新的黑色踝靴，還亮閃閃的。

「你這雙鞋怎麼回事？」

「怎麼回事？」

「是你偷的，一定是。你和你那些時髦的新朋友。你要小心啊，女兒，要不然你遲早也會進大牢的。」

「是喔？你他媽的在乎什麼呀。」

諾瑪站到她前面，低頭看她。「我告訴過你，不准這樣對我講話。」

「不准？」希娜站起來，臉湊到媽媽面前。「我愛怎麼講就怎麼講，你管不著。」

「是這樣的嗎？」諾瑪手臂用力一揮。如果希娜躲開，而不是迎上前去，就不會狠狠挨上一掌。諾瑪的手打中她嘴巴旁邊，她差點站不穩，嘴唇流血。

「你這個賤貨！」希娜大喊，「你這個該死的賤貨！」

諾瑪發出既像尖叫，又像哭號的叫聲，雙手扯住希娜。彼德一遍又一遍說：「希娜，諾瑪，好了！」他用力拖開諾瑪，希娜雙臂掩住臉，諾瑪開始哭。諾瑪和希娜都在哭。「希娜，諾瑪，拜託，別鬧了。」彼德一直說。最後諾瑪轉身把他推出廚房。「別再哀哀叫了，你這可悲的傢伙，吵得我神經緊張，腦筋混亂。」

希娜逮住這個機會衝出去，跑上樓梯，把自己鎖在浴室裡。她坐在馬桶上，緊抱自己，不住發抖，既生氣又害怕。

靴子不是她偷的，是黛安娜前一天下午從店裡偷的。至於夾克，則是她們一夥人經過丹本翰百貨時，有個女孩從反方向走來，珍妮一把抓住她的頭髮，叫她把皮夾克脫下來，那女孩當然不肯，於是珍妮更用力扯她的頭髮，把她推到牆邊，抬腳用鞋跟踢她的臉，叫她脫下該死的夾克。女孩終於乖乖聽話，珍妮鞠個躬，哈哈大笑，說謝謝啊，你人真好，然後抬腿再一踢，才放她走。珍妮過街，夾克披在肩上，沒跑，也沒加快速度。走到街口，珍妮停下腳步，照照路邊的鏡子，垃圾，她說，穿上這東西看起來像垃圾。於是她把夾克丟給希娜，拿去，給你，你穿起來還不錯，然後就轉身過街，期待過往車輛停下來讓她，而她也的確如願了。
太厲害了，希娜當時想。他媽的厲害！
她到現在還是這麼認為，坐在馬桶上，幾乎可以感覺得到手臂和脖子開始浮現一塊塊瘀青。

◆

克罕和奈勒站在芮尼克辦公桌前，報告他們和保羅．馬修談話的經過，耐心等待他的回應。芮尼克聽他們說的時候心想，太有意思了，這兩個人有很多相似之處，但也很不一樣。奈勒身上有種天生的服從，或許是因為缺乏自信。而克罕則是很自制，不希望顯得急躁或過度聰明。
「他認為如果他動作快一點，或許可以救尼奇．史納普一命，主要是這樣？」
「是的，長官，」奈勒說，「似乎是這樣。」
「你不認為還有別的原因？」
奈勒搖頭，但芮尼克眼睛看的是克罕。
「我認為我們那天不太可能再從他口中挖出什麼訊息，因為他很激動。但我覺得他沒有告訴我們全部的真相。」克罕想了想說，「還沒有。」
「你認為他會說？」

克罕點頭。「我希望會。為了他，也為了我們好。」他露出些微笑容。「凱文又不會整天在那裡攔住他跳崖自殺。」

「你給了他你的電話號碼，以防萬一他決定和你聯絡？」

「是的，長官。」

「很好。我們也好好盯著賈汀，多挖出一點他的背景。以前的職位什麼的，看能找到什麼都好。我們想辦法看看，他不希望我們碰這個案子，是不是還有別的原因。好嗎？」

兩人離開辦公室時，奈勒自動讓到一旁，讓克罕先走。

◆

差不多一個鐘頭之後，芮尼克在樓梯口碰到史凱頓。史凱頓剛見過副局長回來。他們正在討論的時候，卡爾．文森穿過走廊，經過他們前面，朝刑事偵查辦公室走。

「他適應得如何，查理？」史凱頓壓低嗓音問。

「還不太熟悉，不過還好，就我所知。」

「沒問題吧？因為他的膚色。你知道我的意思。」

芮尼克非常明白，在還不算太久之前，情況會如何：耳語頻傳，食堂裡怨聲載道，大聲影射黑人，說他們是猴子，是蠢貨。巴基斯坦佬。還有笑話——各式各樣有關非洲和西印度群島的笑話，加入警隊的黑人很快就會聽到。有一回，更衣室的天花板垂下一張白紙，上面挖著像三K黨面罩的眼洞。可怕的昔日。

「我還沒聽見什麼。」

史凱頓若有所思地點頭。「你找文森談過沒？」

「正要談。我要去找夏恩．史納普查證一個不在場證明，想讓文森開車，我們路上可以談一下。」

「你的意思是，查理，你覺得他可以當你的司機。」

芮尼克咧嘴笑。「這倒是。」

◆

艾凱斯頓路南向道路施工，一輛大卡車卡在公園街入口，所以他們只好在金伯頓大道左轉，走艾許伯翰，經過漆彩鮮亮的托兒所和遊戲場，然後再轉上大道，穿過十字路口的紅綠燈。

「你覺得這裡怎麼樣？」芮尼克問，「和萊崔斯特比。」

文森輕輕一笑，聳聳肩。

「有人找你麻煩嗎？」

文森看看他，目光停駐得有點過久，畢竟他在開車。「因為我是黑人的關係？」

「我指的是這個問題沒錯。」

「太酷了。」

「你的意思是，沒有人找你麻煩，就算有人煩你，你也應付得來？」

「沒有人講什麼有種族歧視意味的話。」他只瞥了芮尼克一眼，目光就轉回前方。「如果有，你會希望我報告嗎？」

「是的，」芮尼克說，「是的，我希望。」

文森點頭，想了想。「要在哪裡轉彎？」他問，「應該快了，是左轉沒錯吧？」

◆

開門的是彼德，身穿汗衫和舊燈芯絨褲，削瘦的身材，凹陷的胸膛，卻有個凸出的小腹，看起來有點荒謬。芮尼克表明自己和文森的身份，這時諾瑪也走到玄關了。屋裡傳來唐卡斯特賽馬轉播的聲音。

「你還好嗎，諾瑪？」芮尼克親切問。諾瑪以為他是為希娜而來，擔心那個蠢女孩在布洛德馬許中心扒竊，一踏出店鋪就被保全抓住衣領。但不是，這回不是。

「你家夏恩，」芮尼克說，「他在嗎？」

他就在他平常在家裡待的地方：躺在電視前的沙發上，面前一罐啤酒。大部份日子，他賭馬就算沒贏莊家，也不會輸太多。

他轉頭看芮尼克，目光冰冷，沒有任何表情。他也打量文森，但僅瞥了一眼，就不再理會。挨揍的傷痕已褪去，但還沒完全消失。

芮尼克朝電視機的方向點個頭，文森繞過沙發，把音量調低。一匹白鼻馬似乎取得領先。「你的朋友，」芮尼克說，「蓋瑞．何文登。」

「他怎麼了？」夏恩還是看著電視，最後幾匹馬衝過終點。

「你替他提供上個星期六晚上的不在場證明。」

「然後呢？」

「我想他不在，你也許會改變心意，記得事情其實並非如此。」

「你的意思是我說謊？」

「忠於朋友，」芮尼克說，「是有趣的事。」

「媽，」夏恩用手肘撐起身體，對著廚房喊，「我上個星期六在哪裡？」

「在這裡。」諾瑪立即走出廚房說，「和你那個朋友蓋瑞。你們帶了錄影帶回來，記得嗎？《半夜鬼上床》和另一部。可怕的電影！」她看著芮尼克，「他在家，芮尼克先生。他們兩個都在。」

芮尼克挨近夏恩，坐在沙發扶手上。「你和他攪和在一起嗎，夏恩？我指的不是恐怖電影，是C18和其他的事情。極端主義之類的。法西斯行動，種族攻擊。」

夏恩的目光轉到站在另一頭的文森身上，然後又轉回來。

「如果你有，我會很驚訝。因為我以為你腦袋很好，知道不該沾惹這種事。」

夏恩動動肩膀，目光又回到電視螢幕。得勝的騎士正下馬，準備卸下馬鞍。隔了一會兒，他拿起搖控器，把音量轉大。

「小心一點，」芮尼克站起來說，「別捲進不必要的麻煩裡。」

夏恩不為所動，一副沒聽見芮尼克建議的模樣。

諾瑪送兩位警察到門口。「那位女士，」她說，「你知道的，我家尼奇……」

「桃樂絲，她慢慢好轉了，諾瑪。他們兩個都是，她和她丈夫。」

諾瑪點頭。「很好，至少是個好消息。」

芮尼克和文森走回車上，文森打開車鎖，兩人上車。街上的孩子和窗裡的大人都看著他們。

「大哪，」諾瑪一回到屋裡，就對著夏恩大叫，「你在搞什麼啊？」

「放輕鬆，」夏恩說，「我押的第一匹馬剛進來，賠率二十五比一。」

◆
# 36
◆

運氣不錯，芮尼克打來的時候，是史黛拉．亞斯頓接的電話。沒問題，她可以和他碰面。在城屋餐館見？他知道那個地方嗎？就在布萊多史密斯門那邊，是叫低地區吧？

芮尼克提早抵達，過去三、四年，他走過這裡無數次。淺色的纖長木桌，女服務生不是在特倫特大學主修時尚，就是教養同樣良好的高中畢業生。餐廳裡滿是時髦的年輕人，戴深色墨鏡，慵懶自在，一臉酷相。芮尼克猜，他們身上的設計師襪子與內衣，價格抵得過他一整年的治裝費。一名優雅的年輕媽媽——又或者是打工換宿的保姆？——餵嬰兒椅上的小小孩吃紫色優格。滿頭銀髮的年長婦人，面對吃了一半的三明治，臉色不悅，和芮尼克一樣格格不入。

「先生，一位嗎？」服務生親切問。

「呃，我約了人。」

她用「是嗎」的眼神看著芮尼克，領他到靠近咖啡機的一張桌子，然後就把他晾在那裡，直到史黛拉進來。史黛拉身著鮮亮上衣，彩色褲襪、靴子，和短得難以稱之為「裙子」的裙子。

芮尼克半起身迎接她，有點尷尬，因為她如此年輕迷人，他感覺到墨鏡後面的一雙雙眼睛都在打量他們，揣測他們的關係。

「你媽媽還好嗎？」史黛拉坐下之後，芮尼克問。

「噢，你也知道，整體來說還好。有時候我想，她還沒完全理解情況。也許只要我在家，她就沒辦法好好接受事實。」

「你會待多久？」

「我這個星期就要回學校了。」

芮尼克點了雙倍濃縮咖啡，史黛拉點了汽泡礦泉水。芮尼克放鬆下來，享受史黛拉的陪伴，看著她仰頭笑，聊起大學裡的趣事。別人會以為我是她父親吧，他想，從工作裡擠出一個鐘頭，和難得從大學回家來的女兒共處。

「我不知道該怎麼稱呼你，」史黛拉突如其來說，「我知道我爸都叫你查理。」

「叫我查理就可以。」

但她搖頭。「聽起來不夠莊重。」

「我有這麼嚴肅嗎？」

「難道不是？」她吃完蛋糕，讓他意外的，從皮包裡掏出菸，向服務生要菸灰缸。「看吧，你不認同。」

「是嗎？」

「是啊，」她深吸一口菸，「你覺得，好教養的年輕女孩應該好好照顧自己的身體，諸如此類的。」

芮尼克覺得她說的可能沒錯。

「你並不——該怎麼說——你是個嚴謹的人，查理。做什麼事都要有道理的。」

芮尼克不由自主地笑起來，彷彿是要反駁她似的。「你又怎麼知道？我的意思是，我們很多年沒見了。而且這也是我們第一次……」

「單獨在一起。」

「好好坐下來談……」

「然後我分析你。」

「沒錯。」

她微笑。「查理，我不是只懂樹木而已。例如，我們之所以在這裡，並不是閒聊。你不是一時興起打電話給我的。並不是說這樣有什麼不對，只不過你不會沒來由這麼做。」她咧嘴笑，「就算你有過這樣的念頭，也會克制住。因為太容易引起其他聯想了。」

芮尼克很不安地轉頭尋找服務生的蹤影。「你要點別的東西嗎？我想再來一杯咖啡。」

她看著他點咖啡，等待女服務生撤掉他們的杯子，走開。「嗯，我說對了吧？」

芮尼克傾身，「我想問你……」

「什麼？」

「你爸媽，他們分房睡。」

「是啊，爸爸失眠……」

「從什麼時候開始？」

「噢，我不知道。兩三年前吧，大概。你為什麼想知道？」

「他們決定這樣做的時候，你還住在家裡？」

「正準備考大學入學考。」

「就你印象所及，他們有沒有說是為什麼？」

「有啊，就像我說的，我爸晚上睡不好，他覺得這樣對我媽比較好，他們都覺得……」她突然住口，又掏出一根菸。有些她刻意視而不見的事情慢慢在腦海浮現。「你以為另有隱情，對不對？你以為他有外遇？我爸。所以你那天才會不停追問電話的事。天哪，查理！你以為他到處拈花惹草！」

芮尼克緩緩搖頭。「我不知道。」

史黛拉搖頭，笑起來。「你還是不夠瞭解他。他不是這樣的人。我知道你希望我說什麼，但事實就是這樣。他沒有。別的不說，他的宗教信仰就不允許他這麼做。他是傳道人耶。就算受到誘惑，他也不會放任自己。」她從鼻孔噴出煙來，「如果他們兩個之中有人有外遇，那也會是我媽，不是他。」

這回換芮尼克意外了。他試著想像瑪格麗特，那嬌小的瑪格麗特……「你為什麼這麼說？」他問。

「因為一無所有的人是她。」

「她有你們啊。」

史黛拉又笑起來。笑聲刺耳。「我當時十七、八歲，哥哥已經不住在家裡了。我交了個年紀比我大的男朋友。我們上床。我媽和我從沒討論過這件事，但她一定知道。不難想像她心裡是什麼滋味，你的小女兒和人做愛，夜復一夜享受人生，而你自己……我覺得她和我爸已經好幾年沒做了。」

芮尼克想到他們那麼常加班。「你所說的……」

「有沒有證據？沒有，完全沒有。我當時並沒想到這些。但那個時候，我只關心我自己，就算她在餐桌上做，我八成也不會注意。」她咯咯笑，突然又像個小女孩。「嗯，我應該會注意啦。」

她摁熄才抽了一半的菸。「你不會去問我嗎吧？很可能沒這回事，純粹是我幼稚的想像。更何況就算是真的，也和我爸碰上的事沒關係，對吧？我的意思是，怎麼可能有關係呢？」

芮尼克搖頭。「我不知道。可是你說的沒錯，看不出來有什麼關係。」

「那你就不用去找她問什麼了吧？」

「我想應該不用。」

史黛拉綻開笑容，點了杯熱巧克力。「注意到了沒？」她問，「熱巧克力，巧克力蛋糕」？」接著：「你以前和爸到我家的時候，我總是在旁邊繞來繞去，跟在你後面，從這個房間到那個房間，希望你注意我，但你從來就沒注意。」

「對不起，我……」

「我一直覺得你很可愛。我有一張你的照片，從報紙上剪下來的。藏在我房間的盒子裡，免得被別人看見。你從來就沒注意到我的存在。」

芮尼克臉紅了起來。「天哪，史黛拉，你當時才十二歲。」

史黛拉笑起來，巧克力濺到桌上。「沒辦法，我比較早熟。」她用紙巾擦擦桌子。「我嚇到你了。」

「沒有。」

「有，明明有。一口氣看清亞斯頓家女人的真面目。」

女服務生帶著抹布過來擦桌子，低聲說待會兒再來拖地。史黛拉椅子往後推，撫平皇家藍褲襪上的裙子，「我想我該走了，對吧？免得我們把這個地方給毀了。」

芮尼克謝謝女服務生，付了帳。

走到外面的鵝卵石街道上，史黛拉挽住他的手臂。「查理——我喜歡這樣叫你——你現在有女朋友還是什麼的嗎？」

他愣了一會兒才回答。「有，」他說，「應該有吧，至少我是這麼想的。」

「哇。」史黛拉又笑，「如果我是你，一定要弄清楚才行。不管她是誰，你永遠都不知道她心裡是不是這麼想的。」

1　此處引用英國知名兒童文學作品《查理與巧克力工廠》的典故，此書多次改編影視作品，包括由強尼·戴普主演的《巧克力冒險工廠》。

## ◆ 37 ◆

他看見她轉過街角，朝布洛德街走來，腳步匆忙，但還是在一家義大利餐廳外略停步，看看映在窗上的自己：亞麻外套，淡藍上衣，深藍亞麻寬褲。她看起來好可愛，芮尼克想。

「查理，對不起，我來晚了。」

「沒有，是我早到了。」

漢娜宣示主權似的，親吻他的臉頰。「我已經先打電話訂了兩張票，」她說，「以防萬一。」

他們才剛坐下，電影就開演了。街景，芮尼克想應該是紐約，反正不會是艾福雷頓路，因為太亮，太急，太快：那俗豔的招牌與黃色的計程車都是。但接著，鏡頭以緩慢的速度轉進一家老劇場，打扮休閒的男人女人互打招呼，宛如老友。都是演員吧，芮尼克想。漢娜告訴過他——彷彿是事先警告——這電影講的是一群演員排演俄國舞台劇的故事。所以他覺得這就是排練的場景。

一個四十幾歲的男子對著年齡較長的女子抱怨，說他很辛苦，一天的不同時段裡，做好多份不同工作。他們坐下後，她問他要不要喝杯酒，男人搖搖頭，說他要戒掉白天喝伏特加的習慣。

伏特加：芮尼克的興趣被挑了起來。這兩人繼續交談，講話的方式完全沒有改變，他慢慢明白，他看見的是這齣舞台劇的開場。沒有預告或宣布，這戲就開始演了起來。《凡尼亞舅舅》[1]。

他們就在看這齣戲。

將近兩個鐘頭的時間，芮尼克不時在椅子裡挪動身體——他腿太長，身體的重量有點分布不均——但他的注意力幾乎完全集中在銀幕上，偶爾目光游移，都是偷偷瞥著身旁的漢娜，她的側面輪廓，她的專注。接近結尾的時候，她從皮包裡掏出面紙，擦掉眼淚。

「嗯，查理，你覺得如何？」他們走下樓梯，身旁擠滿嘰嘰喳喳交談的人。

他覺得如何？

他彷彿認識他們，那些人，整天為他們生活與工作的莊園爭論不休，承諾不甚清楚、也無法履行，愛迷離難解，直到一切來不及。他們人生的美好希望從身邊飄走，因為他們害怕行動，害怕開口。害怕說出他們心中的感覺。他認識這樣的人。

「我的意思是，」他們坐在一樓，周圍很多人，「你喜歡嗎，這部電影？」

芮尼克微笑著拉起她的手，讓她意外。「是的，我喜歡。現在，」他帶她走向咖啡吧，「你提過要在這裡吃飯？」

咖啡吧人很多，但他們找到一張靠後牆的桌子，芮尼克吃咖哩醬雞塊，漢娜吃著某種有辣椒和茄子的辛辣料理，兩人一面聊著電影。芮尼克安於當聽眾，偶爾偷瞄一眼周圍，插一兩句話，

1 Uncle Vanya，契訶夫的劇作。

喝他的酒。

「來吧，」離開咖啡吧之後，他說，「我們叫計程車，我送你回家。」

「這麼舒服的晚上，」漢娜說，「我們可以散步。」

他們散步穿過廣場，往德比路走。漢娜問起他的婚姻發生什麼問題，說他如果不想談也沒關係，她不該過問。但他說了。他描述他和伊蓮關係慢慢改變的過程，讓她感動，就像之前在電影院裡那麼感動。他緩慢謹慎的語氣，讓她感覺到他的傷痛未癒；而他最後談起伊蓮時，又是這麼廓然大度，雖然伊蓮愛上另一個男人而離開他。

「你還有她的消息嗎，查理？」

「不算有。沒有。」

他們在薩伏伊前面的紅綠燈過馬路，就快到了。經過小飯店，左轉，沿著公園旁邊的步道，就可以到漢娜家。才走了約五十公尺，突然有個男人從樹叢裡現身，東倒西歪地擋在他們面前，漢娜往後跳開，掩嘴驚叫，芮尼克立刻擋在她前面，腎上腺素急遽上升。那人身體晃動，在對街樓上窗戶燈光的照亮下，一臉慘白。他想從他們旁邊走過，但芮尼克腳步一移，伸手攔住他，他馬上退縮，開始慘叫。

「沒事了，沒事了。」芮尼克說，謹慎地接近他。這人還在慘叫，但嘴巴裡不知嘟囔著什麼，一遍又一遍，每個字都黏在一起：「走開走開走開。」

他突然往前衝，想從芮尼克和圍牆之間擠過去，但芮尼克抓住他的手臂，把他扭過來。他完全不抵抗，開始哭。芮尼克看見傷口，在他臉上，左眼上方一道裂口，延伸到臉頰。

「沒事了，」芮尼克平靜地說，又謹慎踏前一步，「沒有人要傷害你，好嗎？」
「我們該怎麼做？」漢娜憂心問。
「快回家，打電話叫救護車。」
那人開始慘叫。
「快去。」芮尼克對遲疑的漢娜說，「現在就去。」
「不去醫院。」那人呻吟，「拜託，不要。」
「我們先帶他到我家吧？」漢娜說，「他可以坐一下，平靜下來。反正醫院就在這條路上，又不遠。」
芮尼克忖思，想這人臉上的傷口是怎麼來的。「好吧。」他說，「這樣也好。」
漢娜走近這人。看她伸出手，這人畏縮了一下，但最後還是同意和她一起走向街尾的房子。
他走得很慢，彷彿每一步都痛苦不堪。

◆

他比芮尼克原先以為的年紀大些，約近四十歲，身上的黑色牛仔褲側面和膝下有大片泥土，無領黑色恤衫血跡斑斑，腳上一雙藍條紋的白色耐吉氣墊鞋。

「過來，」漢娜拿了條濕毛巾，想幫他拭去血跡。這人坐在廚房餐桌旁，因燈光而不住眨眼。

芮尼克喚她的名字，制止她。聲音不大，但很堅定。她看他，歪著頭一臉疑問。「手套，」芮尼克說，「廚房手套之類的。先戴上手套，以防萬一。」

漢娜正要開口質問，但想想還是照做。她為這陌生人清理的時候，他泡了茶。

「你叫什麼名字？」漢娜問，他沒回答，所以她又說：「我是漢娜．坎貝爾。這是我家。」

「狄克蘭，」他說，聲音小得他們必須豎起耳朵才聽得見，「狄克蘭．法瑞爾。」

「你可以告訴我們，」芮尼克把裝茶的馬克杯推到他面前，「是怎麼回事嗎？」

法瑞爾輕輕攪拌糖，目光飄來飄去，身體在椅子裡不住挪動，忽前忽後，兩條腿翹起放下，又翹起，拉拉牛仔褲，一點都沒打算端起杯子喝茶。

「你要告訴我們，」芮尼克說，「這是怎麼回事。」

法瑞爾張開嘴巴，閉上，又張開。「那個男人……那個男人……」他閉上眼睛，無聲啜泣。芮尼克注意到他手上有只婚戒，寬版，暗沉無光。

「請繼續，」芮尼克等他漸漸不哭之後，輕聲說，「那個男人……」

法瑞爾大聲抽著鼻子，皺起臉，輕揉眼睛。「我在公園，」他說，然後再次住口。

「夜裡不是關閉嗎？」漢娜說，「那座公園？」

他點頭，又坐立難安起來。「但很容易進去。翻過圍牆就行了。大家都這麼做的。」

芮尼克點頭，往前坐。他知道什麼樣的人會這麼做。「我想你應該告訴我們是怎麼回事。」他說。

「我在公園裡，抄捷徑，你知道。我從酒館要回家，抄捷徑。我急著去上廁所。」他低頭看地板，沉吟一晌。「出來的時候，這個傢伙，他……他衝過來，拿著，拿著……我不知道那是什麼，是棍子吧，我想。」

芮尼克回想：**衣服上有泥土與草葉污漬。右手厚厚的掌心有一抹泥土，消失的凶器，可能是某種棍棒，最有可能是棒球棒。**

法瑞爾繼續說，「他開始打我，這裡，你看見了。我吼他，想跑開，但他不肯停。我跑不動了，倒在地上，用手護住頭，直到……直到他住手。」

「他突然就住手，沒有任何原因？」

「他拼命打我，大吼大叫，罵我王八蛋，你知道的。然後他突然就跑掉了。我聽見他走了，但很害怕，不敢抬頭看。等了好久好久。後來我起來，呃，就碰到你們了。」

「他沒搶走你的皮夾，要你把錢交出來之類的？」

法瑞爾搖搖頭，每次都只瞥芮尼克一眼，就轉開視線，依舊坐立難安。

芮尼克略微傾身，法瑞爾馬上往後縮。「你是不是需要靠墊？」芮尼克說，「你看起來坐得很不舒服。」

「不，不，我沒事。我想我應該——我太太，她會擔心，你知道的……」他想站起來，他坐的這張木椅上有一灘血跡。

芮尼克眼睛看著法瑞爾，招手要漢娜到隔開兩個房間的門口。「打電話叫救護車，」他說，

「然後打到警局，要他們找葛拉翰・彌林頓，叫他打電話給莫玲・麥登，立即和我聯絡。告訴他們說有攻擊與疑似性侵事件。」

在靜悄悄的屋裡，漢娜眼底浮現驚恐。芮尼克拉起她的手，握了握。她手指冰涼。法瑞爾眼睛緊閉，還是坐著，手臂緊緊環抱胸前，彷彿只有這樣才能撐住自己。

漢娜悄悄走開去打電話，狄克蘭・法瑞爾開始哭，淚流不止。芮尼克拉著他，等待救護車抵達。

# 38

莫玲．麥登是負責性侵專案室的巡佐。專案室的設立，主要是讓出面報警的性侵受害者比在一般警局簡陋的辦公室裡覺得自在，這個作法成效非凡。舒適的椅子，柔和的燈光，鋪地毯，牆上掛畫，也有醫學檢驗設施。莫玲在這裡工作約三年，從沒碰過男性受害人。

這個個案一開始有點不同，因為醫院的值班醫生等著進行檢查，所以沒時間進行深入訪談。碰到男醫生，法瑞爾是否覺得如釋重負，又或者在這個階段他是不是在意，莫玲都無法判別。她甚至無法確定，和她而非男性談自己碰到的事，他會有什麼反應。她考慮過要找同志警察協會的人來，但想想，又無法確知法瑞爾是不是同志。他已婚，有兩個小孩，她甚至懷疑，連他自己都不確定。他們通知他太太的時候，他還請求他們不要告訴她細節。

法瑞爾太太在等候區踱步，不停嚼口香糖，丟銅板到自動販賣機買微溫的茶。而法瑞爾在莫玲訓練有素的耐心引導下，慢慢卸下心防。

彌林頓通知奈勒和文森來上班，但找不到迪文。一點都不意外。「星期五午夜，」彌林頓說，「以馬克通常的狀況，就算來了也派不上用場。」

廁所位在遊戲區的一角，接近公園南大門，因為牆外教堂的掩蔽而顯得陰暗。廁所內部有一小排小便斗，和一間馬桶隔間。他們進入檢查，但小心不碰觸任何可供現場取證的東西。這低矮的小建築尿臭四溢，牆面滿是塗鴉，寫滿各種標語：曼聯萬歲！克里莫爾「創造奇蹟！黑鬼滾蛋！

教堂街和教堂林園的許多房子燈都還亮著，人行步道兩側也是，所以他們開始逐一敲門。制服警員藉緊急照明搜索草地和廁所之間，以及法瑞爾翻牆到倒地之間的區域。天亮之後，會再更仔細搜索一遍，特別是教堂圍牆邊的濃密灌木叢。

「查理，」臉色蒼白的漢娜當時問，「你怎麼會知道的？」

「我剛開始的時候並不知道，」芮尼克聳聳肩，「並不確定。但後來看見血。」

「噢，天哪，太可怕了！」

「是啊，」他摟著她，她的頭髮拂過他唇邊，一手貼在他胸前。「是啊，我知道。」其實我並不知道，他心想，並不真的知道。我沒辦法真的體會。老天保佑，希望我永遠不必體會。

◆

醫生很年輕，是澳洲人，只有短期工作合約，到期大概不會被續聘，他想，是因為資金匱乏，而不是他個人表現上的問題。他和芮尼克與莫玲．麥登談話的這個房間很小，四面白牆，燈光亮得讓人難以抬眼。他的發音偶爾有點含糊，如果不是因為一臉疲態，芮尼克八成會以為他喝酒了。

「他臉上的傷你們都看到了，縫了好幾針，他短期內大概不會想要照鏡子。但其他的傷都不算嚴重。不過，脖子上看來會有嚴重的瘀傷。」

「有指印？」芮尼克打岔問道。

醫生搖頭。「比較像是某種棍棒。我不知道，應該很硬，像是……手杖之類的東西。壓在他喉結下方，往後勒。」

「把他的頭往後壓？」芮尼克問。

「嗯，很有可能。等瘀青出現了，我們就可以更清楚。不過，是的，我想應該是。」他清清嗓子，抬頭看亮晃晃的燈，接著又看腳下的地板。「呃，不好意思，我好像一直在迴避問題。」

「沒關係，」莫玲說，「慢慢來。」

---

1　Stan Collymore，1971-，英國黑人足球明星，曾效力諾丁罕森林隊與利物浦隊。私生活混亂，爭議頗多，於二〇〇一年退役。

芮尼克不禁想，如果受害人是女的，他還會這麼難以啟齒嗎？

「有戳刺。」莫玲先起頭。

「是的，毫無疑問。但不……」他突然瞥芮尼克一眼，「我的意思是，這是性侵沒錯，但用的是，呃，某種工具。」

「你指的是按摩棒？」莫玲問，「人工陰莖之類的？」

他搖頭。「我想不是。不是情趣用具。如果是，對他來說還好一點。用的是某種相當大的東西，頂端直徑約有六、七公分，很硬，頭尾可能粗細一致。不過並不銳利，否則他會傷得更重。不管是什麼東西，都很用力。括約肌有大片撕裂傷，包括洞口，肛管血管破裂，流了不少血。」

他又搖搖頭。「可憐的傢伙。」他說。

◆

狄克蘭．法瑞爾告訴莫玲．麥登的故事是這樣的：他從酒館回家途中，想上廁所，所以翻牆進公園。很容易，他以前也翻過。他進廁所的時候，那人也在。在馬桶隔間裡，所以狄克蘭沒看見他。但他尾隨狄克蘭出廁所，從後面跳到狄克蘭身上。拿著某種棍棒打狄克蘭的臉，幾乎把他打暈。然後強迫他趴在草地上，脫下他的長褲和內褲，說要把他想要的給他。那人是這樣說的：

這就是你想要的。然後……講到這裡，狄克蘭哽咽，莫玲拉著他的手說：「沒事了，都沒事了。狄克蘭，不會有事的。」

「我要和他談一下，莫玲。」芮尼克說。

「今晚？」

「如果可以，就儘快。」

她點頭。「我想也是。你要我陪你一起嗎？」

「麻煩你。」

「那我們帶他回性侵專案室，不要在這裡。」

芮尼克同意。

「他太太呢？」莫玲問。

芮尼克轉頭看她，面無表情。

「好吧，」莫玲說，「我先去告訴她一聲。」

◆

他們回到局裡的時候，史凱頓已經在了，背心鈕釦沒扣，沒打領帶。和其他號稱改邪歸正戒菸的人一樣，他的菸永遠不離手。

「查理，這件事該不會和比爾·亞斯頓的命案有關吧？」

「現在論斷還太早。」

「可是這——不就是娘炮互相勾搭翻臉搞出來的事嗎？」

說的真委婉，芮尼克想。「是有性行為沒錯。」他說，「某種性行為。受害者的皮夾還在，沒有東西被偷。但他是不是同意……」

「我想我們現在講的是強暴？」

「我的意思是，他們事前是不是……」

「你已經說明你的意見了，現在該我說了。這起事件就是在廁所裡胡搞瞎搞惹出來的。」

「也許是，長官。」

「沒什麼大不了的，不是嗎？在男廁裡亮出傢伙，不就和女人露出大半個胸部進酒吧差不多嗎——招搖，撩撥，未必是強暴。」

這芮尼克可不敢確定，因為最後還受了傷。「我現在要去偵訊他，長官。我會儘快找出答案。」

「查理啊，」史凱頓眨眨眼，「非挖到見底不可，是吧？」

◆

「這傢伙自找的。」迪文說。他們終於聯絡上他，難得有個星期五晚上他還清醒。「肯定是出門找樂子，沒想到鬧大了。現在他還要我們握著他的手，安慰他。我才不幹。凱文，既然你人就在那邊，當個好哥兒們吧，給我們倒杯茶來。」

◆

狄克蘭．法瑞爾婉拒茶與咖啡，什麼都不想喝。他坐在芮尼克和莫玲之間，動也不動，一室靜寂。木然。然而他一點都不麻木，儘管他希望自己是。

「攻擊你的那個人，」芮尼克問第三次，「你有什麼可以告訴我們的？」

兩點十一分。

「他的聲音，他的外貌……」

「我沒看見他。」

「你聽見他的聲音。你說他至少對你講過一次話。」

法瑞爾緊張地摸摸眼睛上方的縫線，這是他最嚴重也最深的一道傷口。他手指不停撫摸，彷彿舌頭不由自主舔著疼痛的牙。法瑞爾穿的是臨時借來的衣服，原本的衣服已經裝袋，貼上標籤，送去鑑識組。

「精液？」芮尼克曾問醫生。

「不算有。戳刺範圍沒有精液。但在他衣服上有一點點痕跡，很可能是他自己的。」

他自己的？

「你何不集中精神，」芮尼克說，「回想那個聲音。」

說得彷彿他忘得掉似的，法瑞爾想。彷彿他此後不會夜復一夜聽見那個聲音：**這就是你想要的，你這個人渣，他媽的死變態！**

「那聲音，」芮尼克問，「是年輕，還是老？」

「年輕。」法瑞爾說，講得很小聲，兩名警察都傾身挨近才聽得見。「至少我是這麼覺得……噢，我不知道，天哪，我不知道。」

「口音呢？他有口音嗎？」

法瑞爾隔了好久才回答：「嗯，或許吧。」

「本地口音？」

「大概是。我想，應該是附近地區，不過，不太明顯。」

「關於這人的聲音，」莫玲說，「你還有沒有任何線索可以告訴我們？」

他在腦海裡一次又一次重播。「聲音很粗。」

「粗？」

「有點沙啞。」

「是像感冒那樣嗎？」

法瑞爾抬起視線，盯著前方說：「像是很興奮。」

◆

兩點四十三分。

「狄克蘭，」芮尼克說，「沒有人批評你，你知道的。莫玲和我，我們現在所做的，並不是在評斷你。無論你做了什麼，都不是我們的重點。」

「那重點是什麼？」法瑞爾問，突然咆哮起來。「我為什麼不能回家？我現在只想回家！」

「重點是，」莫玲說，「部份的重點是，我們要確保對你做出這樣事情的人，不會再對其他人下手。」

法瑞爾又落下淚來。因為淚水不時流流停停，他已經不再忙著擦乾了。

「你確定你不認識他嗎，法瑞爾？這個人？」

「我告訴過你了，我說我根本沒看見他，我怎麼知道我以前有沒有見過他？」

「可是你以前去過那裡，」芮尼克說，「那個廁所？」

「我當然去過。」

「我的意思是，去和某人見面。為了性的目的？」

「沒有！」

「狄克蘭……」

「沒有！我說了沒有！我不是同性戀，不是你以為的變態！」

「狄克蘭，拜託……」

他站起來，朝門口走去。莫玲飛快瞥芮尼克一眼，想知道她要不要攔下他。

「狄克蘭，」芮尼克說，「我認為你以前去過那裡，差不多的時間，在公園關門之後。我認為你有時候運氣不錯，碰上你喜歡的對象，有時候沒有，於是就放棄，回家。我認為，你那天以為在廁所隔間裡的人，是抱著和你相同的目的去那裡的。我不知道你做了什麼，也不知道你們兩人之間有沒有傳遞什麼訊號，或是你有沒有透過門洞或牆洞，讓他看見你。但是，我認為你走出廁所的時候，相信他會跟著你走。而他確實也是。狄克蘭，這些我都不在乎，我是真的不在乎。我在乎的，是接下來發生的事。這個人，不管是誰，凶狠攻擊你，用難以想像的凶狠方式攻擊你。就如同莫玲巡佐說的，我們不能讓這個人逍遙法外，再次用相同的手法傷害別人。因為你深受其害，狄克蘭，你應該也希望我們逮到他。所以我請求你，拜託，盡可能幫助我們。」

遲疑幾秒之後，狄克蘭．法瑞爾打開門，走出去。莫玲看著芮尼克，搖搖頭，閉上眼睛。

◆

卡爾・文森到芮尼克辦公室時，滿臉疲態，因為熬了一夜，趴在食堂桌上睡了半個鐘頭。他的西裝袖子在搜查時弄髒了，領子有點歪，除此之外，他看起來還挺整潔。

比芮尼克自己整潔。「卡爾，有什麼事嗎？」他問。

「昨天晚上的事，你說可能和亞斯頓命案有關。」

「沒錯。」

文森深吸一口氣。「長官，也許我早該說的，我一年前見過亞斯頓，在萊崔斯特的同志俱樂部裡。」

芮尼克太陽穴的脈動彷彿暫停跳動了。「你說什麼？」

「我說比爾・亞斯頓是同志。」

◆

# 39

◆

芮尼克覺得自己彷彿在這裡坐了幾光年的時間。

一年前……萊崔斯特俱樂部……同志。

文森眼裡不只有疲憊，也有憂慮。

「這家俱樂部，」芮尼克終於開口，「你是因為工作而去的？」

文森閉上眼睛，再睜開時，知道自己無可迴避，也騙不了。「不是的，長官。」

芮尼克吐了一口氣，說：「你最好坐下。」

文森坐下，翹起腳，又放下腳，雙手擱在膝蓋上。

「亞斯頓督察，」芮尼克說，「他也不是因為工作才去的？」

文森搖頭。

「你確定？百分之百確定？」

「他和某個人一起離開。」文森說。

芮尼克想起亞斯頓的妻子，她那胖胖的身軀套著不合身的黑色喪服，激昂的聲音在午後迴盪：你瞭解他，查理，比大部份人都瞭解。

「你有沒有可能誤會了？錯誤解讀當時的情況？」

但文森已經開始搖頭了。

「一年前。」芮尼克說。

「我之所以記得，是因為有人指給我看，某個我在工作上認識的人。他以前見過亞斯頓，知道他在這裡的警局任職。還說他們碰過一兩次，在萊崔斯特。」

「你沒和他講話？」

文森露出微笑。「他不是我的菜。」

「但你是同志？」

「但這並不表示我來者不拒。」

「我知道。」芮尼克說，「你說你是同志，但並沒有出櫃？」

「沒錯。」

芮尼克搖搖頭。「我真正煩心的是，你為什麼不早點告訴我亞斯頓的事？」

文森沒馬上回答。「因為我不確定。我的意思是，我不知道他的名字。而照片……」芮尼克盯著他看，等待他說出實情。「好吧，我是認出他了，但是，好像沒什麼關係……我當時以為這和他遇害並沒有關係。不管是不是同志，性行為都不是重點。」

「除了你自己的。」

「不好意思？」

「除了你自己的。你的性行為。」

「請聽我說……」

「不，你聽我說，」芮尼克傾身，微歪著頭，手指指著他。「你之所以沒早點提供訊息，是為了你自己。亞斯頓曝光，你也就跟著曝光。你保持沉默，是為了保護自己。」

門外隱隱傳來此起彼落的講電話聲，打出去的，打進來的。有人敲芮尼克的門，沒得到回應，就走開了。

「這對我來說，確實是個問題。」最後文森說。

「大問題。」

「不是的，長官。如果是這樣，我今天就不會說出來。我會保持沉默，祈禱案子和這件事沒關係，或就算有關係，也是透過別的管道揭曉的。昨天晚上我一得知那人在公園裡發生的事，我就知道絕對不能不說。」

「儘管如此一來，你也會被迫曝光？」

文森搖頭。「我是警察，和您一樣的警察。」

「卡爾，」芮尼克說，「我不在乎你在床上做什麼，或和誰上床。」其實他也不確定自己是不是真的不在乎。「我在乎的是，你讓這件事影響你，影響你的工作。讓你無法為所當為的，並不是你同志的身份，而是你想保守秘密的心態。你錯在這裡。」

文森勉強擠出笑聲。「你認為我應該出櫃？」

「這應該由你決定。」

「可是這就是你的意思。」

芮尼克搖頭。「我的意思是，只要你不公開，以後還是會有類似的事件，讓你不得不選擇。而這樣只會保護你，保護你的秘密，並不能保住你的工作。」

「對不起，」文森說，「我只是覺得有點難接受。」

「因為我希望你對自己誠實？說出真相。」

「是因為我的直屬長官告訴我，我有責任出櫃。」

「如果你不完全坦白，我覺得我很難相信你和你的判斷。」

「那如果我坦白了呢？」

「你有敏銳的直覺，而且你似乎很善於和人交談，工作也認真。你顯然很聰明。」他聳聳肩，「你沒有理由不能當個好刑警。」

「你會讓我繼續留在你的小組裡？」

芮尼克想了想，或許想得有點太久。「當然，有何不可？」

文森微笑，開心得像個得到獎品的小孩，但還是有點困惑。他雙手交握，往後一靠。「我不知道……」但是他這次真心笑了，「在警局裡，身為黑人已經夠艱難了，現在又加上是個同性戀，會不會太難了點？」

◆

史凱頓這二十四小時很不好受。晚飯吃到一半，接到女兒電話，說她想從大學休學，加入醫療服務團到薩伊去；過去一段時間和他只透過冰箱上的紙條互動的妻子，似乎準備開闢謾罵諷刺的新戰場，而第一步，就是要史凱頓洗自己的內衣褲。然後就接到電話，說有人在林頓被性侵。

現在又來這個。

「天哪，查理！他們無所不在。」

芮尼克沒回答。

「現在只要一打開電視，隨時都會看到聰明伶俐的傢伙在高談闊論同志平權。《東區人》影集裡的人握著愛滋病患的手，《布魯克賽德》裡不時有蕾絲邊。就連BBC——是BBC，不是第四頻道——都有什麼《同志電視秀》。這究竟怎麼回事啊，查理？正常人的正常家庭都怎麼了？我真想知道。」

他們都變成了比爾和瑪格麗特．亞斯頓了，芮尼克心想，再不然就是變成你了。

「我一直以為他是個正直高尚的年輕人，這個文森。」史凱頓說。

「他是，」芮尼克說，換來史凱頓一個老古板的眼神。

史凱頓翻著桌上不如以往整潔的文件。「你真的相信，查理，這事件有了一百八十度的變化？」

「我相信是的，因為這讓我們一直想不透的某些問題有了比較合理的解釋。如果是搶劫殺人，不管是喝得多醉的人，應該都會挑個比較容易下手的受害人吧，為什麼要挑身材高大的亞斯頓？還有下手的力道。就算亞斯頓還手好了，凶手還是下手太狠，打在他臉上和頭部的傷，不是為了搶錢，甚至不是普通的怒氣，而是極度的忿恨。」

「所以我們碰到的是攻擊同性戀的人？」

芮尼克嘆口氣。「就我們目前掌握到的訊息，恐怕是的。而且比爾恐怕不只是偶一為之。如果他有這樣的傾向，機會其實也很多。他老是深夜開車載狗出去，兩條可以留在車上的小狗。」

「查理，這只是個揣測，沒有具體證據。」

「我們知道他去萊崔斯特找男人。說不定他也去過別的地方。」史凱頓的表情活像咬了口桃子，卻發現裡面腐爛酸臭似的。「但是在家附近——如果他有了衝動，會去哪裡？不可能去酒館或俱樂部，風險太高了。如果是可以匿名的，某個陰暗的地方？他或許會去。歐勒頓圓環的廁所，曼斯菲德的提奇菲爾德公園，或許還有雪塢圖書館。還有呢？」

「什麼該死的地方都有可能！」

「離他家不遠的，堤岸的男廁。說不定攻擊他的人，看見他在廁所裡，或是在附近晃蕩。」

「就算真的是這樣——我自己是一點也不相信，也不知道對你這天馬行空的推論該怎麼想——也不能證明和昨天晚上的案件有關。謝天謝地，發生在比爾身上的事情完全不同。」

「但是那忿恨，」芮尼克說，「那忿恨。發生在他們兩人身上的，都是懲罰式的暴力行為。撇開性侵不說，其實都是同一件事：權力與痛苦。」

史凱頓站起來，半轉身面對窗戶：同樣的建築，同樣的車輛，同樣走在路上的人，但窗外的世界彷彿地覆天翻了。「要是被媒體知道，查理……」

「我瞭解。」

「他可憐的太太和家人……」

「是啊。」

「天哪，查理！我去教堂聽過比爾．亞斯頓講道，他站在講壇上，談著罪孽。」

第一個丟石頭的，芮尼克想，很可能也是他最寵愛的人？

◆

芮尼克簡報即將結束：他所揭露的亞斯頓真相，讓大家極度震驚，發出不敢置信的驚呼。芮尼克等騷動平息，才繼續說。沒有任何定論，但是在公園採集到的靴印，和堤岸採集到的部份吻合。而凶器——用來攻擊和侵害法瑞爾的工具，很可能也就是打死亞斯頓的棒球棒。

「所以我們必須反覆查證手上的資料，有報案紀錄的同性性侵案，攻擊事件，申訴和後續追查報告，任何和我們這些國家黨朋友可以扯上關係的線索。好嗎？現在，在各位解散之前，文森刑警有話要說。」

卡爾．文森走到前面，芮尼克看見他右手微微發抖。但他聲音平靜清晰。「有鑒於我們正在調查的這個案件，所以我想應該讓各位知道，我是同性戀。」在這一瞬間，他臉上露出近似微笑的表情。「我是同志。」

宛若與世隔絕的室內寂靜無聲，窗簾密密拉起，簾上柔和的褐色與金色葉子片片灑落。遠遠的馬路上偶爾傳來道路鑽孔鋪設電纜的聲音，讓人知道外面還有個更廣闊的世界存在。瑪格麗特．亞斯頓在她最喜歡的帕克．克諾爾椅子裡縮成一團。這把椅子是在大家都還推崇實木工藝的年代買的。芮尼克到的時候，史黛拉正要出門，所以他只好等瑪格麗特自己慢慢下樓——她不肯讓他扶——走進她喜歡稱之為休息室的客廳。

鑽孔聲突然停了，他只感覺到房間裡的失落與遺憾，以及她像蘆葦般脆弱的氣息。才不到兩個星期，她彷彿老了十歲。

「瑪格麗特……」

她開口的時候，卻不是對著他講。儘管她知道他就在場，而且他只要有任何動作，無論怎麼輕微，她都會停頓下來，手指不停扯著椅子扶手珠飾露出來的線頭。

「是兩個兒子不住在家裡之後的事。史黛拉還在，但是……」瑪格麗特嘆了一口氣。但這只是第一聲嘆息。「……她有男朋友，不時找藉口不回家。簡單的藉口，我一聽就知道。反正她就是隨便找藉口，只是想和男朋友過夜。」又嘆氣。深深的一聲嘆息。「她，我這個女兒，就像我們一樣，發現了性愛的樂趣，腦袋裡裝不下別的東西。史黛拉有時候下午翹課，帶他到家裡來，躲在樓上，鎖起房門，然後趕在我進門的時候，咯咯笑逃走。一點都不覺得羞愧。即便有個像比爾那樣的父親，我的史黛拉還是不知羞愧。」她抬眼，「我在想，查理，這是壞事嗎？」

她停頓一下，又繼續說：「我有時候會進她的房間，沒開窗，反而是把窗關緊。留住房裡的氣味。你知道那樣的感覺嗎，查理？你一手帶大的孩子，開始享受上床的樂趣？」

芮尼克微微搖頭。

「當然，查理，你當然不瞭解。也許你永遠也不會瞭解。讓我告訴你——這讓我覺得自己老了，被消耗完了。還有，讓你覺得部份的你已經永遠死去，不會再活過來了。過去的影像還徘徊不散——我嚇到你了嗎，查理？——女兒那雙不久前還纏在我身上的腿，如今卻纏在他身上，那個沒有雀斑的男生，就在她的那張床上。」

芮尼克看著窗簾上的葉子，在窗外透進來的午後微光裡飄落。

「我又擁有自己的身體了，查理，我女兒把我的身體還給我，但我要怎麼辦呢？比爾和我，我們已經好多年沒有關係了。差不多從史黛拉出生之後就沒有。在這段時間裡，我每天晚上躺在他身邊，從來不在意。但如今……」她的手指更緊張地扯著線頭，「……我做了女人能做的所有事情，至少是像我這樣又老又胖的女人能做的。做頭髮，上美容中心，我想辦法——該怎麼說——翻修。我買新衣服，紗緞睡衣，真絲內衣，所有讓我看起來像個假貨的東西。查理，我懇求他，哀求他，放棄我的自尊。我需要他——需要某個人——和我做愛。」她手裡的線頭斷了。

「我從他眼睛裡看得出來，他覺得摸我很噁心。他說他要搬到走道對面的空房間。他說他有失眠問題，自己睡也許比較好。對我們兩個都好。」

她在椅子裡打個哆嗦。

「差不多就是那個時候，他開始外出。起初不算太常，但越來越頻繁。每天晚上游泳。至少我以為是。週末有時還去兩次。我覺得，他需要離開這棟房子，離開我，因為他受不了我。」她迅速瞥芮尼克一眼，「我覺得有罪惡感，因為我的需索，我覺得對他不公平。」她又找到一條線頭，用拇指和食指開始拉扯。「後來他開始深夜出門，遛狗。但我曾經有過一兩次懷疑，他說不定是和教會裡某個心意相通的女人搞外遇。然後你到家裡來，問起打電話來的那個女人，我心想，是了，沒錯，就是這個女人。」

她看著他，晦暗的眼神突然有了銳氣。

「但並不是，對吧？並不是這樣的。」

他以為她會哭，但她就算有淚，也不會現在流。外面馬路鑽孔的聲音又起，她已經把該說的話都說完了。芮尼克坐在她對面，陷在這個閉鎖的房間裡，要求自己必須有耐心，不理會自己大腿內側開始發麻。

◆

**警察命案：與同性戀有關？**報紙的標題寫道。**本報記者獨家揭露驚人真相……**報上有比爾·

亞斯頓穿制服的照片，還有一張拍得不太好的照片，是打開大門嚇了一大跳的瑪格麗特。還有一張不知是買來還是竊取的狄克蘭．法瑞爾全家福照片，妻子、兒女都在相片裡。**傑克．史凱頓警司今天不證實也不否認麾下有名刑警……**

漢娜打電話到芮尼克家，但他當然不在。她在警局留言，請他今晚方便時回電。她會在家。

◆

「讓我最驚訝的是，」迪文在食堂狼吞虎嚥他的肉派和雙份薯條說，「這些傢伙，我們的老黑兄弟，不斷吹噓古老神話，說他們像馬一樣屌，結果卻幹這樣的勾當。我想他們最不願意承認的就是手腕抽筋吧。」

「你指的神話是什麼啊，馬克？」有個用完餐的警員問，「黑老二嗎？」

「他媽的我怎麼會知道？」

「用點手腕，」這警員說，「你很可能就會知道囉。」

◆

在黛安家裡，希娜有時會抱著寶寶馬文坐上好久，把別的事情都拋開來。特別是在她們抽大麻的時候。除了希娜之外，其他人也會吞藥丸。希娜寧可抽蒂蒂教她捲的大麻菸，蒂蒂這技巧絕對不是從她那位聖神降臨教派的老爸身上學來的。大麻是黛安哥哥賈邁卡的。反正她是這麼說的，而希娜也沒有立場懷疑。嗯，不管是打哪兒來的，都是好貨。希娜靠在沙發上，頭抵著牆。小馬文拇指塞在嘴角，淌著口水，閉上眼睛，希娜輕輕晃動。屋裡放著音樂，是艾琳娜從店裡偷來的錄音帶。是叫魔地？不，是魔比。魔比一張精靈也似的藍臉，瞪著一雙黑眼睛，皮膚全是藍的，身上一襲宛如印度教徒的橘色袍子。還有水：周圍汪藍的水。水。魔比在水裡，緩緩溺水[1]。希娜很想知道，整個人溺在水裡會是什麼感覺。緩緩溺水。有個女聲輕唱：「冷的時候，我願死去。」

「喂，媽的，快動起來！」希娜聽見珍妮在房間另一頭喊著。珍妮身穿黑色緊身褲，黑色皮衣，手裡一瓶伏特加。

挨在珍妮身邊的萊絲麗穿靴子和只遮住一半大腿的迷你裙，艾琳娜蹲在牆角，在她隨身攜帶的黑紫相間背包裡不知找什麼，把東西攤得一地，然後又一一丟回袋裡。崔西一面拉起牛仔褲，走出廁所。

1 這是魔比 (Moby) 唱片《一切盡錯》(Everything is Wrong) 的封面。

「黛安！」珍妮在音樂聲裡大叫。音樂速度加快了，宛如舞曲。黛安聽得入迷，隨著旋律開始搖擺，輕輕晃動屁股，其他女孩笑起來，黛安搖擺得更起勁。

「黛安，你究竟要不要關掉那個鬼音樂？媽的，我不想再等了！」

黛安還是微笑，雙臂輕擺，眼睛有點失焦。最後蒂蒂一把抓住她，壓著她的雙臂，叫她別再跳了。黛安點頭，好，好，好吧。

蒂蒂走向希娜。希娜微張嘴巴跟著錄音帶哼唱，夾在指縫裡的大麻菸早就熄了。馬文咬著她薄T恤下猶然稚幼的乳房。

「希娜，你醒了吧。你照顧馬文，好嗎？盯好他，他餓了就餵他。嘿，你有沒有聽見我說什麼？」

「好，好，沒問題。」

「最好是。」

蒂蒂直起身，拉平丹寧裙裙擺。黛安神智不清，所以只好由她來照顧小馬文，確保他平安無事。

「她還好嗎？」珍妮問，目光飄向希娜。其他女孩全擠向門口。

「她？」蒂蒂說，「剛問過她，她沒事。」

珍妮笑起來。「她看起來像坨屎。」她摔上門，和其他女孩一起走向還是不會動的電梯。

諾瑪回家途中買了報紙，才剛看完頭版標題，就已經走到家，掏出鑰匙開門。

「彼德？嘿，親愛的？快來看！」

但彼德不在，樓上樓下都沒有人影。他的馬克杯，他喜歡用來裝吐司的盤子，三個黃色同心圓圖案、中間稍微有裂痕的那個，已經沖洗乾淨，滴水晾乾。

「彼德？」

他來的時候什麼也沒帶，所以也不必查看他的東西是不是還在。

諾瑪燒水，準備泡茶，但改變主意，從冰箱拿了罐夏恩的啤酒。有點熱，她打開後門，聽見狗在低聲吠叫。靠近院子門口有一排狗屎。諾瑪坐在餐桌旁，有啤酒有香菸，開始看報。

晚餐時間，彼德就會回來，她確信。

◆ ◆

蓋瑞·何文登喜歡每天下午練重訓至少一個鐘頭。不過他每隔一段時間就換項目，例如划船器，腳踏車。他也試過有氧運動，但覺得和一屋子綁頭帶、穿雙色緊身褲的女人一起跳來跳去，實在很白癡。他先練重訓，再到蒸汽室，然後淋浴，冷水熱水，接著熱水冷水。用毛巾擦乾身體。

有時候，就像今天下午，他說服夏恩和他一起來。對領政府救濟金的人來說，健身房的價格貴到爆。夏恩身穿舊T恤和借來的短褲，渾身大汗，刺痛眼睛。夏恩總是做得過頭，不知道什麼時候該停。

「嘿，」還在做挺舉運動的蓋瑞說，「你有沒有聽說有個傢伙在林頓公園被強暴了？」

「自找的，不是嗎？」夏恩說。

「八成是。」

「他活該。」

「是啊，」蓋瑞贊同，眼睛盯著汗水淌下夏恩平坦的腹部，汗光淋漓，細細的汗毛金光微閃。

◆

影音部門的副店長向這位客人保證沒問題，因為機器有時候就是會出問題，信用卡公司無法立即核可。道理不難明白，一架價格近六百鎊，二十六吋螢幕的電視機，信用卡公司總是有很多查核程序的。

莎莉．普蒂身上一件散發波特酒氣味的舊空軍夾克，內搭襲地長洋裝，腳上的舊網球鞋被裙擺蓋住，完全看不見。莎莉一心相信，只要買部新電視，她的人生就完全不一樣了。她不必再和那些酒鬼擠在外面的長椅上，她可以掌握自己的生活，展開新人生。

但是沒有報稅表之類的東西可以證明她的居住地，她沒辦法租用電視。她在街頭認識的一些傢伙，可以幫她弄來便宜貨，但都和她要買的這架不能比。

莎莉眼前似乎已經看見，她一整個夏天坐在家裡看溫布頓網球賽和雅士谷賽馬會。頭戴花俏帽子的仕女，夢幻的景象。還有音樂片，她愛音樂片，老電影，不是像《火爆浪子》那種垃圾，而是真正的老音樂片：《願嫁金龜婿》、《美景良辰》。她確信自己的簽名正確無誤，因為她練習好多遍，一次又一次。

「小姐，好了。」那傢伙回來了。西裝、條紋襯衫、制服領帶，笑容滿面。「耽擱這麼久，真的很不好意思。」簡直是馬屁精，「請容我向妳解釋一下，怎麼到我們的提貨部。你開車過來之後，從那邊轉進去，有個停車場，商品會準備好，等你提領。」

車？什麼車？「我以為，」莎莉說，「你們會送貨。」

「當然，小姐。送貨日期大約是下個星期二或星期四。」

門都沒有！「那我叫計程車呢？」她說，「我叫輛計程車，幫我載回家。簡單吧？」

「沒問題。」還是一臉油腔滑調的笑容，指引她怎麼到提貨部。

莎莉走到最近的計程車招呼站，搭車到提貨部門口，已經有兩名制服警員在裡面等她了。

「不好意思，老兄，」一名警員對計程車司機說，另一名警員押著莎莉上警車。「要拿車資的話，你得到警局來填領據。」

◆

被押進警局的莎莉一路罵個不停。

拘留巡佐搜出莎莉藏在洋裝底下錢包裡的一大疊信用卡，瞥見其中一張上有比爾．亞斯頓的簽名。

琳恩．凱洛葛接到電話。不到十五分鐘，她和凱文．奈勒坐在偵訊室裡，對面是莎莉。錄音機啟動，他們申明身份，偷來的信用卡攤在面前。

「這個，莎莉，」琳恩說，「亞斯頓。你是從哪裡弄來的？你老實說，其他的我們也許可以從寬處理。」

「多寬？」

「就是從寬。」奈勒說。

她沒想太久。「夏恩。我從夏恩那裡拿來的。」

「夏恩・史納普？」琳恩簡直不敢相信自己這麼走運。

「不然是他媽的亞倫・賴德[2]嗎？」

2 Alan Ladd，1913-1964，美國電影明星。

◆
# 41
◆

「本次偵訊在五點二十七分開始。」芮尼克說。

他們在離夏恩家幾條街的下注站找到他，他正把賭馬贏得的錢塞進後口袋。「走運的傢伙，夏恩，」櫃台後面那人數鈔票給他的時候說，「走運的渾蛋。」

迪文和奈勒開第一部車，跟在後面的是彌林頓和卡爾．文森的第二部車。兩輛車停在屋前等候，兩名制服警員埋伏在屋後。諾瑪．史納普站在門階上，指天誓地痛罵他們。

夏恩把手裡的袋子甩向奈勒胸口，奈勒踉蹌後退撞到院子的牆，迪文則踏步向前，伸出雙手。「好，來啊，小子。想試試看嗎？那就來啊。」他對夏恩招手，來吧。迪文躍躍欲試，因為他們兩人身高差不多，迪文可能高個一兩公分吧，而且體重也肯定重一點。夏恩身材可能比較標準，但迪文是警局第一支橄欖球隊隊員。

「別犯傻，小子。」彌林頓在人行道邊緣說，「看看你，你無處可跑，只會讓自己受傷而已。」第三部車從街的另一頭駛來，警笛鳴響。

夏恩呆站原處，眼睛還是盯著迪文，心裡蠢蠢欲動，感覺到腎上腺素暴衝，知道他可以擊敗眼前這個該死的王八蛋，好好修理一頓，絕對可以。但他也知道時機不對。

他一放下手，迪文就往前衝，把他扭過來，掏出手銬，用力把他壓在最靠近的一部車上。

「手不要動！」

「去你的！」

「還要狠，來啊！」迪文把他壓在車頂上，奈勒已經站起來，宣讀他的權利。

手銬咬進夏恩手腕，但他還是想辦法扭動上身，讓臉離迪文只有幾公分的距離，惡狠狠瞪著迪文的眼睛。「總有一天，我會宰了你！」口水吐在迪文的嘴巴和臉頰上。

「馬克！」彌林頓迅速介入，抓住迪文肩膀，不讓他一拳揍上夏恩的臉。

「馬克，算了，別這樣！」

迪文又瞪他一眼才走開。彌林頓把夏恩塞進汽車後座，夾在奈勒和他之間，要文森快點開車。迪文自己開另一輛車。

「我聽說，」被找來的律師助理不耐的說，「在逮捕過程，我的當事人受到肢體脅迫。」

「你的當事人，」彌林頓說，臉湊得很近，律師助理都聞得到他嘴裡的薄荷糖味道。「差一點就要被控妨礙執行公務。」

芮尼克和彌林頓在A偵訊室執行偵訊。老舊的桌上同樣有坑坑疤疤的香菸灼痕，牆角陳腐的菸味同樣揮之不去，地板髒得同樣黏鞋底，雙卡錄音機薄薄的賽璐璐片喀喀響，錄下同樣的開場白：「本次偵訊……」

◆

剛過一個鐘頭，律師助理就傾身要求休息。「我的當事人……」

「現在不行。」

「我的當事人……」

「還不行。」芮尼克拔高嗓音，被夏恩銅牆鐵壁似的拒不吐實，激得快脾氣爆發。

「這張卡是哪裡來的？」

「我不知道你在說什麼，什麼卡？」

「亞斯頓督察的信用卡。莎莉．普蒂說她在大街酒館後面跟你買的。」

「噢，她一定記錯了。再不然就是她說謊。」

「她為什麼要說謊？」

「她就是賤貨啊。」

「什麼？」

「看看她，她那個樣子，腦袋根本就壞了。不知道真相會不會從她的屁眼裡爬出來。」

「不像你，夏恩，對吧？」彌林頓接替芮尼克問話，又點了根菸，傾身挨近夏恩，露出近似微笑的表情，眨眨眼。「是真相專家。」

夏恩頑強地回瞪他。這是在講什麼和什麼？

「比方說，上上星期六，你和你的哥兒們蓋瑞，窩在你家，陪你老媽和她那個老帥哥，看錄影帶，踢家裡的貓。」

「那又怎樣？」

「全是謊言。」

夏恩哼一聲，轉開臉。

「謊言啊，夏恩，從頭到尾都是謊言。」彌林頓咧嘴笑，「像冷凍豬肉派一樣，全是騙人的。」

「王八蛋。」

「確實是。」彌林頓很得意。

「夏恩，那個星期六，」芮尼克語氣強硬，「你和蓋瑞・何文登與他的幾個朋友出門喝酒。在倫敦路和橋之間逛酒館，喝得有點嗨，還和人幹了一架，然後到了堤岸，有人要尿尿，結果碰上了亞斯頓督察在遛狗，所以你們狠揍他一頓。你們整群人。偷了他的皮夾、現金、信用卡，讓他躺在那裡等死。這就是你們那個星期六晚上幹的事。」

夏恩眼睛眨也不眨地瞪著芮尼克。「王八蛋。」他平靜地說。

「就一個顯然不是白癡的人來說，」彌林頓說，「你這人講話實在是很無聊。」

「那你們別再屁話，快放我走？我不知道信用卡的事，也不知道堤岸發生了什麼事，什麼都不知道，好嗎？」

「我的當事人……」

「好吧，」芮尼克迅速起身，「二十分鐘。一秒也不多。」

「他可以吃頓飯吧？」

「半個小時。」

「本次偵訊，」彌林頓說，「在六點三十九分暫停。」

◆

「你覺得他在說謊？」史凱頓在辦公室門口和辦公桌之間踱步，非常不安。他承受了來自上級、下級、本地媒體和全國性報紙的壓力。

「絕對是。」芮尼克說，「但我不確定是哪部份。」

「天哪，查理，別再兜圈子了，這究竟是什麼意思？」

芮尼克也站起來，因為覺得自己坐了太久，而且待會兒還會再坐很久。「我把整件事攤在他面前，亞斯頓的案子。他眼睛連眨都沒眨一下。我知道他很冷靜，是不見棺材不掉淚的人。但是死了一個警察，他肯定知道我們不會善罷甘休。可是夏恩不動聲色，就算拿把刀子抵在他脖子上，好像也傷不了他。」

「那他為什麼說謊？」

「我不知道。」

「那張信用卡，我們可以起訴他嗎？」

芮尼克露出懷疑的表情。

「我們可以讓那個女人出庭，宣誓作證，指證他。」
「以普蒂的紀錄，沒有人會相信她說的話。夏恩知道。」
「所以他可以脫身？」
「他會想盡辦法。但我想要羈押他久一點。就算亞斯頓遇害的時候他不在場，他也可能知道有誰在。」
「所以他是在掩護其他人？」史凱頓繞到辦公桌後面，轉過椅子，靠在椅背上。
「可能。」
「他的那個朋友……何文登？」
芮尼克點頭。
「那我們帶他進來問話。突破不了這個，就試試另一個。」
但芮尼克還沒聽完就開始搖頭。「我想做的，是儘快讓何文登知道夏恩被捕。讓他煎熬一下。他肯定會擔心夏恩說了什麼。如果我們操作得好，他很可能會相信夏恩坦承了很多事情。」
「他會不會逃走？」
「我懷疑。他知道逃跑就會引起更多注意。不過我們得盯著他。」
史凱頓放開椅子。「就照你的想法做吧，查理。但只是暫時，頂多二十四小時。」
芮尼克點頭，走向門口。夏恩填飽肚子之後，說不定態度會好一點。他得再試一下。

◆

「她指證你了，夏恩，莎莉．普蒂。她和你有私人恩怨嗎？」

夏恩瞥了芮尼克一眼，搖搖頭。

「那就是你的家人囉？她和諾瑪？以前吵過架？」

「我媽才懶得理她咧。」

「那是為什麼？活得不耐煩了？」

「什麼意思？」

芮尼克挺起背和脖子，手平貼在桌子邊緣。「我的意思是，為什麼咬出你來？她被逮的時候，知道一定要交待個名字出來，那為什麼會蠢到要指證你？我的意思是，她有這麼多人可以選擇。她以為你會有什麼反應？你下次碰見她，會和她擊掌？謝謝你被逮的時候想到我。」芮尼克不敢置信地搖搖頭。「不可能，她會咬出你，唯一的理由就是，這是事實。」

夏恩眼角微微一絲笑意。他想，他們一點線索都沒有，什麼都沒有，我可以放輕鬆，好好享受一下。

「芮尼克先生。」他非常有禮貌。

「什麼？」

「證明一下吧。」

他們試過了。問夏恩口袋裡的錢怎麼來的（賽馬）；他哪來的現金下注（和大家一樣啊，在郵局排隊，兌現社會福利支票）；他和蓋瑞·何文登的關係（就好朋友，我們一起在健身房運動）；蓋瑞和右翼份子的關係（政治？不，我們從來不談政治。工黨，保守黨，全是一個樣）；比爾·亞斯頓遇害那天晚上，他們在做什麼（在我家看錄影帶，要問幾遍啊）。

◆

收穫不多。

律師助理要求休息吃飯的時候，芮尼克爽快答應。琳恩·凱洛葛打電話進來：她和凱文·奈勒已經找何文登談過，告訴他警方羈押夏恩。何文登很緊張，好像準備採取什麼行動。好，芮尼克說，密切觀察。萬一有緊急情況，可以打到我家。

◆

最後他們放走夏恩，但警告他，他們還會再找他問話。夏恩和迪文在樓梯狹路相逢。彌林頓帶夏恩下樓，迪文正好要上樓回辦公室。

「記住了，」錯身而過的時候，夏恩輕聲說，「你和我，遲早。」

「是喔，」迪文說，「做你的大頭夢吧。」

# ◆ 42 ◆

夜色已深，街燈襯在深紫的城市天空，顯得格外燦亮。克罕和奈勒在辦公室聊市區的印度餐館，芮尼克走進來，朝他們的方向點個頭，走向自己的辦公室。

「以我的口袋深度來說，」克罕伸手拿辦公桌上的卷夾，「仙德是第一選擇。」

他下意識地拉正領帶，用手梳梳頭髮，然後才敲督察的門。

「長官，你要我查查賈汀。」

「嗯？」

「好不容易才弄到這個，有點簡略。還有幾個地方需要再查證……」

「克罕。」

「長官？」

「你就直說吧。」和夏恩·史奈普周旋，已經磨光了芮尼克的耐心。

「呃……」克罕翻開卷夾，「……賈汀在擔任目前的職務之前，曾經在斯塔福德郡和萊崔斯特郡工作。一開始只是普通的社工，但很快就轉調社會服務工作。」

「斯塔福德郡，」芮尼克說，「那個地方是不是曾經有孩子被綁在床上，單獨拘禁，引起公憤？」

「長官，沒錯，太過份的拘禁行為，他們稱之為「強力制壓」。賈汀工作的兒少之家也涉入，我這裡有一份調查報告。但和其他員工相比，賈汀算是全身而退。報告裡對他最不利的，就只是他知情，但沒制止，也沒通知上級。沒說他直接涉入。

「過後不久，他調到萊崔斯特郡，算是升遷。這裡就有意思了。他掌管一家兒少矯正中心，傳出性虐待的申訴……」

「指控賈汀？」

「長官，不是，是他手下的員工。」

「這些申訴，得到證實了嗎？」

克罕嘆口氣，搖搖頭。「還是不清不楚。被指控的那個人說這群男生怨恨他，所以捏造故事。而醫學檢驗的結果也模稜兩可。有人提到要起訴，但那個男的辭職，整件事就不了了之。」

芮尼克往前坐。「賈汀對這整件事情有什麼說法？」

克罕微笑。「可想而知：這所謂的事件，發生在他到職之前。從他接掌之後，那個地方已經更開放，鼓勵員工和男孩們公開討論彼此的不快。」克罕唸著筆記：「『我保證，在我照管之下，沒有任何孩子會擔驚受怕。』一九八九年，萊崔斯特訪談證詞。」

芮尼克用掌根揉揉眼睛，「他也許應該說給尼奇．史納普聽。」

克罕闔起卷夾，倒轉過來，放在芮尼克桌上。

「很好，我們再找馬修談一下，看他有沒有更多話要說。他很可能還在威爾斯，不過還是先確認一下。」

「長官，我在想……」

「怎麼了？」

「呃，只是……我想我如果太快回去找他，再逼他，他的嘴巴很可能會閉得更緊。也可能把他逼到極限。」

「那你怎麼想？我們放過他？」

「不是，就只是多給他一點時間，就算一兩天也好。我們稍微放鬆一點，他說不定更願意接近我們一些。」

「接近你。」

「是的。」

芮尼克嘆口氣。不到幾個鐘頭之前，他才對史凱頓提出同樣的請求，要求上司相信他的判斷。

「好，四十八小時。在這之前，把這份報告裡的漏洞都補起來，萬一我們用得上，一定要無懈可擊。」

◆

蓋瑞．何文登知道夏恩在哪裡接受偵訊，但並不知道他已獲釋。坐立難安幾個鐘頭之後，他決定去找法蘭克．米勒，尋求建議。法蘭克．米勒是你出了問題會想去找的人。

米勒在俱樂部和酒館當保全，壯碩的身體擠進廉價的晚宴外套或貼身的人造絲緞連身服，黑色耳機戴在頭上宛如王冠。笑容滿面，微揚起手——現在還不能入場，親愛的，請再等一下，不然你去試試街尾的那一家好了，耐心一點吧，請排好隊。排隊的人不時瞪著法蘭克——個頭不高，有點超重，年近三十的傢伙——心想，你這個肥佬，別指使我怎麼做，或叫我去哪裡。法蘭克就喜歡這樣。這些愛說大話的小傢伙，想在瘦巴巴的小賤貨面前逞英雄，看晚一點能不能靠在牆邊爽一下。他喜歡看他們終於出手推他，卻發現推不動他時，那汗涔涔的臉上露出的表情。法蘭克一逕保持微笑，在出拳反擊之前。

但他也不得不承認，偶爾情況也會稍微失控。碰到這樣的情形，他們只好讓他走人。反正永遠有另一家酒館，另一扇門，另一個週六夜。如果不是……嗯，那又是另一回事了。朋友中的朋友，哥兒們裡的哥兒們，總是需要一點肌肉。他和個放款的傢伙達成協議，你知道的，就是你的撲滿裡沒錢，被告拖欠房租，法警就要來逮人的時候，就派得上用場。利息當然很高，不然咧？你以為這是他媽的社會福利？法蘭克保證債款一定會還，要是沒還，也肯定讓那些傢伙後悔莫及。

法蘭克．米勒？有點粗魯，但骨子裡還是個高尚的人。告訴你吧，要是出了任何麻煩，我第一個要去投靠的人就是他。法蘭克，好人一個，真的。

法蘭克人在海諾的小酒館，好整以暇喝著他的最後一杯啤酒，蓋瑞．何文登穿皮衣，手拿安全帽進來。

「幹！你是怎麼回事？」米勒問，「活像老二被老鼠叼去當早餐了。」

「是夏恩，」何文登有點喘不過氣來，坐下時還差點撞倒空酒杯。

「他怎麼啦？」

「警察帶走他了。今天下午。」

「他媽的為什麼？」

「我不知道。我不知道。我又沒機會和他講話。」

「冷靜一點。也許什麼事也沒有。你也知道那些條子是什麼德性。夏恩，他坐過牢對吧？他們很可能無緣無故就抓他去。」

「我知道，可是……」

法蘭克．米勒用力拍了何文登大腿一記，捏著他膝蓋後面的肌肉。「他不會講的，你那個好兄弟夏恩。就算講了，除了讓自己掉進糞坑裡，他還能講什麼？」

何文登眨著眼睛，想喘過氣來，不去注意腿上的疼痛。米勒的拇指壓著他的骨頭。

「你很信任他，對吧？」

「是啊，是的，當然。」

米勒鬆手，拍拍何文登手臂，還玩笑似的舉起拳頭。「那就沒什麼好擔心的，呃？」他端起酒杯。「我很想請你喝一杯，但他們已經要打烊了。況且喝酒不開車。你騎摩托車，我可不希望你一頭栽進運河裡喔，蓋瑞。」

芮尼克沒忘記漢娜的留言，但他想先給自己弄個三明治，然後再打電話給她。得先把派伯從蒸鍋裡趕出來才行，所以他調換順序，先打電話給她，但忙線。噢，好吧。萵苣、小黃瓜、水芹、羊乳酪。已打開的鯷魚罐頭，倒掉油，拌進黑胡椒和乾羅勒，再把剩下的幾片曝乾番茄切成絲。另一個房間傳來強尼·哈特曼的歌聲，以及霍華·麥吉的小號樂音。這是他的朋友班·萊利突然從紐約寄來的。查理，我到紐約玩，看了克林伊斯威特的新電影，非常喜歡。應該是啦。反正，電影配樂是這傢伙唱的，我想你應該會喜歡。你應該已經趕上科技潮流，改聽CD了吧。好友班。班，從每年的明信片看來，他是越來越適應美國了。而芮尼克終於也趕上科技潮流了。

他切麵包，鋪上萵苣和其他沙拉配料，加上鯷魚和曝乾番茄，灑上細細的乳酪絲。

等待烤箱加熱的時候，他又走回電話旁，但還是佔線。他給兩片麵包塗上綠橄欖油，舔乾淨手指，從冰箱拿出一瓶白麥芽啤酒。

強尼·哈特曼低沉的聲音唱著：「他們不相信我。」

他再撥了電話，卻響了又響，沒人接。

他為什麼不認為夏恩·史納普會是那種把痛揍同志當合法運動的年輕人呢？他很小心不讓晚餐滴到衣服前襟，掰下一小塊麵包邊角，抹抹鯷魚罐，給一直喵喵叫的巴德。彷彿某種巧合似的，音樂一停，電話就響起。是漢娜，芮尼克心想，伸手去接。是漢娜打的，再不然就是琳恩。

結果都不是。「長官？」是卡爾・文森。芮尼克竟然一聽就認出他的聲音。「長官，我想您最好到局裡來一趟。」

◆

坐在芮尼克辦公室的這人大約四十二、三歲，頭髮是不深不淺的棕色，很濃密，從耳後開始變得有點捲，稍微過長，需要修剪；鬍子倒是沿著下巴，修得整整齊齊。他戴著無框眼鏡，身上的西裝看來質料很好，深藍底色有暗藍與灰色細紋。領帶結工整，但打得有點小，不太符合時下流行。

「這位是崔俠爾先生，」站在芮尼克和門之間的文森說。

芮尼克點個頭，和伸出手的崔俠爾握握手，發現他的手有點抖，微微冒汗。

芮尼克走到辦公桌後面坐下，要文森關上門，也坐下。

「請把你剛才告訴我的事情，告訴督察。」文森說，「別擔心，不會有事的。」

崔俠爾講話是那種受過良好教育、非常規矩的腔調，就算以前有地方口音，如今也完全聽不出來了。「我在報上看到新聞，」崔俠爾說，「有個男人在林頓公園被攻擊。我一直想是不是要來找你們。我不確定，不太確定，這樣究竟對不對。」

「如果你有訊息可以提供給我們，崔俠爾先生，任何有助於破案……」

「不，不，不是這樣的……」他緊張地瞥了文森一眼，文森點頭鼓勵。「不是這樣，至少不是直接的。」

「請繼續。」

「幾個月前，六個月，正確來說，是六個月零七天，我在公園旁邊的人行道被一個男的攻擊。同一座公園。」崔俠爾摘下眼鏡，歪著頭，貼在掌心裡。「我……有人從後面打我，把我打倒在地上。他威脅我，如果我敢叫出聲，會有什麼下場……然後他……我被性侵。督察，就是這樣。六個月前。」

辦公室裡一片沉寂，除了電器的嗡響，就只有他們三個人的呼吸聲。

「這起事件，」芮尼克說，「你沒有報案？」

崔俠爾搖頭。

「沒找醫生，醫院……」

「沒有。」

「你沒告訴任何人？」

「沒，沒有。」

「沒事。」文森安慰他。

「我覺得你們是在譴責我。」

「沒有。」文森說，瞥了芮尼克一眼。

「沒有，崔俠爾先生，」芮尼克說，「我向你保證，絕對沒有。」
「要不是我認為這很重要，根本就不會出面。」
芮尼克點頭。「我們瞭解。你現在出面，是認為這兩起攻擊事件之間有關聯？」
「是的。」
「動手的很可能是同一個人？」
「是的，沒錯。我是說，很可能，不是嗎？」
「崔俠爾先生，我必須請教你幾個問題。」芮尼克微微傾前，「你那天晚上到公園去，心裡是否盤算著可能會遇見某個人，有一夜情？」
「對不起……」崔俠爾站起來，轉身往門口走。文森起身攔他。
「崔俠爾先生，」芮尼克說，「崔俠爾先生，請坐下。」
崔俠爾從西裝口袋掏出手帕，擦擦臉，清清鼻子，轉身面對芮尼克。「對不起，」他又坐下。
「沒錯，你猜對了，我那天晚上的目的確實是這樣沒錯。」
「那不是你第一次、或唯一一次這麼做？」
他緩緩搖頭。
「你已婚嗎，崔俠爾先生？」
他瞄了一眼左手手指，戒指已經不見了，但在手指上留下淡白的戒痕。「現在沒有。」
「你的工作？」
「我在投資公司工作，負責年金和貸款業務。」

「沒有人知道你這一面的生活？」

他迴避芮尼克的目光。「沒錯。」

「攻擊你的這個人，」芮尼克問，「你可以描述一下嗎？」

崔俠爾搖頭。

「什麼線索都沒有？」

漫長的沉默。「他很強壯。」最後崔俠爾說，「非常強壯，我想，當然也沒辦法確認，但我想他很可能嗑了藥。」

「因為？」

「因為他的力氣大得很不自然，還有他的忿怒。我以為……我當時以為他要殺我。以為他真正想做的是殺我。但他……他……想辦法讓我痛苦。」

崔俠爾的眼鏡從手裡掉下來，他哭了起來。手掩著臉，開始哭。片刻之後，文森站到他身邊，一手搭在他肩上。等崔俠爾平靜下來，文森才坐回椅子上。芮尼克倒了杯水，崔俠爾小口小口喝著，接著灌下一大口，差點嗆著。他謝謝芮尼克，用濕掉的手帕擦擦眼鏡，戴上，又摘掉。

「還有一件事，」文森平靜地說，「我在想，我是不是可以請教你事情的經過。」

崔俠爾點頭，「請說。」

「那人用的是……」

「瓶子。」崔俠爾緊閉眼睛，回想著。「他用瓶子，完事之後，在欄杆上敲碎。」

◆ 43 ◆

如果漢娜這天早晨比平常早些起床，從樓上窗戶朝外看，就會看見在隔開公園與人行道的欄杆旁邊，有好幾名身穿連身服的男人趴在灌木叢裡搜尋。看見他們的強化手套與慎重其事的態度，她也肯定會納悶，他們究竟是在找什麼。

芮尼克很早起，一夜幾乎沒睡，開車到這裡，雙手插口袋，站著看搜查人員工作。一名工作人員得意地找到一大塊瓶子碎片，是接近瓶口的部份，外面黏滿黑黑的東西，不知道是屎還是土，也或許兩者皆有。但橄欖綠玻璃的弧形內部看得出來有一條條痕跡，幾乎可以肯定是血跡。

光是想這事情發生的經過，就足已讓芮尼克握緊拳頭，指尖戳著掌心。**他用瓶子，完事之後，在欄杆上敲碎。**芮尼克很想知道，做出這種行為的人，究竟是痛恨受害人，還是痛恨他自己？而承受最大痛苦的又是誰？

他走到最靠近教堂的那排連棟樓房，漢娜家一樓漆黑，只有屋頂亮著一盞燈。他想過要敲門，但知道除了吵醒她之外，沒有別的好處。他們沒有什麼時間講話，而他也沒有她想聽的話可以告訴她。

芮尼克回到車裡，沿著德比路開了一小段距離到局裡。彌林頓和卡爾．文森坐在刑事偵查辦公室，琳恩．凱洛葛站在他們後面。情報部的珍．普萊斯考特提供的最新名單秀在電腦上：是近幾年在市中心舉行的同志權利遊行裡，曾因為暴力行為而被警告的人。一九九三年有四個被控擾亂治安，但上庭之前撤訴；一九九四年有六個被正式警告，三個被起訴，但撤訴；一九九五年四個被警告，兩個被起訴，但撤訴。

「我們還真挺他們喔？」文森帶著些諷刺意味說。

「需要證據啊，」彌林頓說，「我們不能有成見。看看那些想破壞右派集會的左派瘋子定罪數據，我想一定也差不多。」

文森勉強笑了笑，沒被說服。

「這個有意思，」琳恩指著電腦螢幕說，「法蘭克・米勒。三年三次，紀錄真好。」

芮尼克走到他們旁邊。「米勒？就是何文登急著去找的那個人。」

「昨天晚上，」琳恩說，「沒錯。」

辦公室門打開，睡眼惺忪的凱文・奈勒走進來，後面跟著迪文。迪文不知從哪裡弄來一塊冷披薩，吃得津津有味。

「好了，」芮尼克說，「名單上所有的名字都要和政治保安處的名單相互比對，今天就要查核完成。我們假設法瑞爾和崔俠爾的事件並非獨立個案，崔俠爾花了六個月才願意出面，一定也有其他人始終沒發聲。」

「我們也認為，」彌林頓說，「這些案子和亞斯頓的命案有關？」

「至少，這些受害人都是同志？」琳恩問。

芮尼克點頭。「我是這樣覺得。所以我們動作必須快，趕緊追查我們掌握到的人。史納普，何文登，米勒，他們串成一條鍊，而何文登是其中脆弱的環結。琳恩，你和卡爾跟我一起，看能不能逮著他。葛拉翰、凱文和馬克，你們去找米勒，看他怎麼說。目前我們還沒有他在亞斯頓遇害時的不在場證明。」他看看同事，「有問題嗎？」

「我有，」文森說，「如果在場哪一位放了保險套和凡士林在我的置物櫃裡，我要藉這個機會道謝。不過我也要給各位一個小小的性教育——小，但很重要——擦凡士林會影響保險套的安全性，KY潤滑劑……」他對迪文眨眨眼，「比較正確。」

凱文．奈勒笑了笑，但有點不太確定該不該笑。琳恩．凱洛葛不以為然地搖搖頭。

「我們現在沒時間，」芮尼克說，「但如果再有這樣的意外發生，我絕對會追查到底，立即把那人掃地出門。」

迪文面無表情地把沒吃完的披薩丟進最近的垃圾桶裡。

◆

芮尼克坐後座，琳恩開車，車子飛快地朝西北方開出市區。文森坐在琳恩旁邊，半轉頭看著後座。

「本地同志組織，」芮尼克說，「會收到通知，請他們鼓勵受害的會員出面。」

「問題是，」文森說，「大部份受害的人不會出面，況且……」他搖搖頭。「信任也是個大問題。」

「嗯，」芮尼克說，「那我們就在各處的廁所和開放空間派員巡邏……」

文森笑起來，「那會有很多同志社群上街抗議我們侵犯公民權。」

「什麼權？」琳恩馬上駁斥，「是出門讓自己遇上危險的權利？」

「嘿，」文森轉身對她微笑，「別針對我。我又不是表達我自己的看法。」

琳恩用力轉方向盤，避開一輛牛奶貨車，然後平順地換檔。「那你的看法是什麼呢，卡爾？」

「你指的是在公廁裡辦事？」

「是啊。」

他聳聳肩。「我自己是不會那麼做的。可是我可以理解為什麼有人需要那麼做。」

「但你自己不需要？」

「我不用。至少已經不再需要了。」

車裡三人沒再開口，琳恩打左轉燈，然後慢慢停下車。「就是那棟房子。」

◆

彌林頓瞄一眼手錶：還不到七點鐘，街道安靜。在一排排破敗的房舍之中，有一兩間剛粉刷過，格外突出，樓上窗戶緊閉，新的門上有擦得晶亮的銅門環。不過這間不是。他看見門上的告示，要訪客繞到屋後。

「我們保持安靜，除非不得已，否則別吵醒他。」

後院有股甜甜酸酸的味道，像是阻塞的排水管。迪文手才碰到後門，門竟然就開了。他挑起眉毛，用眼神詢問彌林頓，彌林頓點點頭。迪文推開門，踏進屋裡。水龍頭的水滴滴答答落在鍋子上，眼看著就要溢出水槽了。他們現在清楚聽見鼾聲，大聲且有節奏地從隔壁房間傳來。

窗簾拉上，米勒睡在沙發上，一排啤酒罐堆在污漬斑斑的地毯上，腐臭菸味瀰漫。米勒鬆開牛仔褲皮帶，拉鍊半開，鬆垮的T恤捲了起來，露出肚子。他仰躺著，一腳觸地，一手往後，臉貼在椅墊上，嘴巴開開的。

沒吵醒他，他們覺得很滿意。彌林頓指指樓梯，退回到院子裡那間快垮掉的工具間。畢竟，門沒關，而且米勒也沒出聲反對他們到處看看。

◆

芮尼克一行人走到門口的時候，蓋瑞·何文登的父親已走出家門。他今天上早班，有點來不及了。「進去吧，」他連芮尼克的證件都懶得看，「他應該快從浴室出來了，如果你們走運的話。」

「見鬼了，是誰？」蓋瑞走進小得像郵票的玄關，頭髮還濕的，舊的森林隊球衣，一條鬆垮內褲，光著腳。

「我是芮尼克督察，這位是文森刑警。凱洛葛刑警你應該認識了。」

琳恩亮出微笑，一閃即逝。

「你們以為自己在幹嘛啊，」蓋瑞氣洶洶，「現在就給我滾。」

「你何不上樓去，」文森禮貌十足，「多加件衣服，等你下來，我們應該已經找到燒水壺了。你要茶還是咖啡？」

◆

彌林頓站在廚房裡，隨意翻看米勒那本翻得破爛的《最重要的是勇氣：福克蘭戰爭實錄》，心裡不住嘀咕，是什麼人才會鬼迷心竅去加入皇家空軍。奈勒招手要他到外面。工具間一角有雙鞋底滿是泥巴的卡特牌工作靴，十號。

「他有可能是在搞園藝。」彌林頓說。

「是喔。」

迪文從他們背後冒出來。「他好像快醒了。」

彌林頓咧嘴笑。「我們去幫他一把。」

薩克森樂團的CD還在機器裡，迪文把音量調到最高，按下播放鍵。米勒驚醒，想要站起來，卻重心不穩，滾下沙發。

「早啊，法蘭克。」彌林頓說，在不敢置信的米勒面前亮出證件，「這是你的喚醒服務。」

◆

何文登套上牛仔褲，腳上的舊運動鞋沒繫上鞋帶。琳恩．凱洛葛細心用熱水洗過馬克杯，卡爾．文森泡了茶。

「要找到合腳的鞋很難吧？」芮尼克看著他的鞋子說，一副順口問問的模樣。

何文登有點不自在，什麼也沒說。

「十一吧？」芮尼克問。

「什麼？」

「尺碼。我是說，應該是十一或十二號？」

「關你什麼事？」

「只是聊聊。」
「好啦，幹，十一號啦！我穿十一號，滿意了吧？」
芮尼克微笑。
「你知道，」琳恩說，「我們和你的朋友夏恩談過了？」
「談什麼？」
「他告訴我們一些挺有意思的事。」
「是喔？和我有關囉，我猜？」
琳恩略歪著頭看他。「你覺得他講了什麼和你有關的事？」
「屁都沒有！」
琳恩說：「只講了信用卡的事。」
「什麼信用卡？」
「噢，賣給莎莉．普蒂的信用卡。」
「誰？」
「莎莉．普蒂，」芮尼克說，「她說她向夏恩買的。」
「你們講什麼屁信用卡？」
「亞斯頓督察的信用卡。」芮尼克說。
「你知道吧，」琳恩說，「就是遇害的那位警官。」
「那天晚上，」芮尼克說，「你好像記錯自己人在哪裡了。」

何文登有點手足無措地往後靠。「哪天晚上？」
琳恩要笑不笑：「你聽不懂我們說什麼嗎？」
「不，聽我說，聽我說。」何文登眼睛沒看任何人，甚至沒看餐桌，沒看地板。「那天晚上。
我不是說過了嗎？我在家。」
「說法又不同了，何文登？」芮尼克說，「因為你如果……」
「是夏恩家，我指的是夏恩家。」
「那是你的家？」
「是的。」
「不是這裡？」
何文登轉頭看看四周。「這個鬼地方？」
「那麼，」文森挨近他說，「你和夏恩什麼關係？像兄弟一樣？」
「是啊，大概吧。」
「那麼他這個人也不太顧兄弟情，這個夏恩，」文森說，「就我昨天聽他講的事情看來。」
「你騙我。」
「就這樣把責任甩到你身上，真是太沒義氣了。」
「你騙人！」何文登緊張得臉色發白。
「要是我告訴你，他說亞斯頓督察的信用卡是從你這裡拿到的，」琳恩問，「你會怎麼說？」
何文登搖搖晃晃站起來，撞倒椅子，臉往前湊近。「我會說你是該死的騙子！」

文森舔舔嘴唇。「不能這樣對小姐說話。」
「操你媽的！」
芮尼克站起來，該行動了。「蓋瑞，你茶不喝了嗎？還是你想先喝完，再和我們一起去警局？」

◆

「關掉，」法蘭克．米勒咆哮。「關掉該死的音樂！」
「擔心吵到鄰居嗎，法蘭克？」彌林頓說。「你好體貼，這世界應該多幾個像你這樣的人。」
「不過，」迪文取出音響裡的CD，「薩克森樂團的重金屬搖滾就是這樣。六、七年前了吧，在萊崔斯特狄蒙福特音樂廳的那場音樂會，你一定也去了吧？回來之後，我耳朵嗡嗡響了好幾天。」
米勒轉頭瞪著他：你在胡說八道什麼？
「可是這就是你愛的，對吧？耳朵嗡嗡響？其實呢，我們找到一捲你的舊帶子，裡頭也有很多薩克森的曲子，很不賴喔。」
「我可不這麼想，」米勒拉好牛仔褲拉鍊，「你們這些小丑從哪裡爬進來，就從哪裡爬出去，可以嗎？」

「當然可以，法蘭克，」彌林頓說，「只要你準備好就行了。」

米勒哼了一聲，搔搔左臂胳肢窩。「噢，是嗎，那就是現在囉？」

「有人在我們的同志社群裡放消息，」彌林頓說，「查過你的紀錄，你好像幹了不少好事。」

「證據呢？是啊，又怎樣？他們自找的。」

「你不需要外套。」彌林頓帶頭走，「但如果我是你，會把後門鎖好。天曉得會有什麼人溜進來。」

# ◆ 44 ◆

克罕醒來的時候，吉兒的一條腿勾著他的腿，屁股貼著他屁股。掀開床單，屋裡的光線足以讓他看見她背脊的弧度，和她臀部的曲線。再過十五分鐘，他就得準備好出門上班，頂多二十分鐘。他試探地抵著她的身體，感覺到她的回應。他知道自己有兩個選擇。其一是，俯身親吻她肩胛骨之間，讓腿從她身體底下滑出來，然後起床。他看著她身體舒展，兩腿分開的模樣，知道他如果伸手輕觸她大腿深處，那裡會有多溫暖。他也確實這麼做了。她發出睡意朦朧的滿足呻吟。二十分鐘就夠了，他想。

事實上，差不多十五分鐘。克罕起身扣上稍微褪色的淡藍襯衫鈕釦，這是他前任女友送他的禮物。

「我敢說，」吉兒在床上坐起來，「你穿這件是故意要激怒我的。」

克罕伸手拿他那條銀底藍紋領帶，哈哈笑起來。「有刺激，才有反應，不是嗎？」

她拿枕頭丟他，他蹲身，抓住被子一角。

「別！」吉兒大叫，「你敢！」

這時電話響起，克罕趕忙去接。保羅．馬修的聲音雖緊張，但確實是他沒錯。克罕臉上漾開笑容。「好，」他聽了一會兒之後說，「等我二十分鐘，我馬上過來。」

他回到臥房，戀戀不捨地親吻吉兒。再五分鐘，他想。

◆

因為是重大刑案，所以儘管只有間接證據，也足以主張申請搜索令的必要性。他們有二十四小時，頂多再延長十二小時。他們必須在時限之前起訴米勒和何文登，否則就得放他們走。根據新規定，他們可以強制對嫌犯採集DNA樣本，和新成立的伯明翰全國資料庫相比對。最重要的是和亞斯頓身上遺留的血跡進行比對，但得花點時間。

「怎麼可以？」法蘭克．米勒對他的律師說，「我絕對不同意這麼做。」

律師很抱歉，在新規定之下，警方有權這麼做。

「如果我不肯配合呢？」

「我們總有辦法的，」迪文笑嘻嘻。

米勒搖搖頭，「你知道這是什麼意思嗎？這DNA的玩意兒，就像指紋一樣，對吧？只要登錄了，他們一逮到機會就來找麻煩。」

「不是這樣的，」奈勒說，「只有你被定罪，或因為登錄有案的違法事件被正式警告之後，我們才會保留你的DNA。否則，我們就會銷毀。」

米勒仰頭大笑。「相信這個，就像相信月亮是綠乳酪做的一樣！」

「欸，」迪文故作失望，「難道不是嗎？」

搜索小組在米勒家做的第一件事，就是把工具間裡的靴子裝袋，貼上標籤。有輛車已等在外面，準備馬上送去檢驗。但房子本身的搜查沒什麼結果。沒錯，有很多過期的《秩序》雜誌，和其他的右翼宣傳品，但沒有能讓政治保安處眼睛一亮的東西。在破舊的電話簿裡，他們找到幾個讓崔佛·伍曼和足球情報部耳熟的號碼，但也沒有太意外。架子頂端那些翻得破爛的色情照片，全都是胸部大得不自然的女人，但和平常被查封的那些妨礙風化的東西相比，實在沒什麼大不了。他們沒找到可能的凶器，沒有類似棒球棒的東西。

蓋瑞·何文登和他父親同住的房子，除了樓下兩個房間之外，簡直是個超級大狗窩。何文登老爸有囤貨癖，什麼都不丟，什麼都積上一層厚灰塵。樓梯欄杆、所有櫃子表面，或他們摸到的任何東西，都一層油漬。引擎零件，舊衣服，發黃的報紙，保險絲，腳踏車架，沒黏在鞋底的鞋跟，餿掉的油，紙頁捲曲的平裝本西部小說，生鏽的工具。還有，單一只手套——何文登丟在樓上靠後的房間裡，與蜘蛛網、發霉紙箱、老鼠屎、蠹蟲為伍——和丟在堤岸上，比爾·亞斯頓屍體旁邊的那只一樣，只是一右一左。它們是一雙手套。

◆

保羅．馬修的母親坐在廚房餐桌旁，拾起掉落在罌粟籽蛋糕旁的碎屑，心不在焉地放進嘴裡。「不要逼他太緊，好嗎？他不能再受任何傷害。」

馬修在樓上的臥房。這個房間大概十五年來都保持原貌。牆上掛著童子軍證書，旁邊一張森林區小隊一九八一年的彩色照片，還有南威爾斯的地圖。裝在玻璃框裡的是保羅的照片，笑容滿面的他站在阿姨家旁邊的小路，摟著剛出生的小羊。

「這幾天還好吧？」克罕問，「你覺得好一點了嗎？」

馬修眼角泛淚，立即轉開頭。

「接到你的電話，我很開心。」克罕輕聲說，「我覺得這樣做是對的。」停頓一下，然後：「你談完之後，會覺得好過一些。放下你心裡的負擔。」

「我不能。」

「你可以的，沒問題。」

「我沒辦法告訴你全部的事情。我不知道……噢，天哪！」

「沒關係，」克罕手貼在馬修頸背。「把你能說的告訴我就行了。」

隔了好一會兒，馬修從口袋掏出面紙，克罕縮回手，往後坐，等待著。他以為馬修會再次崩潰哭泣。但沒有，他就只是坐在床邊，把事情告訴他。他這些天走在懸崖邊上，望著拍岸浪濤時，已在腦海裡對自己講述過無數次的事情。

他述說尼奇死掉的那天晚上，稍早之前，一群年紀比較大的男生，總共六個，離開電視室，大搖大擺走向門口。塊頭最大的那個，個子和馬修一般高，甚至比他更魁梧，突然折回來，不懷好意衝著保羅笑，叫他待在這裡別走，好好看他的電視——除非他想上樓欣賞他們幹的好事。

然後他們就上樓到尼奇房間，六個全上去，把門反鎖。馬修不知道該怎麼辦，他很怕他們，嚇壞了。他們常常到處晃蕩，張牙舞爪，抽菸，罵髒話，有時還不知從哪裡弄來毒品。他們也常取笑他，給他取綽號，找樂子。他知道這時才要起而反抗他們已經來不及了，一切都來不及了。尼奇房間裡傳來慘叫聲，聲音大得樓下都聽得見，但他就只是坐在那裡看電視，把音量調高。

「你沒告訴任何人？」一晌之後，克罕說。

「沒有，剛開始的時候沒有。」

「但後來呢？」

馬修閉上眼睛。「我告訴賈汀先生了。」

克罕喉嚨深處有某種近似歡愉的感覺騷動。「你把剛才告訴我的事情，說給他聽了？」

馬修點頭。

「保羅？」

「是的，我說了。」

「那賈汀先生怎麼說？」

馬修睜開眼睛，「他說沒必要對其他人提起，特別是在調查的時候。他說這只會攪亂一池水。他說這一點都不相干。」

「值班的另一個同事呢？伊麗莎白．佩克？你沒告訴她？」

馬修的手指用力按壓太陽穴，手放下之後，皮膚上出現兩個白白的壓痕。「她不在。整個晚上都不在。後來是我打電話給她，叫她快來。」
「她是生病了，還是怎樣？」
馬修搖頭。「她有另一份工作。」
克罕站起來，走到窗邊。對面的屋頂上坐了個工人，頭上綁條鮮豔的頭巾，喝著保溫瓶裡的東西，正在看報紙。
「那些年輕人，」克罕打開筆蓋。「名字是什麼？」馬修告訴他，一個一個，斬釘截鐵。

◆

芮尼克和彌林頓決定先拿下何文登。他們在他家找到的手套？和命案現場的那只手套配成對？沒錯，何文登承認那是他的手套，可是又怎樣？他幾個月前就丟在廢物堆裡，很可能是聖誕節之前，因為他有次騎車到峰區的時候搞丟了一只。十一月底吧，應該是。山頂都有雪了，他記得。不管他們在特倫特河找到什麼，都和他沒關係。
芮尼克沒告訴他，鑑識組正拿亞斯頓屍體旁邊那只手套內裡發現的皮膚纖維，和何文登的DNA進行比對。這可以等到證實之後再說，眼前先讓他不安就行了。
「好，蓋瑞，」他說，「你想怎麼說都可以。我們現在就要去找你的好兄弟法蘭克·米勒聊聊，看他能不能釐清一些問題。」

何文登的笑聲透著緊張。「就算你們失火了，法蘭克也懶得抬腿尿尿，幫忙滅火。」

「好，蓋瑞，」芮尼克站起來，愉快地說，「隨你吧。暫時。」

◆

「王八蛋一個！」彌林頓一走出門就說。

「他只是在虛張聲勢，」芮尼克說，「除了放放狠話，他其實是個不開心的小男生。」

「他覺得他的哥兒們法蘭克會把責任全推到他身上？」

芮尼克站在另一間偵訊室門口，笑著說：「我們看看他是不是猜對了。」

◆

法蘭克．米勒說他對那個星期六晚上喝酒的事，只有模糊的記憶。是啊，是啊，這家那家酒館的。和這個傢伙在這裡喝了一杯，和另一個傢伙在那裡喝了一杯。回家路上吃了東西，大概是咖哩吧，或炸魚薯條。再想想，他那天晚上好像沒回家？在美度徑的姐夫家住了一晚，和他姐姐那兩條羅威犬一起睡在地板上。芮尼克何不自己派人去查查看呢？

這又是芮尼克不樂見的，親人所提供的不在場證明。因為他們怕自己最親近、親愛的人去坐牢，什麼證詞都說得出來。

「趁我們去查的時候，」彌林頓說，「你何不說說這個？」他用誇張的手勢拿出那雙工作靴。

「這又怎樣？」

「嗯，你認得這雙靴子吧？」

米勒聳聳肩，「這樣的靴子外面有幾千雙，上萬雙吧。」

「你是說這不是你的？」

「我說的是，」米勒語氣高傲，「我不知道。可能是我的，也可能不是。」

「你想試穿看看嗎？」彌林頓建議。

「這什麼？他媽的灰姑娘啊？如果是這樣，我們就有現成的兩個壞姐姐了。」

「這雙靴子，」芮尼克說，「是在你院子的工具間裡找到的。今天早上。」

「真的？太神奇了，我到處都找不到。」

「失，」彌林頓覺得好笑，「又復得。」

芮尼克飛快瞥他一眼。就一個唯一的信仰經驗可能就是聽佩圖拉．克拉克唱音樂劇《萬世巨星》[1]插曲的人來說，這句話肯定不是引自《聖經》[2]。

但彌林頓還沒完。「我們也覺得很有意思。這雙靴子的型款，鞋底有很深的紋路，讓人不禁要想，凹痕裡卡了什麼東西。」他停頓一下，這次，米勒謹慎地看著他。「不過，當然也可能沒有啦。」

米勒攤在椅子上，瞄了一眼彌林頓手上的資料，挑起一邊眉毛。「說來聽聽。」他說。

彌林頓翻開筆記本。「首先呢，是泥土……」

「是喔，他媽的真是意外啊！」米勒說，但他顯然言不由衷。

「泥土，」彌林頓不理會他，「與亞斯頓督察陳屍所在的堤岸泥土相吻合，不只這樣，我們還找到血，在左靴鞋尖有細微血跡，血型和亞斯頓相同。」

米勒臉上血色盡失。

「除此之外，」芮尼克傾身說，「我們找到一捲錄音帶，有很多薩克森樂團的曲子，那應該是你喜歡的樂團吧，我相信？不只這樣——錄音帶曾經錄過別的東西，是國家黨去年秋天的活動。我們要查你在不在場，應該不是難事。」

米勒呆坐一晌，手擱在膝上，瞪著地板。接著抬起頭，張嘴成完美的O形。「有菸嗎？」他問，「我想來一根。」

他的律師拍拍他手臂。「和我談過之前，你沒有義務告訴他們任何事情。」

「你能做的，」米勒說，這語氣在他來說算是相當客氣了，「就是給我滾蛋。要敢再碰我，我就折斷你每一根該死的手指。瞭解？我有什麼權利，我比你還懂。」

律師完全理解。

有人敲門叫芮尼克出去，但一看到奈勒的表情，芮尼克就知道是怎麼回事了。

「媽的！」芮尼克難得罵髒話。看來殘留在亞斯頓屍體上的血跡，不是何文登，也不是米勒的。

正要回偵訊室的時候，克罕出現在走廊另一頭，面帶微笑：今天不是只有壞消息。聽完之後，他派凱文·奈勒進去和彌林頓一起偵訊。賈斯汀得由他自己應付才行。

1 原名為《耶穌基督，萬世巨星》(Jesus Christ, Superstar)。

2 聖經路加福音裡曾以三個故事講述「失而復得」的意義。

# ◆ 45 ◆

賈汀穿的是另一套細紋雙排釦的深色西裝，但灰髮依舊掉下許多頭皮屑。他鼻頭的血管看來更加明顯，眼睛有點渾濁。

他對芮尼克伸手，但芮尼克沒握。他坐回辦公桌後面，雙手抱胸。

「克罕刑警和我是從警局過來的。」芮尼克字斟句酌說，「你們的員工保羅·馬修已經針對尼奇·史納普在此地死亡的事件，做出一份口供。」

賈汀立時畏縮，一手掩口。

芮尼克朝克罕點個頭，克罕從外套內側口袋掏出裝有幾頁文件的信封。「我們想請你讀一下這份口供。」

賈汀遲疑了一下，才從克罕手裡接過來，但目光還是迴避著他們。

「看看吧，」芮尼克說，「仔細讀完，再回應。」

賈汀的目光停在第一頁的末端，隔一晌才再繼續往下看。讀完第二頁，他轉開視線，瞥了一眼牆面，那幾張代表他職業生涯的照片已然模糊。等讀完全部，把報告往旁邊一推，他的淚終於湧出眼眶，但沒太多。

「馬修先生所說的，基本上都正確？」

賈汀點頭：是的。
「他告訴過你，有幾個年輕人在尼奇．史納普死前進過他房間？」
「是的。」
「他也告訴你，他認為他們霸凌尼奇？」
「是的。」
「他相信，所謂的霸凌是性侵害？」
「沒有證據……」
「但他是這麼告訴你的？」
「是的。」
「他是值班的員工？」
「是的。」
「而你什麼也沒做。」
賈汀看看克罕，又看看芮尼克，搖搖頭。
「你叫馬修什麼也別做，什麼也別說？」
「是的。」
「可以告訴我為什麼嗎？」
賈汀沉默一晌才說：「這只會擾亂機構管理的秩序，我看不出來有什麼好處。」
「怎麼說？」

賈汀第一次和他四目交接。「反正尼奇都已經死了。」

芮尼克站起來，從辦公桌上抽回報告。「口供影本已經寄給社會服務處負責本案調查的菲莉絲．帕蒙特，也寄給了皇家檢察署。你一找好律師，克罕刑警就會針對本案偵訊你。瞭解了嗎？」

賈汀點頭，但頭垂得更低，芮尼克看克罕一眼，就逕自離開辦公室。工作完成了，他不容自己再吸進一口這間辦公室、這人、這個機構的腐臭氣味。

◆

在警局拘留所薄薄的床墊上待一晚，就足以讓法蘭克．米勒恢復理性。他知道要否認靴子上的血和錄音帶裡的聲音很困難——而且為什麼？就為了掩護那兩個鬼鬼祟祟的死同性戀——他們抵死不認，但他很肯定他們是——兩個假裝強悍，根本不值得一救的人渣！

所以早上七點多，米勒就開始乒乒乓乓敲牢門，到九點鐘，已經和彌林頓、奈勒，以及錄音機一起坐在偵訊室裡。他說的版本是這樣的：他姐夫伊恩．歐斯頓和倫敦路酒館的幾個愛爾蘭人起口角，要他帶幾個哥兒們過去幫忙。教教他們什麼叫尊重。法蘭克叫上蓋瑞．何文登，何文登又叫了夏恩。但夏恩一直沒現身。伊恩帶了棒球棒，那是他兒子的聖誕禮物。

他們在酒館裡教訓了幾個人。

法蘭克不記得是誰提議走到河邊去的，不過他們橫豎是去了。酒館打烊之後，他們一起過橋，大聲喧嘩，互相推搡取樂，因為沒有別人可以推啊。伊恩和他領頭，抄捷徑穿過紀念公園後面的球場，要去伊恩位在美度徑的家。差不多就是這個時候，他們在特倫特河另一頭碰到夏恩，他在和人吵架。那人竟然是個警察。可憐的渾蛋！

反正，就是大吼大叫，法蘭克什麼也聽不清楚，只記得夏恩罵那人是死同志，在廁所裡對夏恩動手動腳。接下來，他們就對那人動手了，大聲罵他：「該死的人渣！」之類的，踢得他屁滾尿流。

法蘭克和伊恩站在步道上旁觀，他不否認自己也想動手，但那傢伙旁邊滿滿是人，他根本不可能擠得進去。

這時夏恩跑過來，搶走伊恩的球棒，回去猛捶那人的臉，活像要把他的頭給整個砸爛砸斷似的。最後蓋瑞把他拉開，想把球棒還給伊恩，但伊恩不肯拿。

「我走過去看他，」法蘭克說，「血肉模糊。」他聳聳肩，「我的靴子很可能是因為這樣才沾上他的血。」

「所以，」彌林頓問，「你沒出拳揍他？」

「我？」法蘭克．彌林頓說，「一次也沒有。我發誓。」咧開嘴笑。

何文登全盤否認：一個字都不承認。手套的鑑識結果還沒回來。「給他點時間消化一下。」

「這個伊恩．歐斯頓，」奈勒在電腦前面說，「有前科。我們要把他帶進來，問一下話嗎？」

「好，現在就去。帶卡爾一起，好嗎？兇一點，你們兩個。」

他們要出去的時候，臉色陰沉、眼神憂傷的芮尼克正好進來。彌林頓等水滾，泡好茶，才向他報告細節。

「很好，葛拉翰，」芮尼克讚許說，「我們去史納普家，你和我，看我們能不能逮到夏恩。馬克，琳恩，你們最好開車一起來。」

◆

諾瑪來開門，雖然下午已過一半，她還穿著睡衣，披著舊睡袍。她只看芮尼克一眼，就轉身進屋。客廳窗簾放下，電視開著。諾瑪手裡拿根菸，還有一根擺在冷掉的吐司旁邊悶燒。

「諾瑪，」芮尼克問，「怎麼回事？你還好嗎？」

她看著他，好像沒聽見他說什麼。

「諾瑪，夏恩在嗎？」

她緩緩搖頭。

「我們有搜索令，可以搜查你的房子。」

「我有什麼好在乎的？」

芮尼克對彌林頓和迪文點個頭，他倆迅速上樓。他等諾瑪坐回沙發，幫她關掉電視聲音。後院的狗狂吠，大概是想吃東西了吧。

「我應該放牠進來嗎？」芮尼克問。

諾瑪什麼也不在乎。

他招手叫琳恩過來看著諾瑪，自己倒了些狗餅乾到碗裡，打開後門，小心避到一旁，狗馬上衝進來。他聽見彌林頓和迪文在樓上的動靜，腳步聲很重。回到客廳，芮尼克坐在諾瑪對面，等她把目光聚焦在他身上。

「諾瑪，這一次情況很嚴重。你替夏恩和他朋友提供的不在場證明，根本不成立。」她眼神飄忽，好像沒聽懂他說什麼。「他在哪裡，諾瑪？夏恩人在哪裡？」

樓梯響起腳步聲，接著就看見搖著頭的彌林頓。他的表情讓芮尼克知道，他們什麼也沒找著。沒找到夏恩，也沒找到凶器。八成埋了，或燒了，芮尼克想。他彷彿看見亞斯頓遇害之後，球棒漂在特倫特河，順流而下，再也找不到了。只是發生在狄克蘭·法瑞爾身上的事，讓他始終放不下。某種堅硬、結實，上過亮光漆的器具。他們沿著鐵路搜尋了一公里，穿過雜亂的墓碑，繁密的灌木林，跨越草地。搜過每一個垃圾箱，每一戶人家後院，每一條裂縫。

**他猛捶那人的臉，活像要把他的頭給整個砸爛砸斷似的。**

芮尼克想像夏恩站在那裡，唇上冒汗，大口喘氣，滿臉仇恨忿怒。

「為什麼？」

「你家夏恩，」芮尼克說，「他沒和蓋瑞混的時候，會去找別的朋友嗎？特別的朋友，我是說？」

諾瑪沒回答。

「女朋友？」

「莎拉．強生。」諾瑪刻薄地說，「賤貨一個！」

「你知道她住哪裡？」

諾瑪不知道，她也不在乎。不過，她知道莎拉在維多莉亞中心工作，美食街還是什麼的。

「好好監視這棟房子，」芮尼克走到屋外時，對彌林頓說。「前後都要。隨時和局裡保持聯絡。琳恩，你和我一起，看能不能找到莎拉．強生。」

走到路邊，他又回頭，「保持警覺，你們每一個人。想想他可能犯下什麼罪行。他年輕力壯，沒那麼好應付。」

「給我一個機會，」芮尼克一走，迪文就說，「和夏恩．史納普一對一，看看他有多容易對付。」

◆

芮尼克踏進美食街，穿梭在攤子和手推車之間，猛然想起他見過莎拉．強生。她曾經端咖啡給漢娜和他；現在，她也端著裝在紙杯裡的濃縮咖啡給琳恩和他。他們表明身份，問莎拉願不願意回答幾個問題。他們端著咖啡到鄰近的一張桌子坐下。身穿粉紅制服的莎拉很漂亮，輪廓分明，一雙懶洋洋的眼睛，年僅十七。

她有點不自在地點了根菸，用手搧開飄在面前的煙。

「我不知道，」她回答芮尼克的問題，「我至少一個星期沒見到夏恩了。」

「莎拉，你明白這件事的重要性嗎？」

她舌尖舔舔上唇，「我不說謊的，你知道。」

「我相信。」

「我沒見到他。而且，他也不會來找我。」

有個坐在他們附近的男子，身穿質料雖好，如今卻已老舊襤褸的外套，用手背掩口，不住咳嗽，讓芮尼克也覺得喉嚨發癢。「為什麼？」

「他就是不會來啊。」她的眼神帶笑，但也掩不住怒意。「第一，我老爸受不了他，不讓他踏進我家一步。第二，我和他分手了。兩個星期之前。」

芮尼克提醒自己，要記得喝他的濃縮咖啡。

「你為什麼甩了他，莎拉？」琳恩問。

莎拉頭往後仰，噴出一口細細的煙圈。她塗了指甲油，芮尼克發現，閃閃發亮的透明指甲油。「我們一起出門，星期六。我以為要去看電影，結果他不想看，所以我們就到舊釀酒廠那邊喝一杯，不記得哪家了，大概是「狗與熊」？後來我們走回廣場，夏恩招了計程車，我心想，噢，他老媽不在家，我們要去他家，通常都是這樣，男人心裡打的都是同樣的主意。不過夏恩呢，有時候不知道他心裡在煩什麼。反正，我上了車，他卻說他約好了要去見朋友，給司機五鎊，要他載我回家。是喔，我可不買帳。我告訴他，要是他想這麼做，那最好多和他那些哥兒們鬼混，別再來找我浪費時間了。」她看著芮尼克，聳聳肩。「就這樣。」

「他的反應呢？」琳恩說，「你這麼對他說之後？」

莎拉目光轉向她工作的那個櫃台。芮尼克看著她，不禁想，她知不知道自己有多漂亮。「他不在乎，」她說，「我想他從來就沒在乎過。」

除了咳嗽聲，芮尼克又聽見小孩的哭聲，心裡準備好要聽見叫罵和刮耳光的聲音。隱藏的擴音器裡傳出風琴和打擊樂的旋律：〈The Skye Boat Song〉和〈How Are Things in Glocca Morra〉。

「聽我說，」琳恩壓低嗓音，「我不是在套你話，但你說，呃，你暗示，和夏恩上床沒那麼順利。」

莎拉拿起她的那包菸，在椅子裡挪動了一下。「你為什麼要問？」

「莎拉，不好意思，我知道這是你的個人隱私，但相信我，我們確實有必須知道的理由。」

她抽了一大口菸，閉上眼睛一晌。「就像，你知道的，他一直想要，卻始終不能……呃，也不是一直不能，只是……一切都還好，在我們，在他……欸，我不敢相信，我竟然坐在這裡跟你們談這個，簡直像，那個什麼來著，琵姬．雷克脫口秀一樣。不過有時候，我們匆匆忙忙開始，他不是每次都能做完。這樣可以了嗎，你覺得？」她摁熄香菸，站起來，又瞥了沒人照管的咖啡機一眼。「我真的得走了，我不想丟工作，好嗎？」

「好，沒問題。」琳恩說，「莎拉，謝謝你。」

芮尼克目送她走開，粉紅制服底下一雙長腿。為什麼從遇見漢娜之後，他開始注意起這樣的事了？

「很好，」芮尼克說，「你表現得比我好。」

琳恩亮出微笑，但轉瞬即逝，喝完杯裡的咖啡。他們在靠曼斯菲德路的出口找到電話，芮尼克打回局裡：目前還沒有夏恩的下落。不過，二十分鐘之前手套內裡的皮膚纖維鑑識結果出來了，和蓋瑞．何文登的DNA吻合。現在他們可以用謀殺亞斯頓的罪名起訴他了。

「好，」芮尼克把消息告訴琳恩，「我們快點回去吧。」

「你的意思是，」琳恩咧嘴笑，「你還是希望我來開車。」

◆
## 46
◆

奈勒和文森在五點五十分接彌林頓和迪文的班。彌林頓倒是不急，因為他太太晚上有課，家裡只有包在環保保鮮膜裡的野菇千層麵在等他。

「那個女兒，」彌林頓說，「叫希娜吧？她一個鐘頭之前回來，十分鐘還是十五分鐘之前又出去了。除此之外，這裡安靜得不得了。」

迪文和文森換崗，兩人連眼神都沒交會。

「差點忘了，」彌林頓靠在奈勒車窗旁說，「法蘭克．米勒的那個姐夫，歐斯頓，查得怎麼樣了？」

「剛開始的時候，嘴巴閉得緊緊的，」奈勒說，「和你猜的一樣。但後來開口了，說法和米勒差不多。就袖手旁觀，看其他人痛揍亞斯頓。我問他是不是想介入制止，他說，不，那又不關我的事。他只擔心，夏恩用了他的球棒，會害他扯上關係。」

「真是難以想像，對吧？」彌林頓說，「這些傢伙怎麼會這樣。」

「他就是需要好好修理一頓，」迪文說，「他們這些王八蛋只懂這個。」

奈勒和文森在史納普家外面監視，彌林頓在家裡看電視影集《比爾》，喝啤酒配微波加熱的千層麵，迪文在他的公寓裡走來走去，既沒辦法定心看他租來的錄影帶，打電話訂來的披薩也擺在盒子裡涼了沒吃。

十點三十分，他終於按捺不住，打電話給在女王醫院擔任護理師的前女友。這個女孩和他在一起九個月，改變了他的習性——呃，差不多啦——但突然又甩了他。一聽到迪文的聲音，她就掛掉電話。

他坐進車裡，一路沿著雷福德路往前開，才突然意識到自己是要到哪裡去。

奈勒坐在沒有警車標示的車裡，離史納普家約七十公尺，可以清楚看見那幢房子。

「一定是無聊到想找事做。」奈勒在後照鏡裡看見迪文，心想。

「嘿，」迪文說，「想說有沒有什麼動靜？」

奈勒搖頭。「史納普太太出門了。一個女的朋友過來，她們就一起出門了。提著一個小袋子，像小行李袋。問她要去哪裡，她說要去朋友家過夜。我抄了地址，以防萬一。」

「你不覺得她是要偷偷給她的寶貝兒子送換洗衣服？」

奈勒笑起來，「除非他要穿洋裝和胸罩。」

「這年頭很難說。說到這個，我們那位卡爾呢？」

奈勒指指房子。「看著後面呢。」

「噢，後面啊。」迪文說。

奈勒瞪他一眼，但沒說什麼。他知道最好別和迪文辯論什麼是政治正確。

四十分鐘有一搭沒一搭的對話之後，迪文又點起一根菸，說：「你幹嘛不回家，凱文？去陪黛比。我們沒必要兩個人都耗在這裡。」

「不行。你可以走。」

但二十分鐘之後，迪文又催他走，他就同意了。他下車的時候，正好看見文森從巷口出來，朝他們走來。

「有什麼動靜嗎？」奈勒滿懷期待。

文森搖頭。「後面的燈全熄了。樓上窗簾拉下。只有他們家的狗時不時叫幾聲，想要出來。」

「馬克，」奈勒說，「要是你真的想待在這裡，何不到房子後面去？卡爾可以坐在這裡，替我一下。我回家一趟，馬上就來，好嗎？」

迪文一點都不想幫卡爾，但還是答應了。待在屋子後面，至少可以走動一下，比一直坐在車上好。於是他也真的這樣：走來走去，靠在牆邊，抽根菸，再靠一下，又走來走去。

就在走近房子的時候，他看見院子裡有個什麼東西。一條影子，蹲伏在牆下。

迪文靜靜等待，讓呼吸平穩下來，然後慢慢往前，小心翼翼舉起腳，避免踢到石子或跌跤。走到門邊，他才發現，那是條狗。

好吧，他呼了口氣。只是條該死的狗。這時，他掌心開始冒汗。這條狗：狗在屋裡，卡爾說。在屋裡叫著，想要出來。但現在狗在屋外，顯然有人進屋了。

他拉開後院門的門閂，輕輕打開。只走六步，就到了後門。他豎起耳朵，沒聽見任何聲音。

他以為門會從裡面反鎖，結果沒有。站在廚房門口，他又停下來聽，但什麼聲音都沒有，只有他自己的心跳聲。頭髮開始冒汗，淌下脖子。他摒住呼吸，快步走進客廳，等待眼睛適應黑暗。一切如常。

迪文轉身往樓梯走。

樓梯爬到一半，他略遲疑了一下，問了一個他未來會問自己千百遍的問題：他為什麼不先叫文森支援，才進屋裡來？但這個問題一閃而逝。

四扇門有三扇敞著，至少開著一條縫。迪文嘴巴發乾，用舌頭舔舔嘴唇。他在心裡默數一二三，數到二的時候，手握門把，用力推開，迅速開燈。

是個女生的房間，牆上貼著接招樂團和基努·李維的海報，床上有絨毛玩具。小衣櫃裡塞滿衣服，有些掛在衣架上，但大部份都沒有。

迪文想，也許文森搞錯了，他聽見的狗吠聲是從後院傳出來的，想要進屋。

透過門口，他看見隔壁房間的雙人床輪廓，床單皺巴巴。是諾瑪·史納普的房間，他猜。鞋子散落地板上，一堆堆的衣服，梳妝台鏡子上掛著一雙褲襪——天哪！有夠亂！他跨過一條丟在地上的牛仔褲和一雙高跟鞋，夠了，夠了。這時，他倏地寒毛直豎，全身緊繃，猛然轉頭查看似有若無的微小聲響。一根棒球棒迎面而來，某人卯足全力掄起球棒朝他擊來，是個身材結實、壯碩有力的年輕人，像在棒球場擊出全壘打似的。迪文頰骨應聲斷裂，往後退開，在失去聽覺之前，只聽見夏恩獰笑說：「這就是你想要的吧？」

迪文撞上牆壁，彈了回來，夏恩再次掄起球棒，狠狠敲向他的肩膀，打斷了他的鎖骨。

「我不是說了嗎，你和我總要了結一下？」

夏恩還沒有下一步動作，迪文的兩條腿就卡在一起，趴倒在地，受傷的手臂撞上床腳，痛得大聲哀號。

夏恩拉住他的另一條手臂、外套衣領和襯衫，把他拉起，推倒，趴在皺巴巴的床單上。

迪文想吼叫，但卻什麼聲音也發不出來。夏恩跪在他身旁，摸索他的皮帶。噢，老天爺啊！

「我不是說過，我會拿下你？」

他用力抓起迪文的腿，把長褲扯到膝蓋下，接著又扯下內褲。迪文拼命掙扎，用手肘，用手臂，用頭，用任何可以動的部位，但每一個動作都讓他痛得撕心裂肺，高聲慘叫。夏恩一條手臂壓住迪文脖子，把他往下壓，另一手探進迪文雙腿之間，手指開始揉搓他繃緊的括約肌，嘴巴一遍又一遍咒罵，但迪文幾乎聽不見。

「賤貨。狗娘養的。人渣！這就是你要的。你知道，是你自找的。」

夏恩解開自己長褲前襠，掏出老二，跪坐在迪文身上，一手仍然緊扼迪文脖子，緊得讓他就快暈厥。他好希望自己就這樣暈過去，求求你，老天爺。他身體往後挺，希望甩掉夏恩，希望……噢，天哪！疼痛像一把尖利的刀戳進他身體，是夏恩！夏恩叫罵得越來越大聲，同樣的髒話一遍又一遍。

「賤貨。狗娘養的。這就是你要的，人渣！該死的騙子！」夏恩來了高潮，趴在迪文身上，牙齒咬進他肩膀後面的肌肉，刺穿皮膚。

樓下傳來大門砰響的聲音，應該是在這之後幾秒鐘。夏恩抽身，抓起牛仔褲，想遮住自己，卻沒能成功。他伸手去拿卡在床墊和床腳之間的棒球棒，但還沒拿到，文森就衝進來了。

文森一頭撞向夏恩，頭顱撞上夏恩的胸骨，夏恩鬆手放掉球棒，往後倒在窗下的牆邊。文森揍了他一拳，兩拳，然後用手肘關節用力打夏恩的臉，接著抓住他的手臂，扭過來，一隻膝蓋壓住他後背，掏出手銬，把夏恩銬在電熱器的管子上。

「你可以保持沉默，」文森開始說：「你什麼都不必說……」但又停下來，他希望夏恩看著他，這樣文森才可以揍他。文森才有理由可以揍他。

文森站起來，不理會銬上手銬的夏恩，走向躺在床上哭的迪文。迪文哭，因為難堪，也因為疼痛。文森拉起床單，為他蓋上，動作極其小心謹慎，如同他一貫的作風。

◆ 47 ◆

「他還好嗎？」漢娜問。

他們在她家可以俯瞰公園的前院裡。事發已過兩天。透過樹木，斜照草地的日光已經開始消褪。幾個遛狗的老人家站在步道彎處聊天。另一頭的遊戲場傳來孩子們的笑鬧聲，他們應該就快回家了。幾輛車沿著德比路開向市區，車燈已亮。

芮尼克到的時候，漢娜坐在門口，墊著幾個坐墊，靠在門框邊。身旁一個酒杯。聽見院子大門打開，看見他沿著步道走過來，她綻開微笑。「讓我先喝完……」但芮尼克揮揮手，要她別動，從她身邊走進屋裡。冰箱裡有瓶打開的榭密雍夏多內白酒，他拿出來，讓冰箱門自動關上，然後從架子上拿了個酒杯。

在堆疊的藍碗與黃碗前面，立了張明信片，應該是張複製畫：一幢紅磚樓房，門階頗高，門口一對情侶，男的穿背心、白襯衫，打領帶，女的穿藍色洋裝，倚著門階欄杆。房子的旁邊，圖畫右方，略有陰影掩映的，是一片平滑到近乎不可能的草地，再遠一些，出現了一道牆——是牆吧？——以及茂密的樹木，最高的一棵樹迎向即將西沉的太陽。石頭上的暗橘色應該是夕陽染上的色彩吧，芮尼克想。傍晚，這對戀人，一起望向光。

芮尼克翻過明信片，想看看這是誰的畫作，但還沒找到，就看見紫色墨水的倉促字跡：很高與再次見到你，想你，接著是名字：吉米。郵戳蓋在郵票上，模糊，難以辨識。

「查理！你是迷路了嗎？」

他拿起酒和杯子，走到外面。

「迪文，」漢娜啜了口酒，問：「他還好嗎？」

「他是個強壯的小伙子。骨頭會長好的。」

漢娜看著她，眼裡有憂心的神色。「其他的呢？」

芮尼克搖搖頭。迪文到目前還不肯說究竟發生了什麼事，不肯對檢查的醫生說，不肯和莫玲．麥登、芮尼克談。對任何人都噤口不語。夏恩的口供前言不對後語，但聽起來，他是星期五晚上在堤岸的公共廁所遇見比爾．亞斯頓，命案發生的前一個晚上，兩人之間發生了一些事，和性有關，但究竟是什麼，是不是兩人合意的行為，都還很難判斷。但是，隔天晚上，亞斯頓在堤岸再次碰到夏恩，應該是意外，他走近夏恩，但夏恩發火，叫來同夥，要他們狠狠揍他，該死的娘砲，揍成肉醬。好玩嘛。

夏恩和蓋瑞．何文登因謀殺比爾．亞斯頓的罪名被起訴。夏恩另有兩起攻擊罪與一起重傷害罪，但並沒有加上強暴罪名。

漢娜聽了，捏捏芮尼克的手。

◆

芮尼克的小組忙著處理夏恩的案子，克罕也沒閒著。霸凌尼奇．史納普的那幾個男孩，對導致尼奇死亡的事件，說法不一，相互矛盾。他們當天脅迫尼奇做的事究竟嚴重到什麼地步還不甚清楚，但沒有疑義的是，就算他們當場沒強迫尼奇口交或肛交，也撂下狠話，他下回絕對逃不了。克罕經過謹慎調查，查出至少有兩名男孩夜裡出去賣淫。

他再次找伊麗莎白．佩克的鄰居查證，有好幾個人說他們曾經看過她穿護士制服出門，通常是晚上，然後隔天清晨六、七點回來。不是每天都這樣，但有過好幾次。克罕查過醫院和護理機構。她從東密德蘭機場開車回來的時候，他車停在對街等她，帶著從吉兒床頭櫃借來的南西．法拉黛《女人在上》[1]。他已經放棄塞斯的小說了。

伊麗莎白．佩克車開進這幢還有三筆房貸要付的喬治風格房宅車道，克罕下車走向她，要幫她提行李。

一開始她很高傲，堅絕主張她其實並未擁有的權利。後來，在她那間有石砌壁爐、仿鉛條菱格花窗的客廳裡，她終於落淚懺悔。克罕給她幾張乾淨面紙，等她哭完。她揹著沉重的房貸，雖然想賣房子卻又賣不掉，市價跌得比她買價還低，所以她只好晚上到市立醫院兼差，因為那裡薪水高，而且始終都缺人。保羅．馬修掩護她，替她簽到簽退。史納普上吊的那個晚上，她人在醫院裡工作，馬修自己一個人。

「我其實沒有太大的歉疚，」她對克罕說，「我的意思是，不管我人在不在，他都會這麼做，不是嗎？」

在警局裡，芮尼克特地過來稱讚克罕出色的調查工作，並表示會呈報史凱頓。克罕想掩飾內心的興奮，但不太成功。

◆

迪文發生的事已在局裡傳得沸沸揚揚，有流言，也有反流言。芮尼克和彌林頓努力利用十四個鐘頭，一點一滴瓦解夏恩銅牆鐵壁的心防。

卡爾．文森下班之後開車去女王醫院探視迪文。迪文總是背對他，閉上眼睛，直到他離去，還保持這樣的姿勢不動。

隔天早上，芮尼克踏進偵訊室，夏恩與律師長時間討論之後，開始說出他的年少往事。他待的第一間兒少之家的副主任會給夏恩一根菸，如果他肯讓副主任的手伸進他褲子裡；如果肯脫下褲子，那就會拿到一張嶄新的五鎊鈔票。

1 Women on Top，是美國女性解放作家法拉黛（Nancy Friday，1933-2017）有關女性性幻想的論著。

◆

「是同一個人嗎？」漢娜問。

「什麼？」

「負責人。夏恩被虐待的那個機構負責人，就是尼奇自殺那個地方的負責人嗎？」

芮尼克搖頭。「沒這麼巧。」他露出疲憊的微笑，「這樣的巧合只會出現在書裡，而不是真實生活裡。」

真實生活裡的情況是這樣的：有權力的人常常會虐待沒有權力的人；而被虐待的人，就轉而虐待其他人。結果就是，他們之中有很多人長大之後，對性行為感到困惑，不時傷害自己，也傷害別人，想辦法要以他們認為正常的方式活下去。發生在真實生活裡的，常是無助該死的爛事，芮尼克想。

他們躺在漢娜床上面對面，天窗透進來的微光，只能讓他們看見彼此的輪廓。「你今天至少可以待到天亮，」漢娜之前說，「六點。」

現在她說：「你是怎麼應付這一切的？這些醜惡的事？」

他嘆口氣。「怎麼做？我下午過來之前，先去探望諾瑪．史納普。她有個朋友陪她，兩個人在喝酒。不然她還能怎樣？」他手背輕觸漢娜肩膀。「尼奇的爸爸——那人突然回來，然後沒說一聲就又走了。她不知道自己究竟是怎麼了，永遠也不會知道。」漢娜輕輕撫摸他的臉，他親吻她的手。「先是尼奇，接著又是夏恩。她怎麼可能理解？」

「我可愛的人兒啊。」漢娜說。

「什麼？」

「沒事。是劇裡的一句台詞。」她說，「那你呢？你能理解嗎？」

「我只知道，只要環境許可，人可能對其他人做出任何事情。什麼可怕的事都有可能。」

「或大錯特錯的事。」漢娜說，「情況不對，就可能犯下大錯。」

「是啊。」他攬著她，手指滑過她背部的曲線。她靠過來，臉挨著他的臉。「是啊，我想是這樣沒錯。」

隔了一晌，她說：「如果情況是對的，你認為，我們對彼此做的，也就會是好事？」

「是的，」芮尼克親吻她，「我認為是。我也希望是。」漢娜嘴唇輕拂過他的唇。「這是我希望相信的。」他說。

◆

彼德離開之前，寫了封信給希娜，留在她房間的枕頭旁邊。但沒有訊息，沒有隻字片語給諾瑪。諾瑪哭得好厲害，看不清楚信上的字，只把信一撕再撕，撕成小小的碎片，只剩下不連貫的字彙。「愛」，「家」。諾瑪捧起撕碎的紙片，丟到水槽，點火燒掉。成灰了。

希娜聽說夏恩的事情，回家來，但沒久待。她媽媽一直想抓著她，大吼大叫，哭個不停，她受不了。更何況有蘿絲陪她媽媽，她是媽最要好的朋友。蘿絲可以照顧媽，確保她沒事。

回到黛安家，蒂蒂剛好弄來迷幻藥，希娜及時分到一點。所有的人都嗑了藥，任由寶寶在她們之間爬來爬去，完全不理。後來寶寶哭了，黛安就把他丟給希娜，要她帶他去浴室，搞定他。希娜咯咯笑，照黛安說的做。

「他媽的，動作快點，」蒂蒂吼著，「我們來不及了。」

她們和珍妮在市區碰面，保齡球館附近。珍妮八成也嗑了藥，肯定是，看她那尖叫狂躁的模樣。希娜看見有個穿制服的男子，年紀不比她們大，浪費唇舌叫珍妮離開，說她不能待在這裡。但珍妮笑他，還伸手摸他兩腿之間，看他敢怎麼樣。

那人說，她們如果不走，他就要報警。珍妮抓住他，指著希娜說，看看她，她哥剛宰了個該死的條子，你最好小心一點。但她還是走開了，因為他跑進辦公室裡，大概嚇得尿褲子吧。

黛安在漢堡攤嚷著，「嘿，等我一下，我著條還沒拿。」

但珍妮不理她，她們一路往外衝到街上，手挽著手，擋住人行道，高聲唱著聽起來很蠢的歌。

然後這傢伙就出現了，這個老傢伙。希娜先看見他，從對街朝她們走來，醉醺醺的，衝著珍妮直笑，跟著她們唱，儘管他唱的是完全不同的歌。「過來，親愛的！就你和我，呃？你和我！」

這個醉酒的老傢伙大概四、五十歲，掀起襯衫，胸膛緊貼珍妮開始摩娑。「快點，親愛的，你和我。」這時珍妮亮出藏在外套裡的螺絲起子，就只是一支刀刃斷了一半的螺絲起子，頭磨得尖尖的。她一把戳進這個酒鬼皮帶上方，噁心的肥肚子裡。他膝蓋一軟，跪倒在地，戳在他身上的這把螺絲起子，只看得見刀柄。珍妮指著他，一直笑。其餘的女生開始跑。

黛安站在保齡球館外面，薯條從手裡掉下，看著蒂蒂拼命拉希娜走。「快啊，行行好吧！你瘋了嗎？我們快離開啊。」

希娜呆呆看著那人白白的肚皮冒出血來，看得入迷，而珍妮在那人旁邊，一直笑一直笑。

「快點啊，快跑！」

希娜開始跑，留下珍妮一個人。運河旁已響起第一輛警車高速疾馳的聲音。希娜讓其他人拉著她跑，此時腳步踉蹌了一下，轉身看，心想，太了不起了，真的非常了不起。我的意思是，太厲害了。厲害，不是嗎？

**暗夜　Easy Meat**

| | |
|---|---|
| 作者 | 約翰．哈威（John Harvey） |
| 譯者 | 李靜宜 |
| 企劃編輯 | 孫立馨 |
| 美術設計 | 劉克韋 dualai.com |
| 總編輯 | 李靜宜 |
| 發行人 | 連正世 |
| 出版發行 | 東美出版事業有限公司 |
| | 台北市中正區水源路 93 號 4 樓 |
| 電話 | （02）82453736 |
| 傳真 | （02）82453786 |
| 讀者服務信箱 | donmaybook@gmail.com |
| 東美文化 | http://www.donmay.com.tw |
| 法律顧問 | 漢昇法律事務所　陳金漢律師 |
| 製版印刷 | 奇異多媒體印藝有限公司 |
| 初版一刷 | 2021 年 9 月 |
| 定價 | 450 元 |
| ISBN | 978-986-06753-1-3 |

國家圖書館出版品預行編目（CIP）資料

暗夜／約翰・哈威（JohnHarvey）著；李靜宜 譯／初版／
臺北市：東美出版事業有限公司 ,2021.09
面；　　公分
譯自：Easy meat
ISBN978-986-06753-1-3（平裝）

873.57　|　110012786